THREE PASSIONS
NIEMALS VERTRAUT

Lea T. Earl

THREE PASSIONS – NIEMALS VERTRAUT

Text: ©Lea T. Earl 2015
www.leatearl.wordpress.com
Email: leatearl@yahoo.com
Deutsche Erstausgabe Juli 2015

Cover: ©Lea T. Earl
Unter der Verwendung folgenden Motivs:
©CURAphotography – Fotolia.com

Herstellung und Verlag: CreateSpace
ISBN-13:978-1514761106
ISBN-10:1514761106

Alle Rechte vorbehalten. Ein Nachdruck oder eine andere Verwertung ist nur mit schriftlicher Genehmigung der Autorin gestattet.
Alle Personen dieses Romans sind frei erfunden. Ähnlichkeiten mit lebenden oder verstorbenen Personen sind rein zufällig.
Ich verzichte in meinen Romanen größtenteils auf die Erwähnung von Verhütungsmitteln. Fiktive Figuren müssen sich nicht um ihre Gesundheit sorgen – echte Menschen schon!
Stay safe! – Lea T. Earl

Inhalt

Kapitel 1........................ 3
Kapitel 2....................... 19
Kapitel 3....................... 39
Kapitel 4....................... 63
Kapitel 5....................... 87
Kapitel 6...................... 108
Kapitel 7...................... 132
Kapitel 8...................... 153
Kapitel 9...................... 173
Kapitel 10..................... 196
Kapitel 11..................... 206
Kapitel 12..................... 238
Kapitel 13..................... 268
Kapitel 14..................... 289
Kapitel 15..................... 309
Über die Autorin............... 336

**THREE PASSIONS
NIEMALS VERTRAUT**

Lea T. Earl

Ein erotischer Liebesroman.

Kapitel 1

Die vergangene Nacht mit Lucius war ein Riesenfehler.

Ich blinzele in die Morgensonne, spüre Lucius' regelmäßigen Atem an meiner Schulter und seinen starken, warmen Körper neben mir. Einen kurzen Augenblick lang erliege ich beinahe der Versuchung, einfach nur glücklich zu sein. Dann prasseln die Erinnerungen auf mich ein und mein Inneres gefriert zu Eis.

Was habe ich nur getan?!

So behutsam wie möglich schäle ich mich aus seiner Umarmung und bete, dass er nicht erwacht. Ich bin noch nicht bereit, mich ihm zu stellen, ich weiß ja selbst nicht, was ich denken soll … Auf Zehenspitzen schleiche ich ins Bad, schließe die Tür und starre mein Spiegelbild an. Große Rehaugen blicken mir entgegen, und meine langen, dunklen Haare sind ein wenig zerzaust – nackt und ungeschminkt sehe ich genauso schutzlos und verletzlich aus, wie ich mich fühle.

Meine Finger krallen sich um das elegante, schwarze Waschbecken.

Valérie Evangéline Rochefort, was ist gestern Nacht in dich gefahren?!

Lucius Montgomery ist der Sohn einer der Männer, die für den Ruin deiner Familie verantwortlich sind!

Ich spritze mir Wasser ins Gesicht, doch es ist nicht genug. Ich verspüre das heftige Bedürfnis, seinen Duft von meinem Körper zu waschen und stolpere blindlings in die Dusche.

Du hast gewusst, worauf du dich einlässt, als du sein Angebot angenommen hast. Er hält dich für ein Callgirl, du verbringst eine Woche mit ihm und seinen Freunden in seiner Villa und sammelst heimlich genügend Informationen, um die Familien der drei Männer zu Fall zu bringen – so, wie ihre Väter das Leben deiner Familie zerstört haben!

Zornig verteile ich zu viel Duschgel auf meinem Körper und schrubbe los.

So sollte die Sache laufen. Heißer Sex ohne Bindung. Du hast deinen Spaß mit Lucius, Alexej und Jacques, und dann vernichtest du ihre Väter und rächst deine Eltern.

Während der gesamten vergangenen Woche habe ich mich an den Plan gehalten – bis auf gestern Nacht. Es sollte meine letzte Nacht in Lucius' Villa sein, er und seine Freunde hatten etwas Besonderes geplant, doch dann ist alles schiefgegangen. Ich

habe die Kontrolle verloren –
Schmerztabletten, Champagner und
schreckliche Erinnerungen sind eine
gefährliche Kombination – und habe
mich in einem Moment der Schwäche in
Lucius' Arme geflüchtet. Lucius hat
Jacques und Alexej fortgeschickt, er
hat mich getröstet ... und dann habe ich
mit Lucius geschlafen. *Zärtlich*. Was
gestern zwischen Lucius und mir
geschehen ist, was mehr als nur Sex.

Die Erinnerungen an seine sanften
Liebkosungen, an das Gefühl seines
muskulösen Körpers auf meinem und an
seine leidenschaftlichen, zärtlichen
Küsse jagen ein Kribbeln über meine
Haut. Sein Gewicht auf mir zu spüren,
seinen großen Körper beschützend über
mir, seine Stärke, während er sich so
gefühlvoll in mir bewegt hat ...

Wir haben nicht miteinander
gevögelt. Wir haben *uns geliebt*.

*Verdammt, Valérie, wie konntest du
das nur zulassen?*

Zornig rubble ich über meine Haut.

*Du empfindest nichts für Lucius
Montgomery. Nicht das Geringste. Du
wirst ihn benutzen, so wie die anderen
beiden, du wirst deinen Spaß mit ihnen
haben, und dann, wenn es soweit ist
und du deine Rache vollendest, wirst
du mit einem Lächeln danebenstehen und*

zusehen, wie ihre Familie zugrunde gehen – ganz genau so, wie ihre Väter deine Eltern vernichtet haben.

Schwäche ist ein Luxus, den du dir nicht leisten kannst!

Warum habe ich das Gefühl, seinen verdammten Duft nicht von meinem Körper zu bekommen, obwohl meine Haut schon rotgeschrubbt ist?

Plötzlich bin ich unglaublich froh darüber, dass mir eine Woche mit Alexej bevorsteht. Ich könnte es gerade nicht ertragen, auch nur einen Tag länger mit Lucius unter einem Dach zu leben.

Ich steige aus der Dusche und wickele mich in ein Badetuch. Mein verräterischer Körper sehnt sich nach Lucius und ich beiße die Zähne zusammen. Irgendwie muss es mir gelingen, die Erinnerungen an ihn auszulöschen, an seine zärtlichen Liebkosungen, an das Gefühl, dass er mehr sein könnte als nur ein Spielzeug meiner Lust und ein Instrument meiner Rache … dass er gestern Nacht *mehr gewesen ist*. Viel mehr.

Oh, verdammt.

Ich fühle mich schwächer als je zuvor in meinem Leben. Ich weiß nicht, wie ich die Kraft aufbringen soll, die nötig ist, um meinen Plan weiter voranzutreiben. Wie soll ich es schaffen, Lucius zu behandeln, als wäre er nur ein hübscher Zeitvertreib? Wie kann ich weiterhin mit ihm schlafen und so tun, als würde es nichts bedeuten?

Wie soll ich Alexejs fordernder Stärke begegnen, wenn er mich heute Nacht auf seine Art willkommen heißen wird? Ich habe das Gefühl, dass ich keine Kraft mehr habe, nichts, was ich dem Russen entgegensetzen könnte ...

Ich blicke meinem Spiegelbild in die Augen. Ich sehe aus wie ein verängstigtes Reh.

Wie soll ich Alexej und Jacques unter die Augen treten, nachdem sie gestern Abend Zeugen meines Zusammenbruchs geworden sind? Natürlich wissen sie nicht, was wirklich der Grund dafür gewesen ist, aber das ist auch nicht wichtig. Sie haben mich in einem Moment der Schwäche erlebt, und das gibt mir ein unerträgliches Gefühl der Verletzlichkeit.

Ich kann es mir nicht leisten, dass sie meine Schwäche kennen. Ich werde mich ihnen nicht öffnen. Ich werde nicht riskieren, dass sie herausfinden, wer ich bin und was ich vorhabe! Nur so kann ich mein Ziel

erreichen; dass ich Lucius gestern
Nacht so nah an mich rangelassen habe,
war ein riesen, *riesen* Fehler.

  Unwillkürlich flackert mein Blick zu
den Schmerztabletten, die seit gestern
Abend auf dem Waschtisch liegen.

  Vielleicht wären sie die Lösung, die
Kraft, die ich brauche? Unsicher beiße
ich mir auf die Unterlippe. Ich habe
noch nie in meinem Leben Beruhigungs-
oder Aufputschmittel genommen. Keine
Schlaftabletten, keine Drogen, nur hin
und wieder eine halbe Schmerztablette
– so wie in der Woche bevor ich Lucius
und die anderen kennengelernt habe und
mich Regelschmerzen geplagt haben -
und natürlich gestern, um die
Nachwirkungen des Albtraums in den
Griff zu bekommen. Und wohin hat es
geführt? Die verdammten Tabletten und
der Champagner von gestern sind der
Grund für das Schlamassel, in das ich
mich manövriert habe. Sie und das
Trauma, das der Selbstmord meines
Vaters in mir ausgelöst hat. Übelkeit
steigt in mir auf und mir wird elend.
Ich verscheuche die düsteren
Erinnerungen, die Bilder, die
ungebeten vor meinen Augen auftauchen
und die ich niemals in meinem Leben
vergessen werde.

  Ich reiße mich zusammen und atme

tief durch. Es gibt nur eine
Möglichkeit, wenn ich die nächsten
Tage durchstehen will, wenn ich
Lucius, Alexej und Jacques mit
erhobenem Kopf entgegentreten und
meinen Vater endlich rächen will.
  Entschlossen greife ich nach dem
Blister und drücke die verbliebenen
Tabletten in meine Handfläche. Alle
auf einmal.
  Dann durchquere ich das Bad, öffne
den Klodeckel, werfe die Tabletten ins
Klo und drücke die Spültaste.
  Ich will nicht in Versuchung
geraten. Ich werde diese Sache aus
eigener Kraft durchstehen, oder daran
zerbrechen - aber ich werde mich nicht
mit verdammten Medikamenten betäuben.
  Mit viel mehr Entschlossenheit, als
ich gedacht hätte aufbringen zu
können, hebe ich den Kopf und verlasse
das Bad.

  Lucius richtet sich langsam im Bett
auf, als ich ins Schlafzimmer trete.
Es ist ein merkwürdiger Moment, wir
schweigen beide und sehen uns einfach
nur an. Sekunden verstreichen, in
denen ich nicht weiß, was ich sagen
soll, wie ich ihm begreiflich machen
soll, was nur in meinem Kopf Sinn
ergibt und was er gar nicht verstehen

kann …

Doch Lucius' Gesichtsausdruck verändert sich, ohne dass ich ein Wort spreche. Er scheint zu spüren, dass ich mich von ihm zurückgezogen habe, dass etwas sich verändert hat.

Minuten verstreichen, und in der Stille, die sich im Schlafzimmer ausbreitet, zieht Lucius plötzlich und mit ohrenbetäubendem Lärm die Mauer zwischen uns wieder hoch. Der liebevolle Blick seiner klaren, blauen Augen wird zu Eis, distanziert und verschlossen, und etwas tief in meinem Innern zerbricht.

Ich fühle einen Stich in meinem Herzen, so schmerzhaft, dass meine Knie zittern. Ich umklammere den Türstock, um nicht zusammenzusinken, und bringe es nur mit Mühe fertig, Haltung zu bewahren.

Lucius schlägt das Laken zurück und steht auf. Nackt geht er auf den Kleiderschrank zu, zieht ein Paar Shorts heraus und schlüpft hinein. Er ist wunderschön, stolz, und unendlich weit entfernt.

Meine Kehle schnürt sich zusammen und ich spüre entsetzt, dass mir Tränen in die Augen steigen. Hastig blinzele ich sie fort. Ich darf jetzt um keinen Preis losheulen!

„Alexej wird dich abholen." Lucius'
Stimme klingt wie üblich kühl und
ruhig. Dieser Mann hat zu viel Stolz,
um mich spüren zu lassen, wie sehr ihn
meine Zurückweisung kränkt und
verletzt – wenn er überhaupt so
empfindet. Er behandelt mich genau so,
wie er mich vor gestern Nacht
behandelt hat. Der Schmerz in meinem
Innern wird so groß, dass mir übel
wird und ich gegen eine drohende
Ohnmacht ankämpfe.
*Reiß dich zusammen, Valérie! Du
musst es tun. Es gibt ganz einfach
keine andere Möglichkeit.*
Mit dem letzten Rest von
Selbstachtung, den ich zusammenkratzen
kann, trete ich auf Lucius zu.
„Du kannst natürlich all die Kleider
mitnehmen, sie gehören dir", fährt
Lucius fort, während er in eine Hose
schlüpft und ein Hemd überstreift.
„Françoise wird alles für dich
zusammenpacken."
„Danke." Meine Stimme klingt so
hohl, dass ich sie selbst nicht
wiedererkenne.
Zögernd bleibe ich ein paar Schritte
von ihm entfernt stehen. Ich weiß
nicht, wie ich die Worte formulieren
soll, wie ich aussprechen soll, worum
ich ihn bitten muss … ich habe Angst,

dass vollkommen andere Worte aus mir
hervorbrechen, wenn ich den Mund
öffne, dass mein Herz mich Dinge sagen
lässt, die ich niemals aussprechen
darf, die Lucius niemals erfahren soll
...

Lucius blickt mich mit diesen
kühlen, unnahbaren Augen an. Der Mann,
der mich gestern Nacht geliebt hat,
ist fort. Obwohl ich weiß, dass es so
sein muss, tut es so weh, dass ich es
kaum ertragen kann.

„Keine Sorge", sagt er ruhig und
blickt mir offen in die Augen. In
seinem Blick liegt keine Spur von
Schwäche. Die Mauer ist so
undurchdringlich, dass ich nicht
deuten kann, ob Lucius auch verletzt
ist. Bereut er, was wir gestern Nacht
getan haben? Ich kann nicht einmal
erraten, ob es ihm schwer fällt, diese
unnahbare Fassade aufrecht zu erhalten
… und plötzlich keimt ein Gefühl der
Unsicherheit in mir auf.

Hat ihm die letzte Nacht überhaupt
etwas bedeutet? Hat er genauso
empfunden wie ich, oder …?

Himmel, zu dem Gefühlschaos in
meinem Innern überkommt mich in diesem
Augenblick noch ein weiteres Gefühl,
ein grässlicher Zweifel. Was, wenn die
Nähe, die Zärtlichkeit … was, wenn das

alles nur in meinem Kopf real war? Ich war verängstigt, verwirrt und schwach, vielleicht habe mir das Gefühl der Intimität zwischen uns nur eingebildet. Was, wenn Lucius in der Nacht mit mir gar nichts gefühlt hat? Wenn es für ihn überhaupt nichts Besonderes gewesen ist?

„Du brauchst es nicht auszusprechen", sagt er ruhig. „Du brauchst mich nicht darum zu bitten." Seine Stimme wird leiser. „Ich werde Alexej und Jacques gegenüber nichts erwähnen."

Für einen kurzen Moment schimmert etwas in Lucius' Augen – oder bilde ich es mir nur ein? Ich bin so verwirrt, so verunsichert, dass ich meiner eigenen Wahrnehmung nicht mehr traue. Ich will nichts anderes, als mich in Lucius' Arme zu werfen, der Impuls in meinem Inneren ist so stark, dass ich ihn kaum beherrschen kann.

Doch Lucius' Miene ist beherrscht und unnahbar, die unsichtbare Mauer um ihn herum ist unüberwindbar.

„Ich rufe Alexej an und sage ihm, dass du bereit bist. Willst du, dass Françoise dir Frühstück macht, bevor du gehst?"

Stumm schüttele ich den Kopf. Lucius nickt knapp, dann verlässt er ohne ein weiteres Wort das Schlafzimmer.

In dem Augenblick, in dem die Tür hinter ihm ins Schloss fällt, breche ich zusammen. Ich will schreien, ich schlage meine Hand vor meinen Mund um mein Schluchzen zu dämpfen, und kauere zitternd neben dem Kleiderschrank, während Tränen unkontrollierbar über meine Wangen laufen.

Zwanzig Minuten später steige ich die Treppe hinunter in die Halle. Ich trage High Heels und ein enges, rotes Minikleid, meine Haare fallen in verführerischen Wellen schwer auf meine Rücken, und eine Schicht Makeup - so dick, als würde ich auf eine Filmpremiere gehen - verdeckt die verräterischen Spuren meiner Schwäche.

Irgendwie habe ich es geschafft, mich ins Bad zu schleppen und mich fertig zu machen, obwohl es mir eine unfassbare Anstrengung abverlangt hat.

Du gibst nicht auf. Du ziehst das durch. Die Worte habe ich die ganze Zeit über wie ein Mantra in meinen Gedanken wiederholt.

Ich habe das heißeste Kleid aus dem Schrank gewählt, das die Männer an mir noch nicht gesehen haben, und trage dunkelrote Louboutins. Lucius soll sehen, was er verloren hat. Stolz halte ich den Kopf erhoben - Lucius ist nicht der Einzige, der sich auf dieses verdammte Spiel versteht! Wenigstens will ich mein Bestes tun, um ihn das glauben zu machen.

Lucius erwartet mich im Salon. Ein Gefühl der Genugtuung durchflutet mich, als ich den Ausdruck in seinem Gesicht sehe, während sein Blick über meinen Körper wandert - und merkwürdiger Weise ziehe ich aus dieser Genugtuung unerwartet viel Kraft.

„Alexej wird jeden Moment da sein."

Ich nicke und lege die Hand auf die Tasche, die ich um die Schulter trage. „Das Wichtigste habe ich mitgenommen." Den Laptop und das Handy; schließlich hoffe ich darauf, während der Woche bei Alexej endlich mit meinen Recherchen voran zu kommen und Beweise dafür zu finden, dass die Väter der drei für den Selbstmord meines Vaters verantwortlich sind. „Es wäre nett, wenn Françoise den Rest später zusammenpacken würde. Vielleicht könntest du …?"

„Ich bringe dir die Sachen vorbei, wenn wir uns das nächste Mal sehen."

„Danke."

Eine unangenehme Stille breitet sich zwischen uns aus. Das ist das merkwürdigste Gespräch, das ich je mit Lucius geführt habe. Ich lausche, ob draußen ein Wagen vorfährt ... Mist, wo bleibt Alexej bloß?

Lucius räuspert sich. „Willst du ... das Geld in bar, oder soll ich dir einen Scheck ausstellen?"

Oh Gott.

Das Geld.

Das hatte ich vollkommen vergessen.

Ich trete von einem Fuß auf den anderen. Plötzlich fühle ich mich nicht mehr überlegen und selbstsicher. Meine Kraft verpufft und ich will nichts, als endlich von hier zu verschwinden. Auf der Stelle.

„Ein Scheck ist in Ordnung."

Lucius nickt. „Ich bringe ihn dir heute Abend mit. Oder wäre es dir lieber, wenn ich ihn sofort ...?"

„Das ist nicht nötig." Bitte, lass Alexej endlich ankommen! Ich will nur noch hier raus!

Lucius schweigt. Das Ticken der Uhr im Salon ist das einzige Geräusch, während wir uns gegenüberstehen wie zwei Fremde.

Nach endlosen Minuten erlöst mich endlich die Türklingel. Ich bin so erleichtert, dass ich Alexej beinahe in die Arme springe, als Françoise ihm die Tür öffnet.

„Guten Morgen, Eva." Die raue Stimme, die kraftvolle Ausstrahlung, die gefährlichen, hellgrünen Augen, die mich fixieren – Alexej berührt mich nicht, offenbar will er mich nach meinem Zusammenbruch gestern Abend nicht überfordern; trotzdem ist seine Präsenz überwältigend. „Wo ist dein Gepäck?"

„Ich bringe es ihr heute Abend", sagte Lucius.

Wir stehen uns gegenüber, es ist der Moment des Abschieds. Ich zögere unsicher, hin- und hergerissen zwischen dem, was ich tun sollte, und dem, was ich tun will. Lucius tritt auf mich zu und küsst mich sanft auf die Wange.

„Das ist kein Lebewohl, Evangéline", murmelt er. „Du kannst mich jederzeit erreichen." Seine Hand streichelt dabei über meinen Arm, und ich halte den Atem an. Die Geste ist … *beschützend*. Was zur Hölle soll das? „Bis heute Abend, Kleines."

Er löst sich von mir, und ich lasse mich von Alexej hinaus zu seinem Wagen führen. Meine Beine fühlen sich taub an. Was war das gerade eben? Was hat Lucius damit bezweckt?

Bin ich verrückt geworden?

Du interpretierst zu viel, murmelt

eine kleine Stimme in meinem Kopf.

   Trotzdem wende ich den Kopf, während Alexej mich in seinen Wagen einsteigen lässt und losfährt, und starre auf Lucius' Villa, bis sie aus meinem Blickfeld verschwunden ist.

Kapitel 2

Alexej schweigt während der gesamten Fahrt. Ich bin dankbar, dass er mir keine Fragen wegen meines gestrigen Zusammenbruchs stellt … oder darüber, was zwischen Lucius und mir geschehen ist, nachdem er und Jacques gegangen waren.
Das ist eine Geschäftsbeziehung, erinnere ich mich. *Ihn interessiert es nicht, wie es dir geht oder warum du gestern durchgedreht bist. Er bezahlt für deine Anwesenheit, und er erwartet Professionalität.*
Es fällt mir leichter, die Sache von dieser Seite zu sehen. Wenigstens rede ich mir das ein.
Wir erreichen ein nobles Apartmenthaus im hippsten Viertel von Paris. Eine Wohnung in dieser Lage kostet wahrscheinlich ebenso viel wie die Villa meiner Eltern; Alexej parkt den Lamborghini und hilft mir, auszusteigen.
Im Fahrstuhl drückt er auf den obersten Knopf, der sich nur mit dem Apartmentschlüssel aktivieren lässt.
„Das Penthouse?", frage ich.

Er nickt knapp.
Natürlich. Was sonst.
Wir erreichen die oberste Etage und der Fahrstuhl öffnet sich direkt im Wohnbereich. Neugierig steige ich aus und blicke mich um. Alexej folgt mir, er aktiviert die Alarmanlage und öffnet die Jalousien mittels Fernbedienung.
Das Apartment gleicht einem Loft. Es besteht aus einem riesigen Wohnraum, der auf drei Seiten von gläsernen Fensterfronten umgeben ist. Der Raum ist modern und hip eingerichtet, mit Designermöbeln in bunten Farben, die Einrichtung wirkt kraftvoll und maskulin. Ein breites, rotes Ledersofa, ein wuchtiger Couchtisch aus grobem Holz; ein Flachbildfernseher, ein Billardtisch und eine Bar; eine moderne, offene Küche aus Chrom, und Spotlights, die an Stahldrähten entlang der Decke laufen. Als die automatischen Jalousien langsam hochfahren, eröffnet sich mir ein atemberaubender Blick über Paris.
„Wow", flüstere ich leise.
„Es freut mich, dass es dir gefällt." Es sind die ersten Worte, die Alexej an mich richtet, seit wir Lucius' Villa verlassen haben.

„Ich bin überrascht", gebe ich zu. „Ich hatte etwas anderes erwartet."
Einen düsteren Kerker - doch das behalte ich lieber für mich.

„Möchtest du unser Schlafzimmer sehen?"

Unser Schlafzimmer. Die Worte treffen mich wie ein Schlag in den Magen.

Ich lasse mir nichts anmerken und nicke. Während ich Alexej hinauf in den ersten Stock folge, keimt in mir die Hoffnung auf, dass ich mich in dem bedrohlich wirkenden Russen getäuscht haben könnte. Vielleicht ist er nicht so brutal, vielleicht hat mich der Eindruck, den ich in der vergangenen Woche von ihm gewonnen habe, getäuscht …

Im ersten Stock befindet sich nur ein Raum. Als ich hinter Alexej durch die Tür trete, stockt mir der Atem.

Fassungslos sehe ich mich um, und meine zarte Hoffnung verpufft. Ich habe mich offenbar nicht in ihm getäuscht.

In der Mitte des Raums steht ein großes Futon-Bett, bezogen mit schwarzer Satin-Bettwäsche. Überhaupt ist Schwarz die dominante Farbe in Alexejs Schlafzimmer - die Wände ziert eine dunkle Brokattapete, und an der

Wand gegenüber dem Bett hängen diverse Peitschen und andere Spielzeuge, offenbar Alexejs Favoriten.

Ich sehe mich weiter um. Links neben der Tür sind Manschetten in unterschiedlicher Höhe mit Haken an der Wand befestigt - um die Fußknöchel und Handgelenke zu fesseln, vermute ich - und es gibt sogar einen Kamin.

Ich blinzele irritiert. Wozu braucht Alexej einen *Kamin?* Er scheint mir nicht gerade der Typ zu sein, der mit einer Frau vor den offenen Flammen auf einem flauschigen Fell kuscheln würde …

„Komm mit." Alexej lässt mir den Vortritt in ein angrenzendes Zimmer.

In der Erwartung, eine Art Folterkammer zu betreten, spähe ich durch die Tür - doch der Raum entpuppt sich als Ankleidezimmer. Alexej deutet auf die linke Seite und mein Blick fällt auf einen vier Meter langen Einbauschrank voller … mein Mund klappt auf. *Kleider? High Heels?*

Was zum …?

„Ich habe mir erlaubt, Dorothée ein paar Sachen für dich herschicken zu lassen", sagte Alexej. Dorothée war die Verkäuferin der Boutique, in der die drei an meinem ersten Tag bei Lucius für mich eingekauft habe.

Sprachlos starre ich die Designerkleider und -schuhe an; alles in meiner Größe, und an den Kleidern baumeln noch die Etiketten.

„Such dir aus, was dir gefällt." Alexejs Stimme klingt beinahe gleichgültig. „Den Rest schicken wir zurück."

„Danke", murmele ich überrascht.

„Du wirst die meiste Zeit hier ohnehin nackt verbringen." Er wendet mir kalt den Rücken zu, während er zurück ins Schlafzimmer geht. „Zieh dich aus, Eva."

Ich kann nicht sagen, dass seine Aufforderung überraschend kommt. Um ehrlich zu sein bin ich verwundert darüber, es bis in sein Schlafzimmer geschafft zu haben, ohne dass er mir bereits im Auto das Kleid vom Körper gerissen hat. Dennoch verspüre ich einen Stich im Inneren, und mein Magen zieht sich zu einem Klumpen zusammen.

Ich finde Alexej sexy, sogar verdammt sexy. Seine wilde, bedrohliche Ausstrahlung macht mich an, und die Orgasmen, die er mir bisher verschafft hat, waren … nun, sensationell. Trotzdem habe ich Angst vor ihm, und die Vorstellung, eine ganze Woche mit ihm allein in seinem

Apartment zu verbringen, in seinem Schlafzimmer, in dem seine schmerz- und lusterfüllten Neigungen so offensichtlich zur Schau gestellt werden, lässt mich zögern.

Du hast gewusst, worauf du dich eingelassen hast, als du sein Angebot angenommen hast. Jetzt ist der Moment der Wahrheit gekommen, und du musst deinen Teil der Abmachung einhalten.

Mein Herz klopft schneller.

Alexej hat dir niemals wehgetan, Valérie.

Ich schlucke.

Noch nicht.

Unsicher starre ich auf die Tür, die in sein Schlafzimmer führt.

Eine Session mit Alexej wird jede Erinnerung an Lucius aus deinem Kopf vertreiben. Wenn das jemand schafft, dann Alexej.

Trotzdem spüre ich, wie mein Körper zu zittern anfängt. Ich habe im Augenblick einfach nicht die Kraft, um seiner explosiven Wildheit zu begegnen.

Er taucht an der Tür zum Ankleidezimmer auf, mit einer Mischung aus Ungeduld und Verärgerung in seinem Ausdruck. Obwohl er keine Anstalten macht, mich mit körperlicher Gewalt hinüber ins Schlafzimmer zu zerren,

schlägt mir seine maskuline Präsenz
wie eine gnadenlose Aufforderung
entgegen. Unwillkürlich weiche ich
einen halben Schritt zurück. Alexej
bemerkt es, und seine Brauen verziehen
sich düster.

„Ich möchte", beginne ich und muss
mich räuspern, um meine Stimme unter
Kontrolle zu bekommen, „ein Safeword
vereinbaren." Es ist ein Zeichen
meiner Schwäche, dass ich diese Bitte
äußere. Etwas blitzt in Alexejs Augen
auf; er begreift, dass ich mit dem
Rücken zur Wand stehe, und ich hasse
mich selbst dafür.

Trotzdem kann ich mich nicht dazu
überwinden, mich in Alexejs Gewalt zu
begeben, ohne mir ein Sicherheitsnetz
zu verschaffen.

Lucius war dein Sicherheitsnetz,
schießt es mir unwillkürlich durch den
Kopf. *Du warst vorher noch nie mit
Alexej allein, jedenfalls nicht in
einer solchen Situation. Jacques war
immer dabei, und Lucius war zumindest
in Hörweite …*

Zorn auf mich selbst wallt in mir
auf, als mir klar wird, wie sehr ich
mich in der vergangenen Woche auf
Lucius' Schutz verlassen habe. Wie
selbstverständlich es für mich gewesen
ist, dass er auf mich aufgepasst hat,

dass er dafür gesorgt hat, dass Jacques und vor allem Alexej nicht zu weit gegangen sind …

Jetzt muss ich auf mich selbst aufpassen.

„Warum glaubst du", knurrt Alexej bedrohlich leise, „dass du ein Safeword brauchen wirst?"

Meine Kehle wird trocken. Ich schlucke mehrmals und fühle mich plötzlich, als würde ich in dem Ankleidezimmer in der Falle sitzen. Alexej blockiert groß, breitschultrig und durchtrainiert die Tür, und selbst wenn es mir gelingen sollte, an ihm vorbei zu kommen – ich würde direkt in sein Schlafzimmer fliehen.

Mein Herz beginnt, noch schneller zu schlagen, und mein Blick flackert unsicher durch den Raum.

Reiß dich zusammen, Valérie. Reiß dich zusammen!

„Das ist … reine Routine." Ich bemühe mich um einen professionellen Tonfall, der mir gründlich misslingt. „Vor einer Session sollte immer ein Safeword festgelegt werden, um –"

„Du hattest in der vergangenen Woche auch kein Safeword."

Ich nicke bebend. „Deshalb wird es höchste Zeit, dass wir –"

„Du wirst auch in dieser Woche keins

brauchen. Jetzt komm."
„Aber …" Sein flammender Blick lässt mich verstummen. Alexejs Geduld scheint endgültig am Ende zu sein. Ich will ihn nicht noch weiter reizen. Ich habe Alexej ein einziges Mal wütend erlebt - als er den Kerl, der mir in seinem Nachtclub zu nahe gekommen ist, krankenhausreif geschlagen hat. Ich weiß nicht, wie geduldig er mit mir ist, aber ich habe keine Lust, seinen Zorn zu entfachen.

Ich senke den Kopf und gehe mit bebenden Schritten an ihm vorbei ins Schlafzimmer. Mit dem Rücken zu ihm bleibe ich stehen und starre auf das große Doppelbett; hinter mir höre ich, wie Alexej sich auszieht.

Als ich mich nicht rühre, höre ich seine düstere Aufforderung.

„*Eva?*"

Es ist seine letzte Warnung.

Mit zitternden Fingern öffne ich den Reißverschluss meines Kleids und streife es von meinem Körper. Nur noch in Unterwäsche und High Heels, werfe ich einen scheuen Blick über die Schulter.

„Möchtest du, dass ich …?"

„Ja", ertönt die schroffe Antwort. „Ich will dich nackt sehen."

Stumm nicke ich und nehme den BH ab,

dann ziehe ich die High Heels aus und streife schließlich den Slip ab.
Zögernd drehe ich mich zu Alexej um. Sein Körper ist massiger als der von Lucius oder Jacques. Beeindruckende Muskelberge wölben sich auf seinen Armen und Schultern, und seine Oberschenkel sind breit und kraftvoll. Er wirkt einschüchternd und brutal, und der glühende Blick seiner hellgrünen Augen verschlingt mich.

Verwirrt nehme ich zur Kenntnis, dass er noch seine schwarzen, engen Boxershorts trägt.

Normalerweise würde mich sein Anblick anmachen, und die Vorstellung, mit ihm zu spielen, würde mich erregen … doch in diesem Augenblick fühle ich mich nur verletzlich und ausgeliefert. Ich habe keine Ahnung, was er mit mir vorhat, und ich weiß nicht, ob ich eine stundenlange Session mit Alexej durchstehen werde.

Du tust das, um an Informationen über ihre Väter ranzukommen, erinnere ich mich. *Dein Ziel ist es, deine Familie zu rächen. Du wirst es schaffen, Valérie. Du musst einfach.*

„Leg dich auf das Bett."

Ich nicke. Wenigstens hat er nicht vor, mich an der Wand festzuschnallen … jedenfalls nicht im Augenblick. Ich tue, was er verlangt, und strecke mich auf dem Rücken aus.

„Nein. Dreh dich auf den Bauch."

Sofort flackert mein Blick zu der Wand, an der die Peitschen hängen. Will er mich etwa züchtigen?

„Ich sagte …", beginnt er drohend, und ich drehe mich hastig auf den Bauch, ehe er den Satz beenden kann.

Was hat er nur vor? Ich höre, wie Alexej etwas aus einem Schrank hinter mir nimmt, aber ich kann nicht sehen, was es ist. Dann kommt er zu mir ans Bett.

Ich halte den Atem an, als er neben mich auf die Matratze klettert … und plötzlich kniet er rittlings über mir, und ich spüre sein Gewicht auf meinem Po und meinen Oberschenkeln. Dann höre ich, wie er etwas zwischen seinen Händen verreibt.

„Gestern Nacht", sagt er leise, „hast du in meinen Armen geschrien und geweint, Eva. Du hattest schreckliche Angst vor mir, und du hast dich gegen mich gewehrt."

„Das war nur, weil …", beginne ich, doch er bringt mich zum Schweigen.

„*Sch* …"

Ich spüre, wie er seine großen, warmen Hände auf meinen Rücken legt. Ein feiner Duft von Sandelholz steigt mir in die Nase ... was ist das?

Seine Hände gleiten langsam und kraftvoll über meinen Rücken, er scheint warmes Öl auf meiner Haut zu verreiben. Und plötzlich schießt die Erkenntnis wie ein Blitz durch meinen Verstand – Himmel, liege ich etwa hier, weil Alexej Doroschkow vorhat, *mir eine Massage zu verpassen?*

„Ich will nie wieder erleben, dass du mich abwehrst oder gegen mich kämpfst", fährt er fort, während er weiter über die verkrampften Muskeln meines Rückens streicht. „Obwohl das natürlich auch reizvoll sein kann ..." Dunkle Verführung liegt in seiner Stimme, und dann wird er wieder ernst. „Jedoch nicht, wenn du dabei vor Angst weinst, meine Schöne. Was auch immer der Grund dafür gewesen ist, ich will, dass du ihn vergisst." Seine starken Hände gleiten über meine Schultern und dann schließen sich die Finger seiner rechten Hand um meinen Nacken. Mir wird klar, dass er mich mit nur einer Hand in seiner Gewalt hält. Er könnte mich niederdrücken und mich auf der Stelle von hinten vögeln ... Es ist eine aufregende Vorstellung, und zu meiner Schande spüre ich, dass ich feucht werde.

Alexej scheint genau zu wissen, was

mich anmacht. Seine Berührungen sind intensiv, kraftvoll und besitzergreifend, er streicht über jeden Zentimeter meiner Haut und lässt mich dabei seine körperliche Überlegenheit spüren.

„Entspann dich", verlangt er rau, während er die Muskeln meiner Arme massiert und entlang meiner Unterarme zu meinen Händen gleitet. „Ich will, dass dein Körper lernt, mich zu akzeptieren." Er knetet behutsam die zarten Muskeln meiner Handinnenflächen und streicht dann über jeden einzelnen Finger.

Ich schließe die Augen und stöhne leise. Was Alexej mit mir tut, fühlt sich so großartig an, dass sich mein Körper tatsächlich zu entspannen beginnt. Alexejs Hände sind viel rauer als meine, viel grober und kraftvoller … es ist ein erregendes, reizvolles Spiel, ihm meinen Körper zu überlassen und seine Berührungen zu genießen, seine zurückgehaltene Kraft zu ahnen, während seine Hände meine Muskeln sanft kneten.

Alexej lässt sich viel Zeit. Die Angst und Anspannung fließen langsam aus meinem Körper, mein Atem wird ruhig und gleichmäßig, sogar das Gedankenchaos in meinem Kopf verstummt nach und nach. Irgendwann verliere ich das Zeitgefühl, ich liege stumm und mit geschlossenen Augen unter Alexej und genieße seine Massage.

Ich spüre, wie die Muskeln an meinem Nacken und meinen Schultern weich werden. Alexejs Hände streichen kraftvoll meinen Rücken auf und ab, und er lässt seine Finger dabei seitlich an meinem Brustkorb entlangfahren. Die sanfte Berührung an meinen empfindlichen Körperseiten jagt einen Schauer über meine Haut, und ich ziehe instinktiv die Arme an, um die verletzlichen Stellen zu schützen – doch Alexej knurrt leise, packt meine Arme und streckt sie wieder zur Seite aus. Dann fährt er damit fort, mich seitlich am Brustkorb zu streicheln, nur mit seinen Fingerspitzen und unendlich sanft … so lange, bis ich nachgebe und mich seinen Zärtlichkeiten anvertraue.

Irgendwann spüre ich, wie sein Gewicht sich von meinem Körper hebt. Er kniet jetzt neben mir und widmet sich meinen Beinen. Mit beiden Händen streicht er meine Oberschenkel entlang, über meine Waden, und knetet sanft die Muskulatur. Es fühlt sich sehr angenehm an, meine Beine entspannen sich, und als Alexej meinen linken Fuß in seine Hände nimmt und damit beginnt, die Fußsohle zu massieren, schnurre ich wie eine Katze.

Er lacht, leise und rau. Es ist ein sehr männliches Lachen, und löst ein Kribbeln in meinem Unterbauch aus.

Nachdem Alexej auch meinen rechten Fuß massiert hat, streicht er wieder über meine Waden, meine Kniekehlen und meine Schenkel nach oben. Ich dämmere in einem herrlichen Zustand dahin, es fühlt sich an, als würde ich schweben, als würde mein Körper nur noch aus purer, fließender Entspannung bestehen. Alexejs Finger streicheln über die Innenseiten meiner Oberschenkel, über die Rundung meines Pos, er knetet die Pobacken und gleitet wieder zurück zu meinen Schenkeln.

Das Prickeln zwischen meinen Beinen wird stärker, die Erregung verschmilzt auf merkwürdig natürliche Weise mit meiner Entspannung und bringt mich in einen unglaublich angenehmen Zustand. Ich halte die Augen geschlossen, atme durch geöffnete Lippen und genieße Alexejs Berührungen mit jeder Nervenzelle.

Er spreizt meine Beine ein wenig, ich lasse es zu und erschauere, als seine Finger zwischen meine Schenkel streichen. Er berührt meine Schamlippen auf dieselbe Art und Weise, wie er meinen gesamten Körper massiert hat, nur unendlich viel sanfter. Ich stöhne leise und spüre, wie erregt ich bin; meine Feuchtigkeit benetzt seine Finger, er verteilt die samtene Nässe auf meinen Schamlippen und streichelt mich weiter, langsam und intensiv. Seine andere Hand gleitet zwischen meine Pobacken und massiert mich dort, verteilt meine Feuchtigkeit auch in meiner Pofalte.

Seine Berührungen werden zu einer süßen Qual. Ich wünsche mir, dass seine Finger in mich eindringen, doch Alexej scheint meine Folter noch ein wenig verlängern zu wollen. Nachdem er meine Schamlippen und meinen Eingang so lange ausgiebig gestreichelt hat, bis ich vor Erregung geschwollen und beinahe unerträglich empfindsam bin, widmet er sich meiner Klitoris. Seine Finger massieren meine Perle mit sanften, kreisenden Bewegungen, die mich zum Stöhnen bringen. Alexej hört nicht auf … er macht weiter, ohne sein Tempo zu beschleunigen oder seinen Druck zu verstärken.

Gleichzeitig spüre ich, wie er langsam einen Finger in meinen Anus schiebt.

Oh Gott, es fühlt sich unglaublich an! Er dehnt mich behutsam, während er weiterhin meine Klitoris reizt, und meine Erregung vervielfacht sich. Mein Unterbauch zieht sich zusammen, mein Körper ist so nah an einem Orgasmus, dass ich mich von dem unaufhaltsamen Strudel mitreißen lasse –

Als Alexej beginnt, seinen Finger sanft in meinen Po zu stoßen und gleichzeitig den Druck auf meiner Klitoris erhöht, explodiert die Energie in meinem Körper. Ich krümme mich auf dem Bett, als die Wellen des Orgasmus über mir zusammenbrechen. Ich weiß nicht, ob ich schreie, etwas rauscht in meinen Ohren … es ist mein eigener Herzschlag, mein Puls rast und die Explosion bringt jede meiner Nervenzellen zum Beben.

Keuchend und ermattet sinke ich zurück. Ich fühle, dass Alexejs Finger noch in mir ist, doch er hat seine Hand von meiner Klitoris genommen … sie tastet sich zwischen meinen Schamlippen vor, und plötzlich schiebt er seine Finger in meine feuchte Enge.

Ich keuche, will ihm sagen, dass die Empfindungen zu viel sind, dass die Erregung mich überwältigt und ich nicht mehr kann – doch ich bringe nur ein unverständliches Gurgeln zustande. Und dann beginnt Alexej, mit seinen Fingern in meine Pussy zu stoßen.

  Er lässt eine Hand an meinem Po ruhen, mit einem Finger in mir, während er mich mit den Fingern der anderen Hand ausgiebig fickt. Er stößt sie bis zum Anschlag in mich und drückt gegen meine inneren Scheidenwände, genau dort, wo die Erregbarkeit so groß ist, dass sie mir den Verstand raubt.

  Ich reiße die Augen auf, ohne das Kopfende des Bettes oder die anschließende Wand wirklich wahrzunehmen, schreie, unverständlich und heiser, und meine Hände krallen sich in das Bettlaken … oh Gott, Alexej weiß genau, was er tut! Sein Finger in meinem Po, und gleichzeitig seine Stöße gegen den empfindlichsten Teil meiner Vagina – das ist mehr, als ich ertragen kann! Obwohl mein Körper noch von der Welle des letzten Orgasmus getragen wird, katapultiert Alexej mich noch weiter hinauf, und die Erregung wird unerträglich –

  Ein letzter, heiserer Schrei, dann bricht meine Stimme und der Orgasmus jagt über mich hinweg. Meine inneren Muskeln kontrahieren sich um Alexejs Finger, das Feuerwerk explodiert wieder und wieder in mir, es scheint gar nicht mehr aufzuhören, ich vergesse die Zeit und alles um mich herum, ich vergesse Alexej und mich selbst, es gibt nichts außer der pulsierenden Erlösung, die in endlosen Wellen über mich hinweg rast.

Das Satinlaken fühlt sich kühl an auf meiner schweißnassen Haut. Ich blinzele und nehme langsam wieder wahr, wo ich mich befinde. Alexejs Schlafzimmer nimmt wieder Form an.
Ich liege auf dem Bauch, und spüre Alexejs warme, starke Finger noch in mir. Mein Herzschlag verlangsamt sich und mein Atem wird ruhiger.
Etwas rinnt über meine Wange und tropft auf das Laken … eine Träne? Habe ich geweint? Ich erinnere mich nicht mehr.
Ich habe mich noch nie zuvor so gefühlt wie in diesem Augenblick. Ich habe nicht einmal Worte dafür - es ist einfach ein Zustand tiefster Entspannung und Befriedigung, ein Zustand absoluter Ermattung und Zufriedenheit.
Behutsam zieht Alexej seine Finger aus meinem Körper. Er drückt einen Kuss auf meinen Po und deckt mich mit einem Laken zu. Dann steht er auf und

geht in ein Zimmer nebenan, und ich höre Wasser rauschen.

    Es gibt ein angrenzendes Badezimmer? Meine Lider werden schwer und senken sich über meine Augen. Ich spüre, dass ich angenehm wegdämmere. *Natürlich gibt es wohl ein Badezimmer … du wirst es dir ansehen … sobald du wieder aufwachst …*

Kapitel 3

Als ich die Augen wieder aufschlage, fühle ich mich herrlich. Schläfrig, tief befriedigt und entspannt räkele ich mich in den schwarzen Satinlaken. Ich spüre jeden Zentimeter meines Körpers so intensiv wie noch nie, und ich wäre vollkommen zufrieden damit, für immer in diesem Bett zu liegen und diesen Zustand zu genießen –

Bis ich wie vom Blitz getroffen hochfahre.

Hast du denn völlig den Verstand verloren, Rochefort?! Du bist nicht hier, um Alexejs – zugegeben durchaus beachtliche – Fähigkeiten als Liebhaber zu genießen, sondern um Informationen zu sammeln!

Ärgerlich schlage ich das Laken zurück. Es wird höchste Zeit, dass ich die Kontrolle über dieses Spiel zurückerlange. Okay, ich hatte also mit Lucius einen Moment der Schwäche. Es hätte nicht passieren dürfen und ich habe den Preis dafür bezahlt.

Und Alexej? Dieser durchtriebene Kerl hat es mit seinen Zärtlichkeiten geschafft, dass ich ihm meinen Körper anvertraut habe, dass ich mich in seine starken Hände begeben habe, ohne Safeword oder den Schutz der anderen. Zähneknirschend muss ich mir eingestehen, dass es absolut fantastisch gewesen ist und dass ich es mit jeder Faser genossen habe – aber ich werde nicht zulassen, dass Alexej sich mein Vertrauen erschleicht.

Du wirst weiterhin hemmungslosen, heißen Sex mit diesem Mann haben, aber du wirst ihn nicht wieder so nah an dich ranlassen!

Ich kann nicht riskieren, dass die Männer herausfinden, wer ich wirklich bin. Sie müssen mich weiterhin für Evangéline halten, das Luxuscallgirl; nur so wird es mir gelingen, mein Ziel zu erreichen. Ich darf mich Alexej auf keinen Fall öffnen.

Mein Gefühl sagt mir, dass seine aufmerksame Behandlung vorhin ohnehin ein seltenes Geschenk von ihm an mich gewesen ist und kein Vorgeschmack darauf, was mich in der kommenden Woche mit ihm erwartet. Nach meinem Zusammenbruch gestern Abend hat Alexej sich mir heute ungewohnt sanft genähert, und ich weiß seine Geste zu schätzen – denn ich bin sicher, dass er eigentlich auf harte Sachen steht.

Mein Blick flackert zu den Peitschen, die gegenüber an der Wand hängen. Einige haben weiche Lederriemen, andere Stahlketten. Es gibt sogar eine Peitsche, an deren Ketten Metallspitzen aufblitzen. Ich schlucke und hoffe, dass Alexej nicht vorhat, dieses spezielle Spielzeug jemals an mir auszuprobieren …

Ich stehe auf und durchquere den Raum, um mir das angrenzende Bad anzusehen. Es ist ebenfalls in dunklen Farben gehalten, sehr schick und modern eingerichtet. Mir fallen sofort einige besondere Details auf und ich betrachte fasziniert die Metallringe, die sogar in der Dusche an der Wand angebracht sind.

Dann drehe ich das Wasser auf und trete mit einem genussvollen Seufzen unter den warmen Strahl. Dabei berühre ich die Metallringe, die über Kopfhöhe angebracht sind, und ziehe daran. Sie scheinen fest verankert zu sein.

Während ich meinen Körper einseife, um die Reste des Massageöls abzuwaschen, überlege ich, ob die Ringe wohl auch Alexejs Kraft standhalten würden …

Nach der Dusche suche ich mir ein kurzes Sommerkleid aus der reichen

Auswahl, die Dorothée für mich zusammengestellt hat, und stecke meine Haare hoch. Dann husche ich barfuß zur Treppe, mein Laptop liegt in meiner Tasche im Wohnzimmer und ich hoffe, endlich mit meinen Nachforschungen voranzukommen. Es ist schon früher Nachmittag - ob Alexej überhaupt noch zu Hause ist?

Plötzlich höre ich Stimmen aus dem Wohnzimmer und erstarre. Es ist Alexejs tiefe Stimme, und dann ertönt ein Lachen. Ein verführerisches, *weibliches* Lachen.

Wer zum Teufel …?

Mit gerunzelter Stirn steige ich lautlos die Treppe hinunter. Auf der anderen Seite des Lofts sehe ich Alexej beim Esstisch sitzen. Papiere liegen vor ihm auf der Tischplatte ausgebreitet, und er scheint gerade Daten mit dem Dokument auf seinem Laptop zu vergleichen.

Neben ihm sitzt eine Rothaarige, die sich soeben zu Alexej neigt, um einen Blick auf seinen Laptop zu werfen, und dabei ihre Hand auf Alexejs Arm legt.

Wer ist diese Ziege, die sich an Alexej ranschmeißt?

Moment mal - warum interessiert dich das überhaupt, Valérie?!

Ich reiße mich zusammen, durchquere

mit betont gleichgültiger Miene das Loft und gehe auf den Couchtisch zu, auf dem meine Tasche mit dem Laptop liegt.

Soll er sich doch betatschen lassen, von wem er will, dieser –

„Eva."

Alexej hat mich bemerkt und erhebt sich.

Ich bleibe stehen und setze einen höflich-desinteressierten Gesichtsausdruck auf.

„Das ist Michelle, meine Assistentin. Sie hat ein paar Unterlagen aus dem Büro vorbeigebracht. Michelle, das ist Eva."

Die Rothaarige und ich starren uns wortlos an. Sie trägt einen grauen, hautengen Pencilskirt, der ihre Kurven betont, und eine weiße Bluse, die viel zu tief ausgeschnitten ist für ein Business-Meeting. Ihr Makeup ist perfekt und ihre Lippen verziehen sich zu einem dünnen, kühlen Lächeln, während sie mich von Kopf bis Fuß mustert.

Ich erwidere ihr kühles Lächeln und erhöhe um ein herablassendes Nicken. Ob sie weiß, wer ich bin? Wahrscheinlich nicht, denn ihr prüfender Blick ist der einer Frau, die eine Konkurrentin abschätzt. Hält sie mich für Alexejs Geliebte? Ich sehe ihr an, wie sie sich in ihrem Kopf mit mir vergleicht und ihre Chancen abwägt.

Falls Alexej aufgefallen ist, was zwischen seiner Assistentin und mir vorgeht, lässt er es sich nicht anmerken. Ich strecke betont gelassen die Hand nach meiner Laptop-Tasche aus.

„Lasst euch nicht stören. Ich habe ohnehin zu arbeiten."

Alexej ist mit ein paar Schritten bei mir und er packt mein Handgelenk, ehe ich die Tasche ergreifen kann. Seine hellgrünen Augen fesseln meinen Blick.

„Meine Seminararbeit?", erinnere ich ihn. „Für die Uni? Du hast mir erlaubt, daran weiterzuarbeiten, während ich hier bin", füge ich leise hinzu, damit Michelle mich nicht hört. Sie sitzt immer noch beim Esstisch, uns zugewendet, und beobachtet Alexej und mich.

Alexejs Blick wird dunkler und ein wenig gefährlich. „Wenn ich mich recht erinnere, waren meine Worte: Ich werde dir gestatten, es dir zu *verdienen,* dass du daran weiterarbeiten *darfst.*"

Ich schnappe nach Luft. Das kann

nicht sein Ernst sein! Ich versuche, mein Handgelenk aus seinem Griff zu ziehen, doch Alexej lässt mich nicht los. Wütend beiße ich Zähne zusammen und funkele ihn an. „Ach ja?", zische ich. „Und was stellst du dir vor?" Mist, mein Tonfall war ziemlich herausfordernd. Im nächsten Augenblick bereue ich meine Worte, doch es ist zu spät.

Alexej zieht eine Augenbraue hoch, dann zwingt er meine Hand an seinen Schritt und lässt mich seine Erektion spüren. „Du warst nicht die Einzige, die die Stunden vorhin im Schlafzimmer genossen hat", murmelt er rau. „Ich warte noch immer darauf, dass du dich bei mir revanchierst."

Himmel, läuft er etwa seit Stunden mit diesem Ständer herum?

„Auf die Knie", fordert er ruhig.

Ich glaube, mich verhört zu haben! Fassungslos sehe ich ihn an. *Etwa hier? Vor Michelles Augen?*

Als ich zögere, wird Alexejs Gesichtsausdruck härter. Ein Druck an meinem Handgelenk, ich spüre einen Stich und sinke mit einem leisen Keuchen auf die Knie. Seinen flammenden Blick auf mich gerichtet, beginnt Alexej, seine Hose zu öffnen.

Himmel, es ist tatsächlich sein

Ernst!

Meine Aufmerksamkeit flackert zu Michelle, die versteinert wie eine Statue beim Esstisch sitzt und uns unablässig beobachtet. Ihr Gesichtsausdruck ist undurchschaubar, doch ihre Augen blitzen mich hasserfüllt an.

Alexejs Hand streichelt über mein Gesicht und dreht meinen Kopf zu ihm. Ich fange einen feurigen Blick von ihm auf und begreife, dass er nichts anderes als meinen Gehorsam akzeptieren wird. Sein Schwanz ragt prall und pulsierend vor mir auf, wunderschön und so kraftvoll wie alles an Alexejs Körper.

Wenn es ihn so erregt hat, mich zu massieren, warum hat er sich nicht längst Erlösung verschafft? Er sitzt seit Stunden neben dieser bildschönen Rothaarigen, die ganz offensichtlich alles dafür geben würde, mit mir die Plätze zu tauschen. Ich kann mir nicht vorstellen, dass es etwas gibt, was sie ihm verweigert hätte …

Warum also hat Alexej gewartet, bis ich aufgewacht und heruntergekommen bin?

„Mach den Mund auf", knurrt er.

Ich gehorche, ohne ihn dabei aus den Augen zu lassen. Seine Hände umfassen meinen Kopf, halten ihn fest, während er seine Härte zwischen meine Lippen schiebt.

Hastig versuche ich, meinen Kiefer zu lockern, um nicht zu würgen. Alexej ist groß, und er macht keine Anstalten, behutsam vorzugehen. Sein brennender Blick fesselt meinen, er sieht mir in die Augen, während er meinen Kopf festhält und mir seinen Rhythmus aufzwingt.

Mir bleibt nichts anderes übrig, als mich an seinen muskulösen Oberschenkeln festzuhalten und mich seinem Willen anzupassen. Es macht mich an, die Erregung schießt wie ein Blitz zwischen meine Beine und pulsiert verlangend in meinem Innern. Ich stelle mir vor, wie es sich anfühlen würde, wenn Lucius oder Jacques jetzt hier wären und mich von hinten nehmen würden, während ich Alexejs Schwanz zwischen meinen Lippen habe …

Er schiebt mir sein Becken mit fordernden Stößen entgegen. Ich bin sicher, dass er mich noch viel kraftvoller vögeln könnte, und bin dankbar, dass er immerhin *ein wenig* Rücksicht nimmt. Seine Hände halten meinen Kopf fest, aber seine Daumen streicheln dabei über meine Wangen.

„Das machst du gut, Eva", murmelt er, und die Erregung in seiner Stimme vibriert wie eine Liebkosung zwischen meinen Beinen. „Oh, so gut …"

Sein Schwanz wird in meinem Mund noch härter, ich presse meine Lippen um ihn und mache meine Wangen hohl. Alexejs Rhythmus wird schneller, er legt den Kopf in den Nacken und stöhnt, und dann kommt er zuckend in mir.

Sein gesamter Körper bebt und sein Schwanz pumpt in meinem Mund. Die aufgestaute Erregung muss immens gewesen sein! Keuchend und schwer atmend blickt er auf mich herunter - seine hellen Augen sind jetzt dunkel vor Lust - und streichelt zärtlich über meinen Kopf. Dann zieht er sich aus mir zurück, ich lecke mir über die Lippen und er hilft mir auf die Beine.

Das Pochen zwischen meinen Schenkeln ist so intensiv, dass ich nichts gegen eine zweite Runde hätte. Am liebsten hier auf dem Couchtisch, unter den neiderfüllten Blicken seiner Assistentin, die mich gerade mit ihren Augen durchbohrt.

Ich schenke ihr ein laszives, überlegenes Lächeln, während Alexej seine Hose schließt. Dann hebt er meine Tasche auf und reicht sie mir.

„Arbeite, so viel du möchtest",
flüstert er rau.

Während ich den Laptop starte und meinen Arbeitsplatz auf dem Couchtisch so einrichte, dass die beiden keinen freien Blick auf meinen Bildschirm haben, kann ich mir ein Gefühl der Genugtuung nicht verkneifen.

Es sollte mir gleichgültig sein, es sollte mir nicht gefallen, dass Alexej mich seiner heißen und willigen Assistentin offenbar hundertmal vorzieht – aber zum Teufel, es gefällt mir, und wie! Grinsend beuge ich mich über den Laptop und gestatte meinem Ego, den Augenblick dieses oberflächlichen Triumphs auszukosten; dann reiße ich mich zusammen und mache mich endlich an die Arbeit.

Dieses rothaarige Flittchen macht mich wahnsinnig. Obwohl ich mir fest vorgenommen habe, mich auf meine Recherchen zu konzentrieren, flackert mein Blick immer wieder zu Alexej und Michelle hinüber. Sie scheint durch unsere kleine Showeinlage vorhin überhaupt nicht entmutigt worden zu sein, im Gegenteil, offenbar hat sie sie angespornt, schwerere Geschütze aufzufahren. Michelle schüttelt ihr Haar, fährt sich durch die Strähnen, berührt Alexej bei jeder Gelegenheit, lacht hell über jedes Wort aus seinem Mund, reibt ihr Bein an seinem Schenkel … Himmel, ich würde dieses Weib am liebsten hochkant zur Tür hinauswerfen!

Warum stört es dich eigentlich so sehr, Valérie? Sie kann dir doch vollkommen egal sein! Erstens bist du nicht Alexejs Freundin, nicht einmal seine Geliebte, er hat dich nur für diese Woche gebucht! Und zweitens ist Alexej ein reicher, gutaussehender Junggeselle, es gibt bestimmt haufenweise schöne Frauen, die sich ihm an den Hals werfen. Diese Michelle ist garantiert nicht die Einzige, also gewöhn dich besser daran …

Es ist vollkommen egal, was ich mir einzureden versuche, im nächsten Moment schießt mein Blick doch wieder zurück zu den beiden. Jedes Mal stelle ich mit Genugtuung fest, dass Alexej nicht auf ihre Avancen einsteigt, aber das nagende Gefühl der Unsicherheit ist die Hölle.

Augen. Auf. Den. Verdammten. Bildschirm!

Zähneknirschend reiße ich zum hundertsten Mal meinen Blick vom Esstisch los und wende meine Aufmerksamkeit den Dokumenten auf dem

Schirm vor mir zu.

Also gut. Weil ich nicht so recht weiß, wo ich anfangen soll, beginne ich damit, zu rekapitulieren, was ich bisher herausgefunden habe.

Mein Vater hat vor seinem Selbstmord große Summen aus der Firma abgezogen, so große Summen, dass er die Firma schließlich ruiniert hat. Er hat alle Investments überstürzt und zu schlechten Konditionen aufgelöst, hat das Geld in bar vom Firmenkonto abgehoben, und dann …

Tja, und dann was? Ich habe keine Ahnung, was er mit dem Geld gemacht hat. Es geht um verdammt hohe Summen, und von dem Geld fehlt jede Spur. Was könnte meinen Vater dazu gebracht haben, seine eigene Firma zu ruinieren?

Mein bester Freund Julien hat den Verdacht, dass Papa vielleicht Schutzgeld bezahlt haben könnte, aber das glaube ich nicht. Hätte er Maman und mich in Gefahr geglaubt, dann hätte er mich damals nicht auf diesen Schulausflug fahren lassen, und ich wäre nicht früher zurückgekommen und wäre nicht diejenige gewesen, die ihn erhängt in seinem Arbeitszimmer aufgefunden hätte …

Ich zwinge die schrecklichen Bilder,

die mich seit zwölf Jahren heimsuchen, aus meinen Gedanken, und konzentriere mich stattdessen auf die Daten auf meinem Bildschirm.

Mithilfe von Papas alten Firmenunterlagen habe ich herausgefunden, dass mein Vater sein letztes großes Investment in eine Firma namens Romrus Holding getätigt hat, ein russischer Öl- und Gaskonzern mit Sitz in St. Petersburg.

Die immense Investmentsumme hat mich stutzig gemacht, und ich habe tiefer gegraben und bin auf verdächtige Kontobewegungen auf dem Privatkonto meiner Eltern gestoßen. Kurz vor dem Investment haben drei Firmen, die jeweils den Vätern von Alexej, Lucius und Jacques gehören, identische Summen auf das Privatkonto meiner Eltern überwiesen. Der Gesamtbetrag ergibt drei Viertel der Investmentsumme, die mein Vater in die Romrus-Aktien gesteckt hat, daher vermute ich, dass mein Vater den Strohmann für das Investment seiner damaligen besten Freunde gespielt hat.

Warum, jedoch? Warum haben die drei Geschäftsmänner nicht mit offenen Karten gespielt und selbst in diese russische Firma investiert?

Ich weiß nicht, warum meine Mutter

den drei Männern die Schuld am Selbstmord meines Vaters gegeben hat. Ich wünschte, sie hätte es mir gesagt – doch sie hat ihr Geheimnis mit ins Grab genommen, als sie sich vor zwei Jahren betrunken mit ihrem Wagen von einer Brücke gestürzt hat.

Trotzdem ist sie überzeugt davon gewesen, dass William Montgomery, Jean-Baptiste Delacroix und Wladimir Doroschkow – die ehemals besten Freunde meines Vaters – schuldig waren. Wenn ich sie doch nur früher danach gefragt hätte, wenn ich doch nur früher mit meinen Nachforschungen begonnen hätte … doch Maman hat sich stets geweigert, über dieses Thema zu sprechen. Sie hat es vorgezogen, zu schweigen, und ihren Kummer in Alkohol zu ertränken.

Ich werde diese Sache zu Ende bringen. Das Schicksal hat mich mit den Söhnen meiner drei Erzfeinde zusammengeführt und ich werde die Chance nützen, über Alexej, Lucius und Jacques an ihre Väter ranzukommen! Das ist der einzige Grund, warum ich mich auf die Liaison mit den drei Männern eingelassen habe. Mein Wunsch nach Rache – und die Tatsache, dass die drei auf unwiderstehliche Weise meine Bedürfnisse befriedigen, die ich seit

Jahren unterdrücke, seit mein Ex-Geliebter Patrice mich verlassen hat und spurlos abgetaucht ist. Es hat mir das Herz gebrochen und bestimmt hätte ich noch länger nach ihm gesucht, wenn meine Mutter sich nicht kurz nach seinem Verschwinden das Leben genommen hätte. Es war wie ein gewaltiger Erdrutsch, der mein ganzes Leben verändert hat. Ich habe mein Studium hingeschmissen und stattdessen bei der Agentur zu arbeiten begonnen, ich habe eine seltsame Befriedigung daraus gezogen, fremde Männer zu dominieren, bis ich begriffen habe, dass es eigentlich Doroschkow, Montgomery und Delacroix sind, die ich bestrafen will.

Und genau das werde ich auch tun. Alexej, Lucius und Jacques dürfen niemals erfahren, dass ich ihn Wahrheit Valérie Rochefort bin - sie müssen mich weiterhin für Evangéline halten, nur so kann ich ungehindert weiterforschen und meiner Rache näherkommen. Ich darf ihnen niemals vertrauen.

Ich habe herausgefunden, dass Alexej und Lucius eine schwierige Beziehung zu ihren Vätern verbindet. Vielleicht - falls es mir nicht gelingt, meine Rache selbst durchzuführen - könnte ich sie dazu bringen, mir dabei zu helfen, ihre Väter zu Fall zu bringen. Vielleicht kann ich ihnen ein Geschäft vorschlagen, schließlich bin ich die Alleinerbin des Rochefort-Vermögens. Das wäre allerdings mein letzter Ausweg, denn ich müsste meine Identität preisgeben, und ich weiß nicht, wie die Männer darauf reagieren würden.

Bis dahin muss ich mich weiter durch Papas Vergangenheit arbeiten, auf der Suche nach Hinweisen für die Schuld seiner drei besten Freunde an seinem Selbstmord. Ich fühle mich, als würde ich im Dunkeln tappen, ich habe keine Ahnung, wonach genau ich eigentlich suche … es ist frustrierend und mir läuft die Zeit davon.

Ich lehne mich zurück und strecke mich. Seit Stunden sitze ich nun schon auf Alexejs Couch, durchforste die Fakten, die ich bereits kenne, auf der Suche nach irgendetwas, das ich übersehen habe, nach Details und scheinbar unwichtigen Kleinigkeiten. Doch da ist nichts, gar nichts, ich bin in eine Sackgasse geraten.

Mein Blick flackert wieder hinüber zum Esstisch. Michelle wirft Alexej einen verführerischen Blick zu und leckt sich über die Lippen. Ich frage mich, warum sie sich nicht gleich rittlings auf seinen Schoß setzt und ihn reitet, das wäre subtiler.

Alexej bemerkt meine Dehnungsübungen und lehnt sich ebenfalls zurück. Er wirft einen Blick auf die Uhr.

„Es ist spät. Hat jemand Lust auf Dinner?"

„Aber gern", schnurrt Michelle.

War ja klar.

„Eva?", fragt Alexej und wendet sich mir zu.

Ich zucke mit den Schultern, obwohl mein Magen knurrt. Ich habe den ganzen Tag noch nichts gegessen.

Alexej zieht sein Handy hervor. „Ich rufe im *Maharadscha* an. Besondere Wünsche?"

Michelle schenkt ihm einen lasziven Augenaufschlag. „Was immer du willst", haucht sie.

Ich lege meinen Kopf in den Nacken, bis die Wirbel leise knacksen. „Huhn mit Reis, bitte", sage ich knapp und klappe den Laptop zusammen.

Alexej schmunzelt und wählt die Nummer; ich stehe auf und gehe nach oben, während er unser Essen bestellt.

Zwanzig Minuten später sitze ich mit Alexej und Michelle bei Tisch. Vor uns stehen ein Dutzend verschiedener indischer Speisen, die verlockend duften.

„Hast du alles bestellt, was auf der Karte war?", frage ich verwundert und probiere das Curry-Huhn. Es schmeckt wirklich ausgezeichnet, und ich schiele auf die Verpackung, um mir das Logo des Restaurants zu merken.

„Du hast dich nicht festgelegt, welche Art von Hühnergericht du möchtest", erwiderte er. „Also habe ich alle Gerichte mit Huhn bestellt, die sie haben."

Mir bleibt der Bissen beinahe im Hals stecken. Mein Blick flackert über die vielen weißen Styroporverpackungen und ich erkenne mit Schrecken, dass es sich fast ausschließlich um Hühnergerichte handelt – abgesehen von einem Gericht mit Fisch, das Alexej isst, und etwas mit Tofu, das wohl für Michelle bestimmt ist. Gegrilltes Huhn, geschmortes Huhn, Huhn in Currysauce, in Tomatensauce, in Sahnesauce, Huhn mit gegrilltem Gemüse, paniertes Huhn … Ist er verrückt geworden?

Alexej grinst mich an und schiebt sich einen Bissen Fischcurry in den Mund. „Und? Wie geht es mit deiner Seminararbeit voran?"

„Nicht so gut", murmele ich vor mich

hin und stochere in meinem Reis. Plötzlich fällt es mir schwer, Alexej anzusehen. Ich will es nicht zugeben, aber die Aktion hat mich aus dem Konzept gebracht. „Ich werde wohl noch länger daran arbeiten müssen."

„Das freut mich zu hören." Der anzügliche Unterton in seiner Stimme lässt mich doch aufblicken. Er zieht eine Augenbraue hoch und der eindeutige Ausdruck in seinem Gesicht erzeugt ein Prickeln zwischen meinen Schenkeln.

„Sagen Sie, Eva, was studieren Sie?" Michelle hat ihr Tofu kaum angerührt. Sie fixiert mich so giftig, als würde sie wünschen, ich würde an meinem Hühnercurry ersticken.

„Kunstgeschichte", erwidere ich und blicke sie gelassen an. In diesem Kampf um Alexejs Gunst - und es ist ein Kampf, soweit es Michelle betrifft - liege ich klar in Führung. Ich werfe ihr einen Blick zu, der deutlich sagt: *Selbst wenn du deine Bluse bis zum Bauchnabel aufknöpfst, ich sehe kein Dutzend verschiedene Tofugerichte auf diesem Tisch, Schätzchen.*

„*Kunstgeschichte*", schnaubt sie abwertend. „Dieses Studium habe ich mir auch einmal überlegt. Dann habe ich mich jedoch für etwas

Anspruchsvolles entschieden und mich in Betriebswirtschaft eingeschrieben, um wirklich Karriere zu machen."

„Tatsächlich?", frage ich gedehnt. „Und warum ist es nichts geworden mit der Karriere?"

Alexej hustet dezent in sein Curry. Michelles Hand krallt sich so fest um ihre Gabel, dass ich jeden Augenblick damit rechne, dass sie sich über den Tisch auf mich stürzt und sie mir ins Herz rammt.

„Ich arbeite noch daran." Ihre Stimme klingt kalt wie Eis, und sie legt dabei wie zufällig ihre Hand auf Alexejs Arm.

Ich lächele so glatt, dass ihre Spitze an mir abprallt. „Na dann, viel Glück."

„Oh, ich brauche kein Glück."

Täusche ich mich, oder kräuseln sich Alexejs Mundwinkel zu einem unterdrückten Grinsen? Ich fasse es nicht, tatsächlich – der Mistkerl scheint sich bestens zu amüsieren!

Er findet Konkurrenz also unterhaltsam? Ich werde den Spieß mit Vergnügen umdrehen. Irgendwann werden Lucius und Jacques aufkreuzen, und dann werde ich die Spielregeln ein wenig zu meinen Gunsten ändern.

Alexej scheint meine Absicht in

meinen Augen zu lesen, denn das
Grinsen auf seinen Lippen verblasst.
Dann läutet sein Handy und er wirft
einen Blick auf das Display. „Es ist
Lucius. Entschuldigt mich." Er nimmt
den Anruf an und schlendert ans andere
Ende des Lofts, wo er sich in
gedämpfter Stimme mit Lucius
unterhält.

Augenblicklich lässt Michelle ihre
gefasste Fassade fallen. Offener Hass
schlägt mir entgegen, während sie sich
zu mir neigt.

„Jetzt hör mir gut zu, du Schlampe",
zischt sie. „Ich kenne Alexej schon
sehr lange. Ich habe viele von deiner
Sorte kommen und gehen gesehen. Ich
habe sogar Natascha überstanden, und
ich bin immer noch hier! Ich werde
auch noch hier sein, wenn er dich
längst abserviert hat, so wie er es
mit all den anderen Huren getan hat!"

Ich lehne mich zurück und halte
Michelles hasserfülltem Blick stand.
Plötzlich – ich weiß nicht, wieso –
tut mir diese Frau leid.

„Du kannst ihn haben", sage ich
ruhig. Michelles Augen weiten sich vor
Überraschung. Was immer sie aus meinem
Mund erwartet hat, diese Worte waren
es offenbar nicht. „Ich will ihn gar
nicht. Los, nimm ihn dir."

Sie starrt mich wortlos an.

Jetzt bin ich es, die kalt lächelt. Auch wenn mir diese Frau leid tut, sie hat mich immerhin eine Schlampe und eine Hure genannt, und sie denkt, sie könnte mich einschüchtern. Ich werde ihr beweisen, dass Valérie Rochefort sich von niemandem einschüchtern lässt, und schon gar nicht von einer armseligen Assistentin, die alles darum geben würde, von ihrem Chef gebumst zu werden.

„Du kannst es nicht, nicht wahr?", frage ich kalt. „Er will dich nicht. Egal, was du tust, du weißt, es wird niemals gut genug sein. Tu dir selbst einen Gefallen und bewahre dir den letzten Rest deiner Würde. Gib auf, Michelle, er wird niemals etwas anderes in dir sehen als eine Pussy auf zwei Beinen, die in seinem Vorzimmer sitzt."

Michelle starrt mich an, sie ballt die Fäuste und Tränen des Zorns steigen ihr in die Augen. Als Alexej zu uns zurückkommt, erhebt sie sich rasch, ihren Blick noch immer hasserfüllt auf mich gerichtet.

„Lucius und Alexej werden gleich hier sein … was ist denn passiert?" Irritiert blickt Alexej uns an.

„Leg dich nie wieder mit mir an",

sage ich leise zu Michelle, in dem Wissen, dass Alexej jedes Wort hört. Dann wende ich mich ihm zu. „Nichts ist passiert. Das Hühnercurry schmeckt ausgezeichnet."

Michelle bricht in Tränen aus, reißt ihre Tasche an sich und stürzt wortlos auf den Fahrstuhl zu. Alexej macht einen Schritt zur Seite, um ihr auszuweichen, und blickt ihr entgeistert nach. Als die Fahrstuhltüren sich hinter ihr schließen, wendet er sich mir zu.

„Was war des gerade eben?"

„Das fragst du mich im Ernst?" Ich lächele, sanft und gefährlich. „Du kannst kein Kätzchen zu einer Löwin in den Käfig sperren und erwarten, dass das Kätzchen überlebt."

Ich genieße den Ausdruck auf Alexejs Gesicht in vollen Zügen. Ihm scheint langsam zu dämmern, dass er mich wirklich, *wirklich* unterschätzt hat.

Kapitel 4

Jacques schlendert kurz darauf durch das Loft und bleibt neben dem Esstisch stehen, auf dem sich noch die Reste unserer indischen Dinner-Orgie türmen. „Erwarten wir noch jemanden?"

„Habt ihr Hunger?" Ich verkneife es mir, die Augen zu verdrehen. „Wir haben noch jede Menge Hühnercurry übrig."

Jacques deutet auf das unangetastete Tofugericht. „War Michelle etwa hier?"

Woher weiß er …?

Jacques grinst schmutzig, als Alexej erwidert: „Ja, wir haben gearbeitet."

„*Gearbeitet*. Klar."

Ich will unbedingt erfahren, was hinter Jacques' Worten steckt, aber Lucius legt seinen Arm an meinen Rücken und führt mich ein paar Schritte von den Männern fort.

„Geht es dir gut?" Besorgnis liegt in seinem ruhigen, kühlen Ton. Es ist nur ein Hauch, aber der genügt, um meine Knie weich werden zu lassen und einen Knoten in meinem Magen zu bilden.

Sieh mich nicht mit diesen tiefblauen Augen an, wenn du nicht zulässt, dass ich hinter deine Fassade blicke, hinter die meterdicke Mauer, die du zwischen uns hochgezogen hast!

Ich schlucke die Worte hinunter und zwinge mich zu einem oberflächlichen Lächeln. „Natürlich. Warum sollte es mir nicht gutgehen?"

„Kleines …"

Verdammt, wie ich es hasse, wenn er mich so nennt!

Verdammt, wie ich es liebe, wenn er mich so nennt …

Er legt seine Hand an meinen Arm und seine Berührung fährt durch meinen Körper wie ein Blitz. „Falls er zu weit geht", sagt Lucius leise, und ich weiß, dass es nur sein starker Beschützerinstinkt ist, der ihn zu diesen Worten zwingt, „kannst du mich jederzeit um Hilfe bitten. *Jederzeit.*"

Mein Herz pocht wie verrückt gegen meine Brust. Mir wird gleichzeitig heiß und kalt, und alles nur, weil Lucius so dicht vor mir steht, dass ich die Wärme seines Körpers fühlen kann.

Valérie, was ist mit all deinen Vorsätzen geschehen? Reiß dich verdammt nochmal zusammen! Wenn Lucius diese verfluchte Mauer zwischen euch aufrecht erhalten kann, dann kannst du es auch!

Ich schlucke und straffe die Schultern. „Ich brauche deinen Schutz nicht, Lucius." Meine Worte klingen so kalt, dass es mich selbst erstaunt. Gleichzeitig schlägt mein Herz schmerzhaft gegen meine Brust, weil meine Gefühle für ihn unkontrolliert über mich hereinbrechen. Um Haltung zu bewahren, balle ich eine Hand zu einer Faust, so fest, dass meine Fingernägel sich in meine Handfläche graben, und bete, dass Lucius es nicht bemerkt.

Obwohl er sich körperlich nicht von der Stelle rührt, spüre ich, wie Lucius sich bei meinen abweisenden Worten von mir zurückzieht. Plötzlich scheint die Entfernung zwischen uns unüberbrückbar und er ist wieder der unnahbare, distanzierte Mann, den ich kennengelernt habe.

„Einen Drink, Lucius?" Alexej tritt zu uns und bietet Lucius ein Glas Whiskey an.

Ohne Alexej zu beachten, packt Lucius mein Handgelenk und zwingt ein Stück Papier in meine Hand – dann nimmt er das Glas von Alexej entgegen, leert es in einem Zug, und geht mit schnellen Schritten durch das Loft hinüber zu Jacques, der gerade den Billardtisch für ein Spiel vorbereitet.

Ich starre auf das, was Lucius mir gegeben hat … es ist der verdammte *Scheck*. Plötzlich habe das Gefühl, keine Luft mehr zu kriegen.

Alexej wendet sich mir mit einem fragenden Ausdruck in den Augen zu.

Frag nicht. Bitte, frag einfach nicht …

„Auch einen Drink, Eva?", sagt er schließlich.

„Oh, ja", murmele ich erleichtert. „Etwas Starkes, bitte."

Alexej nimmt mich beim Wort und mixt mir einen Long Island Icetea. Schon der erste Schluck schießt direkt in mein Blut und bringt den Raum dazu, sich zu drehen – doch das ist mir nur recht. Ich brauche jede Hilfe, die ich kriegen kann, um diesen Abend mit Lucius durchzustehen.

Während Alexej und Lucius eine Kugel nach der anderen versenken, lehne ich mit Jacques an der Rückenlehne der Couch. Wir sehen den anderen beim Spiel zu, Jacques nippt an seinem Gin und ich habe bereist mein halbes Glas Icetea geleert.

„Kann ich dich mal was fragen?"

Jacques schmunzelt und reißt seinen Blick von dem Billardspiel los.

„Klar."

„Was ist eigentlich mit dieser Michelle? Ist sie wirklich Alexejs Assistentin?"

Jacques lacht, leise und schmutzig. „*Assistentin?* Ja, genau …"

Ich presse die Lippen zusammen. Eigentlich will ich diese Frage gar nicht stellen, aber dann sprudelt sie doch aus mir heraus. „Vögelt er sie?"

Jacques nimmt einen Schluck. „Gelegentlich."

Es versetzt mir einen unerwartet heftigen Stich, obwohl ich mir die Antwort auf diese Frage wirklich selbst hätte zusammenreimen können. Eine heiße, willige Frau, direkt unter Alexejs Nase – kein Wunder, dass er sie fickt.

Warum stört mich das bloß so sehr?

Jacques blickt mich interessiert an. „Hat er sie heute hier gevögelt?"

„Nein." Jedenfalls nicht, so lange ich dabei gewesen bin. Und Michelles frustrierten Avancen nach zu urteilen, auch nicht während ich noch geschlafen habe.

„Hat er dich gevögelt?"

„Nicht direkt …"

Jacques' Mundwinkel kräuseln sich amüsiert. „Was heißt denn bitte *nicht direkt?*"

„Na ja …" Ich verspüre keine Lust,

Jacques die Details über Alexejs'
Massage und den Blowjob im Wohnzimmer
zu erzählen, also schüttele ich den
Kopf. „Okay, ja. Er hat mich gevögelt.
Sozusagen."

Jacques stutzt, dann legt er den
Kopf in den Nacken und lacht so
schallend, dass wir die Aufmerksamkeit
von Alexej und Lucius auf uns ziehen.
Jacques packt mich ohne Vorwarnung und
küsst mich auf den Mund – ich schmecke
Gin, und Jacques' eigener, männlicher
Duft umfängt mich.

„Du bist einfach großartig." Er gibt
mich frei und geht lachend hinüber zum
Billardtisch, stellt sein Glas auf den
Rand und greift sich einen Queue. „Du
schuldest mir eine Revanche, Alexej."

Während Alexej die Kugeln für eine
neue Runde ordnet, lehnt Lucius sich
mit verschränkten Armen gegen den
Tisch und durchbohrt mich mit seinem
kalten Blick. Ich halte das Icetea-
Glas vor meinen Körper wie einen
Schild und trete von einem Fuß auf den
anderen.

„Wo wir gerade bei offenen
Rechnungen sind", sagt Lucius langsam,
ohne seinen Blick von mir zu nehmen.
„Du schuldest mir noch einen Abend,
Evangéline."

„Einen … Abend?"

„Alexej und Jacques hatten ihren; du hattest deinen." Seine Stimme wird dunkler. „Mein Abend wurde unterbrochen."

„Klingt nur fair." Jacques setzt zu einem Probestoß an.

„Welchen Abend hättest du gern?", fragt Alexej mit einem ironisch-höflichen Unterton.

Ich würde ihnen allen am liebsten mit den Queue eins überziehen, weil sie über mich verhandeln, als wäre ich eine Ware.

„Montag", sagt Lucius.

„Einverstanden." Alexej tritt zurück und überlässt Jacques den Tisch. „Willst du den ersten Stoß?"

Montag. Das ist in drei Tagen. Ich habe keine Ahnung, was Lucius mit mir vorhat, aber ich habe kein gutes Gefühl bei der Sache.

„Wie wär's, wenn wir den Einsatz bei diesem Spiel erhöhen?", schlägt Jacques vor. „Der Gewinner darf sie zuerst vögeln."

Ein siegessicheres Grinsen tritt auf Alexejs Gesicht. „Ihr wisst, dass ihr keine Chance gegen mich habt."

„Das wollen wir erst einmal sehen." Jacques beugt sich über den Tisch, um den ersten Stoß auszuführen –

Ich schlendere an ihm vorbei, greife

nach der weißen Kugel und drehe sie spielerisch zwischen meinen Fingern. „Eine kleine Änderung der Spielregeln?"

Jacques richtet sich auf. Etwas blitzt amüsiert in seinen Augen. „Was schwebt dir vor?"

Ich schlendere weiter zu Alexej und nehme ihm den Queue aus den Händen. „Wer *mich* schlägt, der darf mich vögeln."

Ein Schmunzeln erscheint auf Jacques' und Alexejs Lippen, ihnen scheint die Idee zu gefallen. Lucius' Miene bleibt reglos.

Ich biete Jacques die weiße Kugel an. „Möchtest du …?"

„Ladies first." Mit einem eleganten Lächeln tritt er beiseite und lässt mir den Vortritt.

Ich neige mich über den Tisch und lege den Queue für den ersten Stoß an. Mir ist bewusst, dass Alexej und Jacques auf meinen Hintern starren, und dass Lucius' undurchdringlicher Blick ständig auf mich gerichtet ist. Ich bin keine besonders gute Billard-Spielerin, eher unterdurchschnittlich, aber das ist mir vollkommen gleichgültig. Ich spüre die Wirkung des Alkohols und kann es nicht ertragen, tatenlos herumzustehen und meinen Gedanken über Lucius hilflos ausgeliefert zu sein. Meine Finger schließen sich fester um den Queue und ich stoße zu.

„Du hättest uns wenigstens vorwarnen können", brummt Jacques, als ich meine letzte Kugel mit einem direkten Stoß in die Ecke versenke.
Ich seufze mit gespielter Engelsgeduld. „Wann werdet ihr endlich lernen, mich nicht zu unterschätzen?" Ich fühle mich draufgängerisch und wagemutig, berauscht von dem Alkohol in meinem Blut.
Die Wahrheit ist, ich hatte reines Anfängerglück. Durch puren Zufall habe ich Kugeln versenkt, auf die ich nicht einmal gezielt hatte. Jacques stellt frustriert seinen Queue zurück in die Halterung und geht hinüber zur Bar, um sich noch ein Glas Gin einzuschenken, während Alexej, den ich nur ganz knapp geschlagen habe, mich mit flammendem Blick fixiert, so als würde er mich am liebsten auf den Billardtisch werfen und mich auf der Stelle gnadenlos durchvögeln.
Ich ziehe ihn mit einer bedauernden Miene auf. „Enttäuscht, Alexej? Tja, tut mir leid, so lauten die Regeln …"
Ich habe nicht ernsthaft vor, mich

ihnen zu verweigern – in Wahrheit freue ich mich auf die Nacht, denn seit dem Blowjob im Wohnzimmer prickelt das Verlangen zwischen meinen Beinen und die Vorstellung, dass die drei Männer mich auf der Couch nehmen, ist einfach zu verlockend – ich möchte sie bloß noch ein bisschen hinhalten und ihnen beweisen, dass sie nicht die Einzigen sind, die sich auf dieses reizvolle Spiel verstehen.

„Wie schade", seufze ich und setze noch eins drauf, indem ich mich auf dem Rand des Billardtisches räkele. Dabei rutscht der Saum meines Kleids unanständig weit über meine Oberschenkel hinauf, und ich höre sogar Jacques quer durch den Raum von der Bar her knurren. „Dabei hätte ich euch so gern …"

„Das Spiel ist noch nicht vorbei." Lucius' kalte, leise Stimme unterbricht mich. „Ich bin dran, Evangéline."

Als würde er mich zu einem Duell auf Leben und Tod herausfordern, umkreist Lucius mit dem Queue in der Hand den Billardtisch.

Das könnte interessant werden … Ich rutsche von der Kante und nicke zum Zeichen, dass ich seine Herausforderung annehme.

Mit einer knappen Handbewegung lässt er mir den Vortritt. Ich lege den Queue an, und meine Hände zittern ein wenig unter Lucius' gnadenlosem Blick. Alexej lehnt sich mit verschränkten Armen gegen den Tisch und Jacques schlendert mit einem Glas in der Hand zu uns zurück. Die beiden wollen sich das Spiel offenbar nicht entgehen lassen.

Mein Herz pocht nervös. Ich führe den ersten Stoß aus und versenke keine Kugel. Lucius ist dran.

Ich schiele zu meinem leeren Glas, das auf dem Rand des Tisches steht, und spiele flüchtig mit dem Gedanken, Alexej um einen zweiten Drink zu bitten … doch ich habe das Gefühl, dass der Alkohol meines ersten Long Island Iceteas noch nicht vollständig in meinen Blutkreislauf gelangt ist, denn der Boden unter meinen Füßen schwankt kontinuierlich stärker und ich habe Schwierigkeiten, mich auf die Billardkugeln zu konzentrieren.

Vielleicht liegt es aber auch daran, dass Lucius mich ablenkt. Er geht langsam um den Tisch herum, prüfend, dann lehnt er sich nach vorn, setzt den Queue an und versenkt gleich zwei Kugeln mit einem schnellen, harten Stoß.

Ich schlucke trocken, als ich ahne, dass ich dieses Spiel nicht gewinnen werde. Meine Knie werden weich, während ich Lucius dabei zusehe, wie er mit ausdrucksloser Miene eine Kugel nach der anderen versenkt.

Will ich dieses Spiel überhaupt gewinnen?

Mein Unterbauch zieht sich zusammen, das Prickeln zwischen meinen Beinen wird stärker, während ich Lucius beobachte – seine geschmeidigen Bewegungen, seine kraftvollen, zielgerichteten Stöße ... er weiß genau, was er will, und er wird sich von nichts und niemandem aufhalten lassen.

Alexej und Jacques verfolgen das Spiel schweigend. Alexej steht immer noch breitbeinig und mit verschränkten Armen neben dem Tisch, während Jacques, das Ginglas in der Hand, an der Rückenlehne der Couch lehnt.

Ich bin wieder an der Reihe. Ich konzentriere mich, es fällt mir schwer, denn ich fühle Lucius' Blick auf meinem Körper brennen. Trotzdem gelingt es mir, eine Kugel zu versenken, jedoch nur eine ... ich bin im Rückstand, und ich weiß nicht, ob ich Lucius noch einholen kann.

Er wird als Sieger hervorgehen. Das verlangende Ziehen zwischen meinen

Beinen wird intensiver. Ich will ihn spüren, oh, wie sehr ich das will! Jede Faser meines Körpers schreit nach ihm, das Verlangen ist beinahe unerträglich … doch ich weiß, dass ich das nicht tun darf, ich darf nie wieder so mit ihm schlafen wie gestern Nacht! Danach wieder von ihm loszukommen wird die Hölle sein, und es wird jedes Mal schlimmer werden, weil ich ihn jedes Mal näher an mich heranlassen werde …

Jedes Mal?! Was denkst du da, Valérie? Es gibt kein ‚jedes Mal', verdammt, es wird nicht einmal ein ‚zweites Mal' geben! Das war eine einmalige Sache, hörst du, du hast diesen Fehler EIN MAL gemacht, und das war ein Mal zu oft! In seiner Nähe zu sein und ihm in die Augen zu sehen ist jetzt schon die Hölle, warum willst du es noch schlimmer machen? Ganz abgesehen davon, dass du riskierst, aufzufliegen und deine Möglichkeit auf Rache zu verspielen, wenn du ihn zu nah an dich heranlässt!

Ich atme tief durch. Ich bin nicht hier, um mir das Herz brechen zu lassen. Ich bin hier, um meinen Vater zu rächen. Mein Blick flackert unwillkürlich zu Lucius und ich spüre einen Stich in meinem Herzen.

Reiß dich zusammen. Reiß dich zusammen. Reiß dich zusammen!

Meine Hände krallen sich um den Queue. Ich muss Lucius beweisen, dass der Sex mit ihm nichts bedeutet. Vor allem muss ich es mir selbst beweisen! Der Sex mit ihm ist heiß, so wie mit Alexej und Jacques – sonst nichts. Da ist nicht mehr zwischen uns, nicht das Geringste.

Mit einem raschen Blick auf den Tisch schätze ich meine Chancen ab. Ich kann das Spiel nicht mehr gewinnen, ich zögere das Unvermeidliche nur noch hinaus. Lucius weiß, dass er mich in der Hand hat, egal, wie sehr ich mich wehre und kämpfe. Und er genießt es, dass ich es ebenfalls weiß.

Es wird Zeit, dass ich die Kontrolle zurückerlange. Ich atme tief durch – dann lege ich den Queue an und versenke die weiße Kugel.

„Du hast verloren, ma belle", schmunzelt Jacques mit rauer Stimme.

Ich richte mich auf und blicke Lucius herausfordernd an. Er sieht den Trotz in meinen Augen und ihm ist klar, dass ich die weiße Kugel absichtlich versenkt habe. Ich habe ihm die Genugtuung genommen, mich zu schlagen, indem ich mich dazu entschieden habe, zu verlieren – es muss ihn maßlos ärgern, doch Lucius lässt sich nichts anmerken. Beherrscht und unnahbar wie immer, legt er den Queue auf den Tisch.

„Dein Preis?", frage ich leise und recke stolz das Kinn.

Es bedeutet nichts. Es bedeutet nichts. Du wirst mit ihm vögeln, und es wird nicht das Geringste bedeuten …

„Zieh deinen Slip aus", fordert er mit tödlich ruhiger Stimme.

Ich schlucke trocken. Mein Herzschlag beschleunigt sich, ich kann nichts dagegen tun. Ich gehorche und schlüpfe unter dem Kleid aus meinem Höschen.

„Knie dich auf den Tisch."

Ich blinzele. „Auf den … Billardtisch?"

„Auf den Couchtisch."

Ich wende mich hinüber zu dem niedrigen, massiven Holztisch, der vor der Couch steht. Jacques stößt sich von der Couch ab, ich spüre, dass seine und Alexejs volle Aufmerksamkeit jetzt auf mir liegen.

Langsam gehe ich zu dem Couchtisch und tue, was Lucius von mir verlangt. Der Rock meines Kleids rutscht dabei über meine Oberschenkel hoch, beinahe

hoch genug, um den Männern einen Blick zwischen meine Schenkel zu gestatten.
„Spreiz die Beine."
Ich tue, was er fordert, und öffne mich für ihn. Mein Atem geht schneller, und das erwartungsvolle Kribbeln lässt mich feucht werden.
Lucius kommt langsam auf mich zu. Meine Finger krallen sich um die Tischkanten und ein Schauer läuft durch meinen Körper. Die Vorstellung, dass er mich gleich nehmen wird, erregt mich und macht mir gleichzeitig Angst. Ich weiß, dass er nicht sanft sein wird, dazu ist er viel zu verärgert.
Ich erwarte, dass er sich hinter mich stellt, seine Hose öffnet und … doch er setzt sich mir gegenüber auf die Couch.
Was …?
Lucius lehnt sich zurück. Er überschlägt die Beine, so dass sein Knöchel auf seinem Knie zu liegen kommt, und stützt zwei Finger an seine Schläfe.
„Ich überlasse sie zuerst euch", sagt er kalt, ohne mich aus seinen Augen zu lassen.
„Aber -?", stottere ich, bevor ich mich zurückhalten kann.
„Ich habe das Spiel gewonnen." Sein

Ton wird bedrohlich leise. „Das bedeutet, du gehörst mir, und ich kann mit dir tun, was ich will."

Ein knappes, aufforderndes Nicken von Lucius genügt, und Alexej und Jacques kommen auf mich zu. Binnen weniger Momente befreit Jacques seinen Schwanz aus seiner Hose, der prall vor Erregung vor mir aufragt. Samten, von feinen Adern überzogen und verlockend … er passt zu Jacques' schlankem, durchtrainiertem Körper. Er öffnet auch die Knöpfe seines Hemds und schenkt mir einen freien Blick auf seinen flachen Bauch und die harten Muskeln, die wie gemeißelt wirken. Dann legt er seine Hand an meine Wange, und mein Blick wandert hinauf zu seinem Gesicht. Das markante Kiefer, der Bartschatten, das wilde, dunkelblonde Haar und die grünen Augen, die an einen Tiger erinnern … Jacques ist so schön, dass ich mir sicher bin, dass alle Designer der Welt sich um ihn reißen würden, falls er vor Langeweile einmal beschließen sollte, als Model zu arbeiten.

Ich zucke zusammen, als Alexejs Finger unerwartet von hinten in mich eindringen.

„Was hast du mit ihr gemacht, Lucius?", knurrt Alexej heiser. „Das

Billardspiel gegen dich scheint ihr gefallen zu haben … sie ist so feucht, dass sie kein Vorspiel mehr braucht."

Ich beiße die Zähne zusammen und verfluche meinen verräterischen Körper und vor allem Alexej, der es Lucius auch noch auf die Nase binden muss! Doch nichts an Lucius' kühler Miene verrät, was ihm durch den Kopf geht.

Jacques nimmt meinen Kopf zwischen seine Hände und streichelt über meine Wangen. Er drückt seine Eichel sanft gegen meine Lippen, und als ich sie für ihn öffne, schiebt er seine Härte behutsam in meinen Mund. Er ist viel rücksichtsvoller als Alexej es heute Morgen war, bewegt sich langsam und gibt mir Zeit, mich ihm anzupassen. Als ich seine Länge in mich aufnehme und mit meiner Zunge an seiner samtenen Härte zu spielen beginne, stöhnt er auf.

Gleichzeitig spüre ich, wie Alexej mein Kleid hochschiebt und seine Hände mein Becken packen. Ohne Vorbereitung versenkt er sich in mir, schiebt sich mit einem tiefen Stoß bis zum Anschlag in mich hinein.

Ich keuche auf und Jacques hält inne.

„Keine Sorge", murmelt Alexej hinter mir. „Ich mache ihn nur schön feucht."

Schön feu- …? Er stößt mich ein paar Mal, dann zieht er sich abrupt aus mir zurück – und ich spüre, wie er seine Eichel an meinen Anus legt.

Ängstlich zucke ich zurück, doch Alexejs Hände halten mein Becken erbarmungslos fest, so dass ich ihm nicht ausweichen kann.

„Sch …", murmelt er rau. „Entspann dich. Vertrau mir."

Doch ich vertraue ihm nicht. Mein Herz schlägt vor Angst schneller, ich will vor ihm zurückweichen, doch mit Jacques direkt vor mir und Alexejs kraftvollem Griff um mein Becken habe ich keine Chance.

Mein hilfloser Blick flackert zu Lucius. Er sitzt wie eine steinerne Statue vor mir, macht keine Anstalten, einzuschreiten – nur seine Augen sind mit scharfer Aufmerksamkeit auf Alexej gerichtet.

Viel langsamer und sehr viel behutsamer, als ich es erwartet habe, dringt Alexej in mich ein. Auch Jacques hält still, während ich nervös und hastig atme, und Alexej sich nach und nach in mich versenkt.

„Sehr gut, Eva", murmelt er. „Sehr gut …"

Seine Härte dehnt mich, und Alexej gibt mir Zeit, mich an das Gefühl zu gewöhnen. Seine unerwartete Behutsamkeit lässt meine Angst langsam verschwinden ... und an ihre Stelle tritt Erregung.

Alexej bewegt sich nicht, er bleibt in mir versenkt, und Jacques beginnt einen langsamen Rhythmus. Während ich mich auf seine Härte zwischen meinen Lippen konzentriere, spüre ich, wie ich mich entspanne. Die Empfindungen, die Alexej in mir auslöst, die Lust, die er mir verschafft, wachsen mit jedem Moment ... und ich spüre, dass mein Körper nach mehr verlangt.

Instinktiv spanne ich meine Lippen an, schließe sie enger um Jacques' Schwanz, und fühle, wie er noch praller wird, während er zwischen meine Lippen in meinen Mund stößt.

„Alexej", stöhnt Jacques mit bebender Stimme. „Sie ist verdammt gut. Beeil dich, ich weiß nicht, wie lange ich noch ..."

„Sie wird es noch besser machen, wenn sie dabei gefickt wird." Alexejs hartes Lachen begleitet sein Versprechen. Gott, warum machen mich seine Worte noch schärfer? „Wart's ab ..."

Und er beginnt, seinen Schwanz sanft in mir zu bewegen.

Trotz Jacques' Härte in meinem Mund

stöhne ich auf. Meine Arme knicken beinahe ein, so unglaublich gut fühlen sich Alexejs Stöße an! Seine Hände halten mein Becken eisern fest, und die Härte, die mich dehnt, erregt mich unermesslich - vielleicht gerade weil ich Alexejs Kraft spüre und weiß, dass er sanft zu mir ist und mich noch viel, viel härter nehmen könnte …

Jacques' Hände halten meinen Kopf fest, und er stößt schneller in meinen Mund. Ich blicke nach oben, sehe, wie seine Kiefermuskeln arbeiten, wie sehr er sich zurückhält, um mir nicht wehzutun, während sein Verlangen ihn beinahe überwältigt.

Mich den beiden Männern zu unterwerfen, Jacques' Lust zu sehen und Alexejs Schaft in mir zu spüren, während er sich immer tiefer in mich schiebt, lässt etwas in meinem Verstand explodieren. Ich vergesse alles um mich herum, vergesse sogar Lucius, ich spüre nur noch die Erregung, die immer stärker in mir anschwillt … ich drücke Alexej mein Becken entgegen, gierig nach mehr, ich presse meine Lippen um Jacques' Schwanz, so dass er seine Hände in mein Haar krallt. Seine Bewegungen werden schneller, er schiebt seine Härte bis zum Anschlag in meinen Mund,

und auch Alexej stößt so tief in mich,
dass ich sein Becken an meinem Po
fühle … es ist genau, was ich will,
mein gesamter Körper vibriert vor Lust
und schreit nach Erlösung –

Und Jacques zuckt heftig in meinem
Mund, er stöhnt auf und seine Lenden
pumpen, Alexej keucht hinter mir,
während er sich mit einem letzten,
tiefen Stoß in mich versenkt und hart
in mir kommt, und mein eigener
Orgasmus fegt über mich hinweg und
reißt mich mit sich, explodiert in
jeder Zelle und schießt wie eine
Naturgewalt durch meinen ganzen
Körper.

Das Loft verschwimmt vor meinen
Augen, jede Nervenzelle kribbelt, ich
höre meine eigenen, heftigen Atemzüge.
Das Gefühl ist unbeschreiblich, als
wäre ich in den Himmel katapultiert
worden und würde jetzt langsam wieder
zur Erde zurückschweben … Jacques'
Hände streicheln durch mein Haar und
er drückt mich sanft an seinen Körper.
Dann zieht er sich aus mir zurück und
sinkt vor mir auf die Knie, seine
Tigeraugen glänzen vor Lust, er legt
seine Hand an meine Wange und küsst
mich auf den Mund. Es scheint ihm
nichts auszumachen, sich selbst auf
meiner Zunge zu schmecken, denn sein

Kuss ist hingebungsvoll und leidenschaftlich.

Auch Alexej zieht sich zurück, ich spüre, wie er zärtlich meinen Po streichelt – *was für eine untypische Geste*, schießt es mir durch den Kopf, doch ich bin zu aufgelöst, um weiter darüber nachzudenken.

Vollkommen erledigt aber herrlich befriedigt lasse ich mich zurück auf meine Fersen sinken und möchte vom Tisch herunterklettern, um mich auf der Couch auszustrecken, da ertönt plötzlich Lucius' schneidende Stimme.

„Habe ich dir erlaubt, dich von der Stelle zu rühren?"

Ich erstarre und blinzele ihn durch den Schleier meiner erfüllten Lust an. Wovon spricht er …?

Er erhebt sich, geht hinüber zum Billardtisch und kehrt mit einem Queue in seinen Händen zurück. „Du wirst dich nicht bewegen, Evangéline. Ich bin noch lange nicht fertig mit dir, ich habe noch nicht einmal angefangen."

„Lucius …", beginnt Jacques, doch Lucius bringt ihn mit einer Handbewegung zum Schweigen.

„Sie ist erledigt", sagt Alexej leise und eindringlich. „Gib ihr wenigstens ein paar Minuten –"

Ich kann nicht glauben, dass es tatsächlich *Alexej* ist, der mich vor *Lucius* in Schutz nimmt … Doch Lucius tritt mit dem Queue hinter mich, sein Gesichtsausdruck unerbittlich.

„Geh beiseite, Alexej. Ich bin dran."

Kapitel 5

Zum ersten Mal macht Lucius mir Angst und ich bereue es, kein Safeword mit ihm vereinbart zu haben – auch wenn mein Stolz es wohl nicht zulassen würde, es zu verwenden.

Ich bin nicht gefesselt, ich könnte einfach von dem Tisch heruntersteigen … Alexej und Jacques würden bestimmt verstehen, dass ich genug habe, sie wären auf meiner Seite …

Doch stattdessen umklammere ich die Tischkanten und halte still. Niemals werde ich Lucius die Genugtuung geben, klein beizugeben.

Lucius schiebt mein Kleid über meinen Po hoch. Ich zucke zusammen, als er das glatte, kühle Holz des Queues gegen meine Schamlippen drückt. Ich bin geschwollen und empfindlich, und als er mit dem Queue über mein Fleisch reibt, schießt süße, qualvolle Erregung durch meinen Körper wie ein Blitz. Er drückt den Holzstab gegen meine Klitoris, und ich beiße die Zähne zusammen, um ein Stöhnen zu unterdrücken.

Ich werde Lucius nicht den Triumph

gönnen, über meine Lust zu bestimmen! Er hat mit diesem verdammten Spiel angefangen, er denkt, mich dominieren und über meinen Körper verfügen zu können – aber ich werde ihm niemals ganz gehören, ich werde nicht zulassen, dass er dieses Machtspiel um meine Lust gewi- *oh Gott!*

Gegen meinen Willen entringt sich mir ein Keuchen und meine Ellbogen knicken ein, als Lucius unvermittelt in mich eindringt. Er schiebt seine Härte tief zwischen meine Schamlippen, hinein in meine feuchte, erregte Enge. Er füllt mich aus, und das Gefühl ist so fantastisch, dass ich kehlig stöhne.

Ich hasse mich selbst, kämpfe verzweifelt darum, die Kontrolle über meinen Körper wiederzuerlangen. Ich werde Lucius nicht die Genugtuung geben, mich zum Orgasmus zu bringen! Mein Willen ficht einen ungleichen Kampf mit meinem übermächtigen Körper aus, der sich Lucius instinktiv entgegendrängt und begierig seine Stöße aufnimmt.

Plötzlich zieht Lucius sich aus mir zurück. Ich atme langsam und tief, versuche das verlangende Pochen in meinem Inneren zu ignorieren – und höre das Zischen des Queues in der

Luft, und dann spüre ich einen harten Schlag auf meinem Po.

Scharf ziehe ich die Luft ein. *Was zum -?!*

Ein weiterer Schlag trifft genau dieselbe Stelle, als Lucius den Queue wieder auf meinen Körper schnalzen lässt. Brennender Schmerz breitet sich auf meinem Hintern aus; die Schläge sind kraftvoll, und ich weiß genau, was Lucius damit bezweckt. Er will mich an meine Grenzen bringen, er will hören, dass ich ihn um Gnade anflehe.

Ich presse die Lippen aufeinander und starre hinunter auf die Tischplatte. Meine Arme verkrampfen sich und ich kann nicht verhindern, vor Schmerz zu keuchen, als er mich zum dritten Mal schlägt. Ich atme schnell und tief, der brennende Schmerz pulsiert in Wellen durch meinen Körper und treibt mir Tränen in die Augen.

Jacques geht neben mir in die Knie. Ich meide seinen Blick, aber ich sehe aus dem Augenwinkel, wie er mich mit zusammengezogenen Brauen betrachtet.

„Ich denke, sie hat genug, Lucius", sagt er ruhig.

„Das ist meine Entscheidung." Lucius' Stimme klingt gnadenlos, und ich erwarte bebend den nächsten Schlag

– da dringt er wieder in mich ein.

Der unerwartete Wechsel zwischen Schmerz und Lust reißt mir den Boden weg. Lucius packt meine Hüften und stößt mich hart, und mein Körper reagiert darauf, ehe ich die Kontrolle zurückerlangen kann. Ich stöhne vor Schmerz und vor Erregung gleichermaßen, ich will mich Lucius entziehen und gleichzeitig dränge ich mich ihm begierig entgegen, um ihn noch tiefer aufzunehmen – verdammt, was macht er nur mit mir? Mein Körper gehorcht mir nicht mehr, ebenso wenig wie mein Verstand, ich bin nicht mehr Herrin meiner Sinne und reagiere nur noch instinktiv auf das, was Lucius mit mir tut …

Nein, flüstert eine Stimme in meinem Kopf, aber sie ist unendlich weit entfernt. *Du wirst ihn nicht gewinnen lassen. Schenk ihm nicht die Genugtuung deines Orgasmus …*

Ich weiß nicht, ob ich es verhindern kann …

Erregung pulsiert mit unkontrollierbarer Gewalt durch meinen Körper. Nachdem Alexej und Jacques meine Lust bereits in ungeahnte Höhen getragen haben, habe ich kaum noch die Kraft, um Lucius etwas entgegenzusetzen … Mein Verlangen und meine Erregung haben ein so hohes Level erreicht, dass ich nicht weiß, wie ich sie kontrollieren soll.

Ich kämpfe weiter gegen Lucius an, gegen die Welle der Erlösung, die sich in meinem Körper unaufhaltsam aufbaut – bis Lucius sich wieder aus mir zurückzieht.

Keuchend versuche ich, wieder zu Sinnen zu kommen, meine Lust in den Griff zu bekommen, ehe er weitermacht und mich endgültig besiegt, da spüre ich seine Hand an meinen Schamlippen. Er streicht über mein geschwollenes Fleisch, und dann klopft er ganz sanft mit dem Queue dagegen. Es ist wie eine Warnung, und es genügt, um mich wimmern zu lassen. Ich bin so sensibel und erregt, dass jede Berührung tausendfach verstärkt durch meine Nervenzellen schießt. Himmel, er hat doch nicht vor, mich *dort* mit dem Queue zu schlagen ...?

„So prall, so zart und empfindsam", murmelt er mit kalter Grausamkeit in der Stimme. „Bist du bereit für den nächsten Schlag, Evangéline?"

Ich gefriere vor Angst zu Eis, und höre Alexejs warnende, schneidende Stimme.

„*Lucius.*"

Die Körpersprache des blonden Russen

ist unmissverständlich: er steht drohend neben mir, als wäre er kurz davor, Lucius von mir wegzustoßen. Alexejs Blick ist über mich hinweg gerichtet, ich kann die stumme Kommunikation zwischen den beiden Männern nicht verfolgen – und dann lässt die Anspannung in Alexejs Körper plötzlich nach.

Oh mein Gott, er wird doch nicht etwa zulassen, dass Lucius mich schlägt?!

Mein Herz beginnt zu rasen, ich weiß nicht, ob ich das durchstehen werde, ich kämpfe verzweifelt gegen meine eigene Angst – dann spüre ich eine Berührung an meinen Schamlippen, an meinem Eingang, ich zucke zusammen, aber es ist kein Schlag, kein Schmerz. Lucius dringt wieder in mich an, so kraftvoll, dass er mich vom Tisch gestoßen hätte wenn seine Hände sich nicht wie Stahlklammern um mein Becken schließen würden.

Angst und Lust mischen sich in mir zu einem unkontrollierbaren Strudel der Emotionen, und ich stöhne vor Verlangen, als Lucius mich hart und heftig fickt. Ich weiß, dass ich nicht kommen sollte, dass ich mich zusammenreißen sollte ... und dann wandert seine Hand an meinen

Unterbauch, seine Finger finden meine Klitoris, und er weiß genau, wie er mich berühren muss, während er mich unablässig stößt … und der letzte Rest meiner Selbstbeherrschung löst sich auf, als der Orgasmus wie ein Feuerwerk in mir explodiert. Ich höre meine eigenen Schreie, als ich komme, und ich höre auch Lucius' Keuchen, spüre seine Hände, die sich schmerzhaft um meine Hüften klammern, als er sich zuckend in mich ergießt. Dieses Inferno zwischen Himmel und Hölle dauert minutenlang und ich versinke hilflos in einem Orkan meines Gefühlschaos – Erleichterung, Befriedigung, Erlösung … dann Hass und Zorn auf Lucius, auf mich selbst …

Vollkommen ermattet sinke ich zusammen. Ich habe nicht mehr die Kraft, mich abzustützen … jemand fängt mich auf, starke, männliche Arme schieben sich unter meinen Körper und heben mich hoch. Es ist Alexej, der mich an sich gedrückt hält, ich lehne meinen Kopf gegen seine Schulter und schließe die Augen.

„Wir sehen uns morgen", sagt er knapp. „Ihr findet selbst hinaus." Ich habe das Gefühl, dass sein letzter Satz vor allem an Lucius gerichtet ist, und seine Stimme klingt viel

härter als gewöhnlich.
Ich blinzele und fange einen Blick von Lucius auf. Er knöpft seine Hose zu, und der Ausdruck seines Gesichts ist so kalt und unnahbar wie immer. Sein abweisendes, gefühlskaltes Verhalten reißt ein hässliches Loch in mein Inneres. Ich senke den Blick, während Alexej mich nach oben trägt, und dann höre ich, wie die Fahrstuhltüren sich hinter Jacques und Lucius schließen. Tränen steigen in mir hoch und ich kämpfe sie verbissen zurück.

Was stimmt nicht mit dir, Valérie? Verdammt, das war es doch, was du wolltest: Heißen Sex mit Lucius, ohne dass es etwas bedeutet!
Warum tut es dann so weh?

„Möchtest du duschen?" Alexejs raue Stimme fühlt sich beinahe wie eine Liebkosung an.
Ich nicke, ohne darüber nachzudenken. Er trägt mich ins Bad und stellt mich behutsam auf die Füße. Dann streift er das Kleid von meinem Körper, meinen BH, und plötzlich stehe ich nackt vor ihm. Er beginnt, sein Hemd aufzuknöpfen.
Ich fühle mich unendlich erschöpft und verletzlich. Scheu verschränke ich

die Arme vor meinen Brüsten und senke den Kopf. In diesem Augenblick ist es mir gleichgültig, ob Alexej mich für schwach hält, ich habe einfach nicht mehr die Kraft, eine Fassade aufrecht zu erhalten.

Alexej streift seine restliche Kleidung ab, bis er ebenfalls völlig nackt ist. Wenn er jetzt auf eine weitere Runde besteht, dann …

„Alexej", flüstere ich, und meine Stimme klingt so zerbrechlich, wie ich mich fühle. „Bitte … ich kann nicht …"

Er schaltet das Wasser der Dusche ein und bietet mir seine Hand. „Für was für ein Monster hältst du mich eigentlich, Eva?"

Scheu greife ich nach seiner Hand und lasse mir von ihm in die Dusche helfen. Er schaltet das Wasser ein, es fällt wie warmer Regen auf uns.

Alexej blickt schweigend auf mich herunter. Ich stehe so dicht vor ihm, dass unsere Körper sich beinahe berühren. Er ist so viel breiter und stärker als ich, sein ganzer Körper ist muskelbepackt und kraftvoll. Plötzlich legt er die Arme um mich und zieht mich an sich.

Mein Körper versteift sich und ich lege instinktiv die Hände auf seine Brust. Ich spüre die harten

Muskelstränge unter meinen Fingern,
natürlich habe ich keine Chance, ihn
abzuwehren.

„Wann wirst du mir endlich
vertrauen?", murmelt er. Dann birgt er
meinen Kopf an seiner Brust und
streichelt über mein Haar … Himmel, es
fühlt sich *beschützend* an.

Vollkommen verwirrt lasse ich zu,
dass er mich sanft festhält.

„Was ist da unten gerade passiert?",
fragt er nach einer Weile leise.
„Zwischen Lucius und dir?"

Ich drücke mich an ihn und
schüttelte stumm den Kopf. Ich kann es
Alexej unmöglich sagen. Verfluchter
Mist, ich kämpfe schon wie verrückt
darum, Lucius nicht an mich
ranzulassen – soll ich mir jetzt etwa
eingestehen, dass es nicht
funktioniert hat, und zu allem
Überfluss auch noch Alexej vertrauen?!

*Großartig, Valérie. Einfach
großartig. Warum weihst du nicht auch
noch Jacques ein und erzählst ihnen
bei der Gelegenheit gleich, dass du
hinter ihren Vätern her bist?*

*Verdammt. Verdammt, verdammt,
verdammt!*

Tränen der Wut und der Hilflosigkeit
laufen über meine Wangen. Es ist
einfach alles zu viel, ich vergrabe

mein Gesicht an Alexejs Brust und bete, dass er meine Tränen für Wassertropfen hält.

Alexej versucht nicht weiter, in mich zu dringen. Er hält mich eine Weile schweigend in seinen Armen, und irgendwann versiegen meine Tränen. Ich fühle mich unendlich müde und möchte nichts als schlafen, und die letzten zwei Tage vergessen.

Ich wickele mich in ein Badetuch und greife nach einer Zahnbürste, die Alexej für mich bereitgestellt hat. Als er ein Badetuch um seine Hüften schlingt, fällt mein Blick auf seine nackte Haut und ich ziehe scharf die Luft ein.

Sein Rücken ist von Narben übersät! Es sind großflächige Brandnarben, die sein wildes Aussehen endgültig unterstreichen.

Er sieht mich an, mit einem merkwürdigen Ausdruck in den Augen.

„Tut mir leid …" Ich schlage die Hand vor meinen Mund, weil mir bewusst wird, wie unhöflich und verletzend meine Reaktion für ihn gewesen sein muss. „Tut mir leid, Alexej! Ich habe nur nicht gewusst, dass … sie sind mir nie zuvor aufgefallen …"

„Schon gut", sagt er ruhig und scheinbar gleichgültig.

Er will sich zum Gehen wenden, doch ich lege meine Hand zaghaft an seinen Arm.

„Bitte … was ist passiert?"

„Es war ein Unfall", erklärt er knapp. „Ich war noch ein Teenager." Er scheint nicht näher darauf eingehen zu wollen, und ich traue mich nicht, weiter nachzufragen.

Bevor er das Badezimmer verlässt, bleibt er in der Tür stehen. „Vorhin, im Wohnzimmer … ich habe Lucius noch nie so erlebt", sagt er über die Schulter, ohne mich anzusehen. „Du gehst ihm unter die Haut, Eva."

Als ich am nächsten Morgen erwache, ist das Bett neben mir leer. Ich bin froh, dass Alexej mir gestern Nacht keine Fragen mehr über Lucius gestellt hat, und es stört mich auch nicht, dass er heute Morgen offenbar schon ins Büro gefahren ist, ohne mich zu wecken.

Das heißt, ich *hoffe*, dass er ins Büro gefahren ist … er wird doch nicht diese ‚Assistentin' wieder hierher gerufen haben? Ich schlüpfe aus dem Bett, husche zur Tür und lausche, ob ich unten im Loft Stimmen höre.

Stille … offenbar ist niemand zu Hause.

Erleichtert gehe ich ins Ankleidezimmer. Ich lasse meine Finger über die vielen Kleider gleiten, die Alexej für mich bestellt hat – sie sind alle wunderschön, aber gerade nicht das Richtige. Kurzerhand leihe ich mir ein T-Shirt und Boxershorts aus Alexejs Schrank, schlüpfe hinein und tapse barfuß hinunter ins Wohnzimmer.

Alexejs Sachen sind viel zu groß, aber herrlich bequem. Ich genieße es, allein im Loft zu sein, lasse mich auf die Couch sinken und suche mein Telefon aus meiner Tasche hervor. Ich brauche dringend, *dringend* ein Gespräch mit dem Menschen, der mich am besten kennt.

„Mon ange!" Juliens Stimme am anderen Ende der Leitung zaubert ein Schmunzeln auf meine Lippen. Ich fühle mich augenblicklich besser. „Ich brenne darauf, deine Neuigkeiten zu hören! Bist du schon bei dem gefährlichen Russen eingezogen?"

Kopfschüttelnd verdrehe ich die Augen. Ich liebe Julien, aber manchmal habe ich das Gefühl, ich bin sein Unterhaltungsprogramm.

„Ja. Gestern."

„Und? Kannst du noch sitzen?" Ich sehe sein anzügliches Grinsen bildlich vor mir.

„Schwerlich", gebe ich zu und rücke auf der Couch herum, um eine Position zu finden, in der mein Hintern nicht höllisch wehtut. „Allerdings ist daran nicht Alexej schuld, sondern Lucius."

„*Was?* Dieser kontrollierte, beherrschte Engländer? Was ist passiert?"

„Julien, ich fürchte, ich habe einen furchtbaren Fehler gemacht", flüstere ich. „Vor zwei Nächten, da hatte ich einen Moment der Schwäche, und da … habe ich mit Lucius geschlafen."

Stille am anderen Ende der Leitung. „Ich bin *schockiert*", ertönt dann Juliens Stimme, triefend vor Ironie. „Ich war der Meinung, ihr zwei trinkt bloß Eistee auf der Veranda, während er dir Sonette vorliest …"

„Ich meine es ernst, Julien! Wir haben nicht gevögelt. Wir haben *miteinander geschlafen.*"

Eine vollkommen andere Art von Stille. „*Oh. Mein. Gott*", haucht Julien dann. „Und was willst du jetzt tun? Wie denkt er darüber? Was wird aus deinen Racheplänen -?"

„Keine Ahnung!", zische ich verzweifelt. „Ich habe mich in eine schreckliche Situation manövriert! Ich versuche alles, damit es zwischen uns

wieder so wird wie es sein sollte –"
„Du meinst Vergnügen ohne Verpflichtungen?"
„Ich meine, ich brauche einen klaren Kopf für mein eigentliches Ziel! Und ja, Sex ohne … ohne …" Ich bringe nicht einmal das Wort hervor.
„Was? Etwa *Gefühle?!*" Ich sehe Julien vor mir, wie er die Augen aufreißt. „Soll das etwa heißen, du *empfindest* etwas für Montgomery?"
„Nein! Natürlich nicht! Ich weiß nicht mehr, was ich tun soll, Julien", flüstere ich. „Ich habe gestern versucht, Lucius gegenüber eine abweisende Haltung zu bewahren, aber …"
„Wie hat er reagiert?"
„Hart. Furchtbar hart. Unnahbar und … grausam. Ich habe ihn nicht wiedererkannt."
„Mon ange", seufzt er sanft. „Das haben dominante Kerle wie dein Engländer nun mal so an sich. Deine Ablehnung hat sein Ego gekränkt und seinen Zorn geweckt – das wiederum lässt sein Stolz nicht zu, also reagiert er seine Wut an dir ab."
„Psychologie", murmele ich. „Du hättest wirklich Psychologie studieren sollen anstatt Wirtschaftsrecht …" Ich seufze. „Es ist, als wäre er ein

völlig anderer Mann als in der vergangenen Woche, die ich in seiner Villa verbracht habe." Meine Stimme wird leiser. „Ich habe dir das nie erzählt, aber an meinem ersten Morgen ist Lucius früher aufgestanden, um zu arbeiten, und dann wieder zu mir zurück ins Bett gekommen. Er hat sich ausgezogen und neben mich gelegt, bis ich aufgewacht bin."

„Und …?"

„Verstehst du nicht? Er wollte keinen Sex, er wollte einfach nur neben mir im Bett liegen, bis ich aufwache."

„Oh", murmelt Julien. *„Oh."*

„Und warum hat Lucius darauf bestanden, dass ich in seinem Schlafzimmer wohne? Er hat sogar Platz für meine Sachen in seinem Schrank gemacht! Wer tut so etwas für ein Callgirl, das er für eine Woche gebucht hat?! Außerdem verfügt seine Villa über ein Gästezimmer *genau neben seinem Schlafzimmer*."

„Ange …" Juliens Tonfall gefällt mir überhaupt nicht. Ich weiß, dass er kurz davor ist, etwas zu sagen, das ich garantiert nicht hören will. Er räuspert sich, und ich wappne mich für seine nächsten Worte. „Ein Callgirl vögelt man, und dann schiebt man es für die restliche Zeit beiseite. Wenn Lucius dich in seinem Schlafzimmer einquartiert hatte, dann weil er dich in seiner Nähe haben wollte. Nicht deine Pussy, *dich*."

Meine Finger klammern sich um das Handy und mein Herz fängt an, schneller zu klopfen.

„Nur so aus Interesse", fährt Julien fort. „Wo hat der Russe dich einquartiert?"

Und schon setzt mein pochendes Herz aus. „In seinem Schlafzimmer", hauche ich tonlos.

Niemand kann so vielsagend schweigen wie Julien.

„Es geht nicht anders!", fauche ich. „Alexej hat kein Gästezimmer! Soll ich etwa auf der Couch im Wohnzimmer schlafen?"

Julien lässt das Thema elegant fallen. „Wo ist dein Russe jetzt? Ist er zu Hause?"

„Nein. Ich schätze, er ist ins Büro gefahren."

„Heute? Es ist Samstag."

„Er ist eben ein Workaholic, genau wie Lucius und Jacques."

Julien seufzt. „Kein Wunder, bei den Summen, die die drei mit ihrer Firma scheffeln."

Unwillkürlich denke ich an Michelle

und frage mich, ob sie sich wohl genau in diesem Augenblick auf Alexejs Schreibtisch räkelt … Ich schiebe den Gedanken beiseite, und dann fällt mir etwas ein, das sie gestern gesagt hat.

‚Ich habe viele von deiner Sorte kommen und gehen gesehen. Ich habe sogar Natascha überstanden, und ich bin immer noch hier!'

„Julien, du hast mir doch erzählt, dass Alexej angeblich ein Kind hat …"

„Nicht bloß angeblich. Auf die High-Society-Klatschgeschichten meiner Mutter ist Verlass. Dein Russe hat einen Sohn, der in St. Petersburg lebt."

„Und die Mutter des Kindes …?"

„Dieses russische Model?"

„Genau", knirsche ich. „Sie heißt nicht zufällig Natascha?"

„Ich glaube, du hast recht", murmelt Julien. „Natascha … irgendwas. Russischer Nachname, ist mir entfallen. Warum fragst du?"

„Weißt du, ob es etwas Ernstes war zwischen Alexej und ihr?" Warum frage ich ihn das überhaupt? *Valérie, das sollte dir sowas von egal sein …!*

„Das musst du deinen Russen selbst fragen", schmunzelt Julien. „Aber sie lebt in St. Petersburg und er in Paris, also was auch immer zwischen den beiden gewesen ist, es ist offensichtlich vorbei."

Obwohl ich es niemals zugeben würde, fühle ich mich bei seinen Worten etwas besser. Trotzdem bleibt ein nagendes Gefühl in meinem Innern, das mir ganz und gar nicht gefällt.

„Wie geht es mit deinen Nachforschungen über die Väter der drei voran?", will Julien wissen.

„Schlecht", gebe ich zu. „Ich habe noch immer nicht herausgefunden, wie genau sie in Papas Selbstmord verwickelt sind. Aber ich weiß, dass Alexej und Lucius ein schlechtes Verhältnis zu ihren Vätern haben. Wenn ich endlich herausfinde, was damals vor zwölf Jahren geschehen ist, kann ich mir Alexejs und Lucius' Verrat an ihren Vätern vielleicht erkaufen."

„Dazu müsstest du aber deine Identität preisgeben."

„Ich weiß. Das wäre auch nur der letzte Ausweg." Seufzend reibe ich mir über die Augen. „Ich habe keine Ahnung, ob Alexej und Lucius überhaupt darauf einsteigen würden."

„Wie steht Jacques zu seinem Vater?"

„Das weiß ich nicht. Ehrlich gesagt weiß ich so gut wie nichts über Jacques." Das wird mir erst jetzt so richtig bewusst. „Er ist unglaublich charmant, er behandelt mich zuvorkommend und sorgt sich um mein Wohlbefinden … aber ich habe keine Ahnung, wer er eigentlich *ist*."

In diesem Moment höre ich, wie die Fahrstuhltüren sich öffnen.

„Ich muss Schluss machen!", zische ich in den Hörer und lege auf - keinen Augenblick zu früh, dann Alexej tritt aus dem Aufzug.

„Guten Morgen", schmunzelt er.

„Ich dachte … du wärst … im Büro - ?", platze ich verwirrt heraus.

Er durchquert das Loft und stellt die Tüten, die er trägt, auf die Kochinsel. „Nein. Ich war einkaufen."

Ich folge ihm verblüfft in die Küche.

„Du wirst die nächsten Tage hier im Loft verbringen, und in meinem Kühlschrank sind nichts als Wodka, Champagner und ein Glas Oliven für Martinis." Alexej packt seine Einkäufe aus - frische Erdbeeren, Weintrauben, eine Melone, verführerisch duftendes Baguette, Prosciutto …

Er funkelt mich verschmitzt an. „Ich halte dich nicht für eine leidenschaftliche Köchin, aber vielleicht hast du zwischendurch Lust auf einen kleinen Snack."

Die Geste überrascht mich so sehr,

dass ich Herzklopfen bekomme.

Krieg' dich wieder ein, Rochefort! Er war bloß im Supermarkt, kein Grund, romantische Gefühle für den Kerl zu entwickeln …

Sein Blick wandert über meinen Körper und seine Mundwinkel kräuseln sich belustigt. Mir wird bewusst, dass ich in karierten Boxershorts und einem seiner dunkelblauen T-Shirts vor ihm stehe, das an mir wie ein Minikleid aussieht. „Du weißt, dass dort oben ein Kleiderschrank voller Tausend-Euro-Kleider auf dich wartet?"

„Tut mir leid", murmele ich verlegen. „Ich ziehe mich gleich um. Ich habe nicht damit gerechnet, dass du so bald wieder nach Hause kommst. Möchtest du, dass ich etwas Bestimmtes …?"

„Nein." Er dreht mir den Rücken zu und schaltet die Kaffeemaschine ein. „Es gefällt mir, wenn du meine Sachen trägst. Kaffee?"

Der besitzergreifende Ton in seiner Stimme jagt mir einen unerwarteten Schauer über den Körper. Warum fühlt sich sein T-Shirt auf meiner Haut plötzlich viel intimer an, als wenn Alexej mich vögeln würde?

Kapitel 6

Kurze Zeit später sitze ich auf der Couch, die Beine untergeschlagen, mit einer Tasse Kaffee in meinen Händen. Alexej sitzt neben mir, einen Fuß auf den Couchtisch gestützt, und isst Weintrauben.

„Warum arbeitest du heute nicht?", frage ich und nippe an meinem Kaffee. Er ist heiß und stark, genau so, wie ich ihn mag.

„Es ist Samstag."

„Das hat Lucius nie davon abgehalten, ins Büro zu fahren."

„Ich bin nicht Lucius."

Ich nicke und starre auf meine Tasse. Nein, ganz offensichtlich ist er nicht Lucius. Sein Umgang mit mir ist entspannt, wirklich vollkommen anders, als ich es von dem brutal wirkenden Russen erwartet habe. Trotzdem ist es ein merkwürdiges Gefühl, mit Alexej einfach so auf der Couch zu sitzen.

Er greift nach der Fernbedienung und schaltet den Flachbildfernseher ein. Ich werfe einen Blick auf den Schirm.

„,The Transporter'?"

Alexej lehnt sich auf der Couch zurück. „Ich mag Actionfilme. Dieser hat brillant choreografierte Kampfszenen."

Unsicher runzele ich die Stirn. Alexej schiebt sich eine Weintraube in den Mund und startet den Film. Okay, es ist also sein Ernst …

Sitze ich tatsächlich mit Alexej Doroschkow auf seiner Couch und gucke einen Film?

Nachdem sich meine Überraschung gelegt hat, finde ich die Idee gar nicht so übel. Sollte ich meine Zeit mit Fernsehen verschwenden? Nein. Definitiv nicht. Ich sollte stattdessen jede Minute nützen, um an meinen Recherchen weiterzuarbeiten. Aber in meinem Kopf dreht sich alles nur noch um Lucius, ich kann ohnehin keinen klaren Gedanken fassen um mich zu konzentrieren. Vielleicht ist ein wenig Ablenkung gar nicht schlecht … also mache ich es mir neben Alexej bequem und lasse mich von den Actionszenen, die über den Bildschirm flackern, berieseln.

Nach einer Weile finde ich es sogar gemütlich, mit dem Russen auf der Couch. Es fühlt sich zwar ein bisschen so an, als würde ich neben einem dösenden Raubtier sitzen, aber irgendwie gefällt es mir …

Ich zucke innerlich zusammen, als mir klar wird, wie *wohl* ich mich in Alexejs Gegenwart gerade fühle – und damit ist es mit meiner Entspannung vorbei. Plötzlich wäre es mir sogar lieber, er wäre zu Michelle ins Büro gefahren, oder er würde mir eine knallharte Session abverlangen, mich an meine Grenzen bringen, so dass meine Sinne geschärft bleiben. Solange ich vor Alexej Angst hatte, war ich aufmerksam und auf der Hut. Ich habe ihn für unberechenbar, brutal und gefährlich gehalten, damit konnte ich umgehen! Die Gelassenheit, mit der er mich jetzt behandelt, bringt mich aus dem Konzept, sie lullt mich ein und bringt mich unbewusst dazu, mich ihm zu öffnen. Sehr subtil, und nur ein wenig, aber dennoch …

Verdammt, Valérie, du darfst ihn nicht an dich ranlassen!

„Ich stehe auf Luc Besson." Alexej schaltet während des Abspanns den Fernseher aus.

„Tatsächlich?", frage ich trocken. „Ich hätte nicht gedacht, dass er dein Typ ist."

Alexej stutzt – dann blitzt etwas in seinen grünen Augen auf, und im nächsten Moment stürzt er sich auf mich und zwingt mich mit dem Rücken auf die Couch. Sein schwerer Körper über mir presst mir die Luft aus den Lungen, und ich keuche erschrocken auf.

Alexej hält mich mühelos in seiner Gewalt. „Vorsicht", knurrt er. Es ist ein spielerisches Knurren, mit dem Hauch einer Warnung.

Besser. Viel besser.

„Sonst was?", flüsterte ich wagemutig. Ich kann mich unter ihm kaum bewegen, und das Gefühl seiner Muskeln und seiner Stärke macht mich an.

Seine linke Hand packt meinen Kiefer mit hartem Griff, und dann küsst er mich. Seine Zunge dringt in meinen Mund ein, fordernd und besitzergreifend. Der Kuss hat nichts Zärtliches, er ist pure Lust, pures Verlangen. Gleichzeit spüre ich Alexejs rechte Hand an meinem Hintern, er packt mich kraftvoll und drängt seinen Körper zwischen meine Schenkel. Erregung flammt in meinem Unterbauch auf, fließt wie brennende Lava durch meine Adern. Seine Küsse sind brutal, seine Stärke überwältigend.

Oh Gott, wie habe ich mich täuschen lassen, als er stundenlang scheinbar ruhig neben mir gesessen ist! Jetzt bricht das Raubtier aus ihm hervor und ich keuche an seinen Lippen, es ist alles, was ich gegen ihn ausrichten kann. Lust pocht zwischen meinen Beinen, als er sein Becken gegen mich presst und mich seine Erregung deutlich spüren lässt.

Durch den dünnen Stoff der Boxershorts fühle ich seine Härte, die er an mir reibt, herausfordernd und einschüchternd, es ist seine männliche Dominanz, die die Führung übernommen hat und meine Unterwerfung fordert.

Die Gewissheit, dass ich ihm ausgeliefert bin, dass ich nichts tun kann, um seine Stärke aufzuhalten, macht mir Angst und macht mich gleichzeitig an. Niemand ist hier, wir sind allein, und Alexej ist scharf und so hart, dass er mir wehtun könnte, wenn er seine ganze Kraft entfesselt und seinem Verlangen nachgibt ... Die Vorstellung, dass er gnadenlos in mich eindringt, verursacht ein ängstliches, erregtes Ziehen zwischen meinen Beinen. Verlangen und Furcht mischen sich zu einem wilden Wirbelsturm, ich wehre Alexej ab, und gleichzeitig hebe ich ihm mein Becken entgegen ...

„Kämpfst du gegen mich?", knurrt er heiser. „Du kannst nicht gewinnen, Eva

…"

Er schiebt seine Hand zwischen meine Beine, seine Finger finden ihren Weg unter die Boxershorts und tauchen zwischen meine Schenkel. Ich keuche auf und kralle meine Nägel in seine breiten Schultern, er ertastet meine Feuchtigkeit, so als ob er sichergehen will, dass ich mein Vergnügen habe. Seine Lippen kräuseln sich zu einem verwegenen Lächeln.

„Gut", murmelt er rau und lässt seine Finger in meine nasse Enge gleiten. „Das ist gut … kämpfe gegen mich, meine Schöne, wenn es dich anmacht … aber gewinnen wirst du nicht."

Damit stößt er seine Finger tief in mich.

Ich schreie auf, als der Orgasmus plötzlich und unerwartet in mir explodiert. Ich bin ebenso überrascht wie Alexej, dessen Augen sich weiten, als ich mich an ihn klammere und meine inneren Muskeln sich hart um seine Finger kontrahieren.

Er hält inne, gibt mir Zeit, die heftigen Wellen der Lust zu verarbeiten, die über meinen Körper hinweg rollen. Keuchend und zitternd liege ich unter ihm, und mein Herz rast.

Großer Gott … niemals hätte ich erwartet, dass seine körperliche Überlegenheit und seine primitive, animalische Dominanz mich so anmachen würden!

Alexejs harter Griff um meinen Kiefer lockert sich, er streichelt über meine Wange und lässt seine Fingerspitzen über meine geöffneten Lippen gleiten. Ich kann den Ausdruck in seinem Gesicht nicht deuten … ist es Zufriedenheit? Triumph? Genugtuung? Alexej wartet, während mein Körper sich entspannt, er liegt einfach auf mir und lässt mich sein Gewicht spüren. Seltsamer Weise genieße ich es sehr, unter seinem Körper gefangen zu sein.

Nach einer Weile bewegt Alexej sich - er schiebt sich zu meiner Verwunderung von meinem Körper und richtet sich auf.

„Möchtest … du nicht auch …?" Mein Blick flackert unsicher zu seinem Becken, ich habe gespürt, wie erregt er ist, und der Beweis drückt sich prall gegen seine Hose.

„Wir haben den ganzen Tag Zeit, Eva." Er bietet mir seine Hand und zieht mich auf die Beine. Meine Knie beben, meine Muskeln fühlen sich an wie Wackelpudding.

Verwirrt und zögernd folge ich ihm … was hat er vor? Er holt uns beiden etwas zu trinken, dann geht er zum Billardtisch und beginnt zu meiner Verwunderung, die Kugeln zu arrangieren.

„Lust auf ein Spiel?"

Ich blinzele.

„Was verunsichert dich? War der Orgasmus nicht gut?"

Ich schlucke, als er mir direkt in die Augen sieht. „Doch. Sogar sehr gut." Besser als er hätte sein dürfen, wenn ich bedenke, dass ich Alexej – wenn auch halbherzig – eigentlich abgewehrt habe … *Oh Gott.* Wieso bin ich dabei so hart gekommen?

„Ich verstehe", sagt er leise. Er kommt auf mich zu, legt seine Hand unter mein Kinn und hebt meinen Kopf an, damit ich ihn ansehe.

Ich will am liebsten die Augen niederschlagen, doch er lässt es nicht zu. Himmel, was ist nur los mit mir? Ich habe weit wildere Sessions mit Alexej und den anderen hinter mir, warum geht mir diese Situation so nahe?

„Es war nur ein *Spiel*, Eva", sagt er ruhig. „Es macht dich an, dich mir zu unterwerfen, und es macht dich an, so zu tun, als würdest du dabei gegen mich kämpfen – aber das ist etwas zwischen *uns beiden*. Es hat nichts mit der Realität zu tun. Es bedeutet nicht, dass du es genießen würdest, wenn ein fremder Mann sich dir aufzwingt, während du ihn abwehrst."

Seine Worte treffen meine zweifelnden Gedanken auf den Punkt, auch wenn ich mich nie getraut hätte, sie auszusprechen. Offenbar ist dieser Gedanke so tief in meiner weiblichen Psyche verwurzelt, dass nicht einmal die harten Sexspiele mit Alexej und den anderen an dieses Tabu heranreichen.

Alexej scheint meine Gedanken zu lesen, er legt den Kopf in den Nacken und lacht. „Was gerade zwischen uns passiert ist, bedeutet doch nicht, dass du *Vergewaltigungsphantasien* hast, Eva!"

Nein. Natürlich nicht! Trotzdem fühle ich mich bei seinen bestätigenden Worten besser und schenke ihm ein scheues Lächeln.

Er streichelt über meine Wange. „Es bedeutet, dass du beginnst, mir zu vertrauen."

Und mein Lächeln gefriert auf meinen Lippen.

Das ist lächerlich. Natürlich vertraust du ihm nicht, Valérie!

Wie ist es möglich, dass mein Körper und mein Kopf zwei so völlig verschiedene Dinge wollen?

Ich beiße mir auf die Unterlippe, während Alexej einen Queue aus der Halterung nimmt und ihn mir reicht.

Was Lucius betrifft, ist mir die Kontrolle entglitten. Ich werde nicht zulassen, dass sie mir auch bei Alexej entgleitet! Nie, niemals werde ich diesem Mann vertrauen. Niemals.

„Du hast gestern nicht schlecht gespielt", sagt er und stellt sich hinter mich. „Wenn du willst, zeige ich dir, wie du deine Technik verbessern kannst."

Es ist mir vollkommen egal, ob ich eine akzeptable Billard-Technik habe oder nicht, aber der Vorschlag bringt uns auf neutrales Terrain – also nicke ich zustimmend. Und bereue es im nächsten Moment, denn Alexej presst seinen Körper von hinten gegen mich, während er mich an den Spieltisch drückt, seine Arme um mich schlingt und meine Finger um den Queue schließt.

„Der Queue muss in gerader Linie auf das Ziel zeigen." Seine Lippen berühren mein Ohr, und seine Stimme jagt einen Schauer durch meinen Körper. „Damit die Kraft des Stoßes –"

– er führt den Stoß aus, und ich spüre, wie sich sein Körper dabei gegen meinen drängt – „auf das Ziel übergeht." Die Kugel, auf die er gezielt hat, schießt direkt in eine Ecktasche.

Ich hasse mich dafür, wie sehr ich es genieße, wenn sein muskulöser Körper mich so umfängt. Alexejs Stärke spricht einen Teil meiner Weiblichkeit an, der mich dazu drängt, mich an ihn zu schmiegen … und zwar nicht nur, weil er mich erregt, sondern, weil ich mich nach dem Gefühl seines Schutzes sehne …

Schluss damit! Valérie, hör endlich auf mit dem Unsinn!

Ich weiß nicht, ob Alexej bewusst einen Plan verfolgt, ob er seine maskuline Wirkung auf mich absichtlich einsetzt, um sich mein Vertrauen aufgrund der Reaktionen meines Körpers zu sichern – ich weiß nur, dass ich den Spieß endlich umdrehen muss!

Alexej ist nicht der Einzige mit einem heißen Körper und manipulativen Fähigkeiten.

„Wie wäre es mit einem Einsatz, um das Spiel interessanter zu machen?", schnurre ich in seinen Armen. „Für jeden missglückten Stoß fällt ein Kleidungsstück des Spielers."

Alexej zieht eine Augenbraue hoch. „Du trägst nur zwei Teile."

Ich schmunzele lasziv. „Ist das ein Problem für dich?"

„Kein Problem", erwidert er rau.

Er gibt mich frei und lehnt sich über den Tisch, um den ersten Stoß auszuführen. Ich schlendere an seine Seite, beuge mich mit harmloser Miene zu ihm, als würde ich ihm beim Zielen zusehen, und puste sanft auf seinen Nacken während er zustößt. Der Queue gleitet von der weißen Kugel ab, die sich nur wenige Zentimeter über den Tisch bewegt.

„Kleines Biest", murmelt Alexej und fixiert mich mit seinen hellen Augen. „Welches Teil darf es sein?"

Ich lege den Kopf schief und lächele ihn unschuldig an. „Dein Shirt."

Er zieht es mit einer geschmeidigen Bewegung über den Kopf und wirft es nachlässig auf die Couch. Mit einem genüsslichen Seufzen betrachte ich seinen Oberkörper und lecke mir dabei scheinbar gedankenversunken über die Lippen. Alexejs' Blick wird lauernder, gefährlicher.

Innerlich lächele ich triumphierend.

Ich nehme ihm den Queue ab und lege zum Stoß an. „Wo hast du Billardspielen gelernt?"

„Mein Vater hat es mir beigebracht."

Ich halte inne. Das ist eine unerwartete, perfekte Gelegenheit, um ihn über seinen Vater auszufragen.

„Ich nehme an, das war bevor …?"

„Er seine Leidenschaft für russische Nutten entdeckt und meine Mutter betrogen hat? Ja", erwidert Alexej trocken.

„Redet ihr noch miteinander?", frage ich behutsam. Ich will nicht zu neugierig erscheinen und Alexej misstrauisch machen, und gleichzeitig will ich so viel wie möglich über Alexejs Beziehung zu seinem Vater herausfinden.

„Nur an den Feiertagen." Er klingt gleichgültig. *Zu* gleichgültig.

Verdammt, die Sache geht ihm nahe.

„Und was ist mit deiner Mutter?"

Alexej lächelt kalt. „Mutter rächt sich auf ihre Weise, indem sie das Geld meines Vaters mit beiden Händen zum Fenster hinauswirft." Er schüttelt den Kopf. „Vor einem Monat hat sie schon wieder ein Boot gekauft. Das *dritte*. Dabei hasst meine Mutter es, zu segeln."

Ich lehne mich gegen den Tisch und stütze mich auf den Queue auf. „Warum lässt sie sich nicht scheiden?"

Er zuckt mit den Schultern. „Es

steht viel Geld auf dem Spiel, der Ruf der Familie und die soziale Stellung … ich denke, meine Eltern wollen keinen öffentlichen Rosenkrieg riskieren. Wie ich die beiden einschätze, könnte der sehr schmutzig werden."

Mein Verstand rast. Alexej hasst also seinen Vater, und so, wie er über seine Mutter spricht, habe ich das Gefühl, dass sie ihm leid tut. Seine Familie hat offensichtlich mehr als genug Geld - abgesehen von dem Vermögen, dass Alexej, Jacques und Lucius mit ihrer Private Equity Gesellschaft verdienen - also werde ich mir seinen Verrat an seinem Vater wohl nicht erkaufen können.

Jedenfalls nicht mit Geld … aber vielleicht ist er bereit, mir zu helfen, wenn ich ihm dafür ein Druckmittel für seine Mutter liefere? Wenn Wladimir Doroschkow mitschuldig am Ruin und Selbstmord meines Vaters ist, und Alexej mir hilft, das zu beweisen, dann bekommt seine Mutter dadurch ein Druckmittel, um eine skandalfreie Scheidung zu ihren Gunsten zu erpressen.

Nach der Scheidung würde ich Wladimir Doroschkow natürlich trotzdem zu Fall bringen - aber das muss Alexej ja nicht wissen.

Mein Herz beginnt, vor Nervosität heftiger zu pochen. Das könnte wirklich funktionieren …

Alexej reißt mich aus meinen Gedanken. „Die amourösen Fehltritte meines Vaters sind mir trotzdem lieber als das, was Lucius' Vater sich geleistet hat."

Ich horche auf. „Lucius hat mir erzählt, dass er kaum noch mit seinem Vater spricht, weil der seine Mutter betrogen hat, und dann sogar den Scheidungsgrund geheiratet hat."

Alexej nickt. „Sie ist ungefähr so alt wie du, Eva, und Lucius' alter Herr ist fünfundsechzig. Außerdem haben sie ein Kind zusammen."

Ich erstarre. „Das … wusste ich nicht."

„Der Kleine ist auf die Welt gekommen, da waren Lucius' Eltern noch verheiratet. Lucius hat einen *dreijährigen Halbbruder*, zur Hölle, ich kann verstehen, dass er seinem Vater die ganze Sache übelnimmt."

Ich schlucke. Mir kommt gar nicht in den Sinn, diese Informationen zu meinem Vorteil zu verwenden – mein erster Gedanke ist, dass ich Lucius offenbar kaum kenne, und diese Erkenntnis löst einen schmerzhaften Stich in meinem Inneren aus.

Spinnst du, Rochefort? Diese Information ist Gold wert! Hör endlich auf mit dieser Gefühlsduselei und konzentriere dich, verdammt nochmal!

Wenn ich Lucius nicht mit Geld ködern kann, dann vielleicht mit der Möglichkeit, es seinem Vater heimzuzahlen. Nachdem, was Alexej mir gerade erzählt hat, würde Lucius seinen Vater bestimmt gerne fallen sehen …

Unwillkürlich kommt mir Alexejs kleiner Sohn in den Sinn. Ich presse die Lippen zusammen, ich würde ihn so gern danach fragen, aber ich weiß nicht, wie ich das Thema anfangen soll.

„Du bist dran, Eva."

Ich setze zum Stoß an, doch weil mir Alexejs Worte und die neuen Informationen durch den Kopf schwirren, geht er gründlich daneben. Alexej grinst gefährlich.

„Die Shorts, meine Schöne."

Mit einem kleinen Lächeln lasse ich die karierten Shorts über meine Schenkel zu Boden gleiten. Ich bin unter Alexejs T-Shirt, das bis zu meinen Oberschenkeln reicht, nackt, und Alexej weiß das.

Er greift nach seinem Queue und lehnt sich über den Tisch. Mit einem berechnenden Funkeln in den Augen setzt er den Stoß in den Sand.

„Das war Absicht", schmunzele ich.

„Das war Taktik", erwidert er lasziv. „Die Jeans, nehme ich an?"

Als ich nicke, öffnet er den Reißverschluss und schlüpft aus der Hose. Sein Penis ist noch immer erigiert und zeichnet sich an Alexejs engen, schwarzen Shorts deutlich ab.

Ich werfe einen Blick auf den Tisch und überlege flüchtig, welche Kugel ich ins Visier nehme – obwohl sich dieses Spiel natürlich nie wirklich um Billard gedreht hat. Als ich mich vornüber beuge und den Queue anlege, tritt Alexej hinter mich. Ich halte den Atem an, als er mein Shirt hochschiebt, seine Hände an mein Becken legt und seine Härte an meinem Po reibt.

„Und wie", flüstere ich, „soll ich mich jetzt konzentrieren?"

„Dein Problem", erwidert er rau. Dann spüre ich, wie er seine Shorts hinunterzieht und seinen Schwanz herausfordernd zwischen meinen Beinen reibt. Es fühlt sich so gut an, dass meine Beine anfangen zu zittern. „Für jeden missglückten Stoß erwartet dich ein Stoß von mir."

„Nur einer?", flüstere ich keck über

die Schulter.

Seine Finger schließen sich kraftvoller um mein Becken. „Versuch dein Glück, meine Schöne", knurrt er lauernd.

Was er verlangt, ist unmöglich. Mein Körper bebt in lustvoller Erwartung, so dass ich den Queue nicht ruhighalten kann ... natürlich verfehlt die Kugel ihr Ziel.

Oh Gott – meine Fingernägel ziehen eine Spur über den grün bespannten Billardtisch, als Alexej seine Härte mit einem kraftvollen Stoß in mich versenkt. Er stößt tatsächlich nur ein Mal zu, und verharrt dann reglos in mir.

„Du bist ... das ist ...", keuche ich, während mein feuchtes, empfindliches Fleisch um seine Schwanz pulsiert, und mein Körper um Erlösung bettelt, „... du ... du -!"

„Du bist am Zug, Eva", raunt er in mein Ohr.

Hastig greife ich nach dem Queue. „Du weißt, dass ich nicht treffen werde", flüstere ich.

„Das solltest du aber", erwidert er heiser, und stößt ein zweites Mal in mich. „Sonst werde ich nicht weitermachen ..."

Ich stöhne kehlig, beinahe gleitet

mir der Queue aus den Fingern. Alexej beginnt einen quälend langsamen Rhythmus harter, tiefer Stöße. Die Lust schießt durch meinen Körper, kribbelt bis in die kleinste Nervenzelle.

„Eva?", flüstert er warnend und hält inne. Ich greife hastig nach dem Queue, und Alexej fährt mit seiner erregenden Folter fort, während ich einen vollkommen unkoordinierten Stoß ausführe.

„Wie schade", murmelt er, als die Kugel die Tasche verfehlt, und zieht sich abrupt aus mir zurück.

„Nein", keuche ich. „Nicht …" Was verlangt er von mir? Kein Mensch kann sich unter diesen Bedingungen konzentrieren, verflucht …!

„Ich werde dich wohl bestrafen müssen."

Mein Körper zittert vor Erregung, ich verstehe seine Worte kaum. „Was - ?"

Bevor ich meine Gedanken in Worte fassen kann, hebt Alexej mich hoch und legt mich mit dem Rücken vor sich auf den Tisch. Dann spreizt er meine Beine, drückt meine Schenkel auseinander und küsst meine Klitoris.

Ich keuche und biege den Rücken durch. Seine Zunge leckt schnell und hart über meine Schamlippen, meine Finger krallen sich in den Tisch, ich suche verzweifelt etwas, um mich festzuhalten, während seine Zunge über meinen Eingang gleitet und dann blitzschnell in mich stößt.

„Oh Gott", keuche ich. „*Alexej …!*"

Seine Hände halten meine Schenkel fest, während er mich so ausgiebig reizt, dass sich der Orgasmus rasend schnell aufbaut. Seine Zunge flattert über meine Klitoris, mein Unterleib zieht sich erwartungsvoll zusammen – und dann bricht die Erlösung über mich herein. Noch während die Wellen durch meinen Körper branden, zieht Alexej mich vom Tisch, dreht mich um dringt von hinten in mich ein. Mein Körper ist weich und nachgiebig, ich biege mich ihm entgegen, um seine Stöße aufzunehmen. Seine keuchenden Atemzüge und seine schnellen, harten Bewegungen verraten, dass Alexej am Ende seiner Selbstbeherrschung ist. Als er zuckend in mir kommt, beugt er sich über mich, stützt seine Arme neben meinem Körper auf, und ich spüre seinen heißen Atem an meinem Nacken.

„Deine ‚Zigarette danach'?" Ich zwinkere Alexej zu, als er schweigend einen Schluck Wodka nimmt.

Wir sitzen beim Esstisch, ich trage immer noch nur sein T-Shirt und Alexej ist bis auf seine Shorts nackt. Ich mache es mir bequem, ziehe ein Knie heran und nippe an meinem Champagner.

Es ist mitten am Nachmittag, eine merkwürdige Tageszeit, um eine Champagnerflasche zu köpfen, aber Alexej scheint das nichts auszumachen. Als er mir nicht antwortet, knabbere ich an einer Erdbeere.

„Ich würde dich gern etwas fragen", sage ich schließlich. Weil ich nicht weiß, wie ich das Thema sonst ansprechen soll, beschließe ich, einfach so nah an der Wahrheit dranzubleiben wie möglich.

Er nickt schweigend.

„Als ihr mich gebucht habt, habe ich … na ja, ein bisschen im Internet recherchiert."

Er zieht ironisch die Brauen hoch. „Für den Fall, dass wir perverse Frauenmörder sind?"

„Unsinn. Ich war einfach neugierig." Ich zögere. „Ich bin da auf etwas gestoßen … über dich. Über deinen Sohn." Ich halte gespannt den Atem an.

Alexej nimmt noch einen Schluck und stellt dann ganz langsam das Glas ab. Sein Schweigen macht mich nervös.

„Falls du … nicht darüber sprechen

willst", beginne ich unsicher, „werde ich nicht noch einmal fragen."

„Es gibt nicht viel dazu zu sagen", murmelt Alexej schroff.

Ich schlucke. „Okay ..."

Alexej holt tief Luft, lässt sie langsam entweichen und starrt auf das Glas in seinen Händen. „Sein Name ist Mischa", sagt er schließlich leise. „Er ist zwei."

„Und seine Mutter?", frage ich behutsam.

„Ich habe sie hier in Paris kennengelernt. Sie stammt aus Russland und ist hier hergekommen, um als Model zu arbeiten. Sie war eine der schönsten Frauen, die ich je gesehen habe", fügt er leise hinzu.

Ich spüre einen unerwarteten Stich von Eifersucht in meinem Innern. Sofort versuche ich, das Gefühl zu verdrängen, aber es frisst sich hartnäckig fest.

„Hast du ... sie geliebt?"

Spinnst du, Valérie?! Warum stellst du ihm diese Frage? Du solltest das gar nicht wissen wollen, verdammter Mist!

Trotzdem krampft sich mein Inneres zusammen, während ich darauf warte, dass er mir antwortet. Warum habe ich vor seiner Antwort plötzlich Angst?

Er schweigt sehr lange. „Ja", sagt er schließlich.

Es fühlt sich an wie ein Schlag in den Magen, stelle ich ernüchtert fest.

Das hast du jetzt davon, du wolltest es ja unbedingt wissen.

Ich bemühe mich, mir nichts anmerken zu lassen und gebe meiner Stimme einen ruhigen Klang. „Warum seid ihr dann nicht zusammen?"

„Es hat nicht funktioniert." Er klingt reserviert und ein wenig verbittert. Sein Blick ist auf das Glas gerichtet, aber ich habe das Gefühl, dass er unendlich weit entfernt ist. „Sie ist zurück nach St. Petersburg gegangen. Kurz darauf hat sie mich angerufen und mir gesagt, dass sie schwanger ist."

„Habt ihr … noch Kontakt? Siehst du deinen Sohn manchmal?"

Er schnaubt und ich höre seinen Schmerz. Ohne nachzudenken lege ich meine Hand auf seine.

„Ich versuche es, aber es ist schwierig. St. Petersburg ist sehr weit weg und für Mischa bin ich ein Fremder."

„Es tut mir leid", flüstere ich und meine es ehrlich.

Alexej leert den Rest des Wodkas in einem Zug und stellt das Glas ein bisschen zu kraftvoll zurück auf den Tisch.

„Ich habe auch eine Frage an dich", sagt er langsam und richtet seine hellgrünen Augen auf mich. „Erzähl mir von dem Mann, der dir die dunkle Seite deiner Lust gezeigt hat."

Kapitel 7

Mit dieser Frage habe ich nicht gerechnet. Ich lehne mich zurück und greife nach meinem Glas, plötzlich bin ich froh darüber, dass Alexej den Champagner schon um vier Uhr nachmittags geöffnet hat.

Ich beschließe, ihm die Wahrheit zu sagen. Nicht die ganze Wahrheit, aber ich sehe keinen Grund, ihn anzulügen, was diesen Teil meiner Vergangenheit angeht. Ich werde nichts sagen, was meine Identität verraten könnte.

Es wird weder dich noch deine Pläne gefährden, rede ich mir ein. Schweigend halte ich ihm in einer stummen Aufforderung mein leeres Glas entgegen.

Alexej runzelt die Stirn. „So schlimm? Verstehe …" Er nimmt mir das Glas ab, geht in die Küche und kehrt mit einem gefüllten Glas und der Champagnerflasche zurück. Dann nimmt er Platz und blickt mich ruhig an.

„Sein Name war Patrice", beginne ich. Es fühlt sich merkwürdig an, mit Alexej über Patrice zu sprechen, aber ich werde keinen Rückzieher machen.

Die Wahrscheinlichkeit, dass Alexej mir etwas gegen seinen Vater liefert, ist größer, wenn er das Gefühl hat, dass ich ihm vertraue … „Er hatte beruflich mit meinem Vater zu tun, so haben wir uns kennengelernt." *Patrice war Juniorpartner in der Anwaltskanzlei, die die Firma meines Vaters vertreten hat.* „Es war keine romantische Liebe auf den ersten Blick, eher eine stürmische, wilde Affäre. Er war ein paar Jahre älter als ich, ich war damals neunzehn und vollkommen unerfahren, was diese Art der Lust betrifft."

„Hast du ihn geliebt?" Alexejs Stimme klingt gefasst, aber sein Blick durchbohrt mich. Warum will er das wissen?

Ich lege den Kopf schief und denke über seine Frage nach. Habe ich Patrice je wirklich geliebt?

„Ich glaube, ich war dieser neuen, verbotenen Welt, die er mir gezeigt hat, verfallen", sage ich schließlich. „Es war aufregend und faszinierend … es war wie eine Droge, von der ich nicht genug bekommen konnte."

„Was ist dann passiert?"

Ich nehme einen Schluck Champagner. „Nach ungefähr vier Monaten ist Patrice abgehauen."

„Er hat dich verlassen?"

„Ich habe ihn nie wiedergesehen." Die Wahrheit ist, dass Patrice Paris Hals über Kopf verlassen hat – er hat mir gesagt, dass unsere Affäre vorbei wäre, hat seinen Job in der Anwaltskanzlei gekündigt und war von einem Tag auf den anderen spurlos verschwunden.

„Hast du je nach ihm gesucht?"

„Zu Beginn wollte ich das ... aber dann ist etwas in meiner Familie geschehen, ein schreckliches Unglück." *Mamans Selbstmord.* „Danach haben mich Patrice und seine Beweggründe nicht mehr interessiert."

„Hat Patrice vorgeschlagen, dass du bei der Agentur anfangen sollst?" Sein Ton klingt ... irgendwie bedrohlich.

„*Was?* Nein, das zwischen Patrice und mir war vorbei und er war längst fort, als ich mich dazu entschieden habe." Ich ziehe die Augenbrauen zusammen. „Warum willst du das wissen?"

Er bricht den durchdringenden Augenkontakt ab. „Es war nur eine Frage, Eva."

Merkwürdig. Ich weiß nicht, ob es an meinem misstrauischen, forschenden Gesichtsausdruck liegt, aber Alexej spricht das Thema nicht wieder an.

Da ich Jacques und Lucius nicht in Alexejs T-Shirt entgegentreten will, gehe ich am frühen Abend nach oben, um mich fertigzumachen. Alexej hat keinen speziellen Kleiderwunsch geäußert, also durchstöbere ich meinen Schrank und entscheide mich für ein rückenfreies, dunkelblaues Cocktailkleid mit Wasserfallausschnitt.

Ich mache mir die Haare zurecht und lege Makeup auf. Den Tag entspannt mit Alexej zu Hause verbracht zu haben, ungeschminkt und in seinem weiten T-Shirt, war ungewohnt intim. Obwohl ich es nicht zugeben will, muss ich mir eingestehen, dass es mir gefallen hat – aber ich habe das Gefühl, mich auf verdammt dünnem Eis zu bewegen.

Ich höre die Fahrstuhltüren und steige die Treppe hinunter, um Jacques und Lucius zu begrüßen – ich bin nervös und frage mich, wie die Begegnung mit Lucius wohl verlaufen wird. Ob er mich heute Abend ebenso kalt und grausam behandeln wird wie gestern? Die Tatsache, dass ich Alexejs Anwesenheit als willkommenen Schutz vor Lucius empfinde, ist neu für mich und erzeugt ein unangenehmes Kribbeln in meinem Bauch.

Als ich das Wohnzimmer betrete, sehe

ich, dass der attraktive Franzose allein gekommen ist.

„Atemberaubend schön wie immer." Jacques begrüßt mich mit einem charmanten Lächeln und küsst mich sanft auf die Wange. Seine Tigeraugen funkeln und er fährt sich mit der Hand durch die wilden, dunkelblonden Haare. Während ich ihn betrachte, wird mir wieder bewusst, wie sehr sein unwiderstehlicher Charme Offenheit vorgaukelt und darüber hinwegtäuscht, dass ich so gut wie nichts über den verschlossenen Franzosen weiß. Trotzdem zieht Jacques mich bei jeder unserer Begegnungen wieder in seinen Bann – ich habe beobachtet, dass er auch auf andere Menschen so wirkt, er ist wie ein Magnet, dem man sich nicht entziehen kann. Er ist groß und fast schon unerträglich schön, aber trotzdem glaube ich nicht, dass es nur an seinem guten Aussehen liegt. Er hat etwas an sich … dieser Charme, gepaart mit seinem Charisma, ergeben eine unwiderstehliche Anziehungskraft, der ich mich nicht entziehen kann. Julien hat mir erzählt, dass Jacques ein wahrer Frauenheld ist, und ich habe unzählige Bilder von ihm im Internet gefunden, die ihn mit ständig wechselnden Models auf den angesagtesten Partys von Paris zeigen.

Die drei Männer könnten nicht unterschiedlicher sein; würden sie sich nicht schon seit ihrer Kindheit kennen, wären sie heute wohl kaum befreundet. Lucius ist beherrscht, kalt und unnahbar, ein Workaholic, der entweder kein Privatleben hat oder seine Affären gekonnt geheim hält. Ich habe nichts über ihn in den Society-Klatschblättern im Internet gefunden – aber da ich mir nicht vorstellen kann, dass ein attraktiver, reicher und erfolgreicher Mann wie er keine Liebschaften hat, gehe ich davon aus, dass er von seinen Gespielinnen absolute Diskretion verlangt.

Alexej hingegen hat diese düstere Seite, er ist wild und gefährlich, und Julien hat herausgefunden, dass ihm Kontakte zur Unterwelt nachgesagt werden. Ihm gehört ein sehr spezieller Nachtclub in Paris, in dem sich die dekadente internationale High Society von Paris vergnügt. Obwohl Alexej mir heute eine andere, viel privatere Seite von sich gezeigt hat, werde ich mich hüten, ihn zu unterschätzen. Er wirkt nicht wie jemand, der Gnade oder Skrupel kennt.

Jacques, auf der anderen Seite, ist ein Playboy. Ich kann mir gut vorstellen, dass er seine Eroberungen charmant umwirbt, und ich verstehe, dass die Frauenwelt sich um ihn zu reißen scheint … daher begreife ich nicht, warum er seine Zeit mit mir, einem vermeintlichen Callgirl, verbringt.

Zugegeben, viele Männer würden mich wohl als schön bezeichnen - ich bin schlank und zierlich, habe lange, dunkle Locken und Rehaugen, die meine Klienten stets verrückt gemacht haben - aber Jacques scheint an jedem Finger zehn Haute-Couture-Models zu haben, die sich ihm nur allzu gern an den Hals werfen würden. Warum zieht er mich vor, obwohl er mich mit seinen Freunden teilen muss?

Liegt es wirklich nur an seinen besonderen Neigungen, daran, dass ich die lustvollen Spiele der drei mitspiele und sie mit allen Sinnen genieße?

Was sollte sonst der Grund dafür sein, Valérie?

Ich nehme mir vor, so bald wie möglich mehr über den geheimnisvollen Franzosen herauszufinden und einen Blick hinter seine charmante Fassade zu werfen.

Alexej kommt aus der Küche auf uns zu, das Telefon in der Hand. „Das war

Lucius. Er hat soeben für heute
abgesagt. Einen Drink, Jacques?"

Die beiden Männer schlendern durch
das Loft hinüber zur Bar und
unterhalten sich dabei, Lucius' Absage
scheint sie nicht weiter zu
beschäftigen – doch ich habe das
Gefühl, als hätte mir jemand eine
Ohrfeige verpasst. Irritiert folge ich
ihnen, während meine Gedanken sich
überschlagen.

Das ist der erste Abend, seit wir
uns kennengelernt haben, an dem Lucius
mir fernbleibt. Warum? Um Abstand zu
gewinnen? Er weiß genau, dass ich
diese Wahl nicht treffen kann, weil
ich Alexejs Angebot angenommen habe,
den drei Männern in dieser Woche zur
Verfügung zu stehen; ich könnte Lucius
gar nicht abweisen, ohne das
Arrangement mit Alexej zu brechen, und
mein Stolz würde es nicht zulassen,
Lucius in Anwesenheit der Männer um
Zurückhaltung zu bitten.

Oder fürchtet Lucius vielleicht,
sich nicht unter Kontrolle zu haben?
Ich habe ihn noch nie so grausam wie
gestern erlebt, er war wirklich hart
zu mir und seine Schläge waren
schmerzhaft … dennoch hat er trotz
seines Zorns darauf geachtet, mir Lust
zu verschaffen. War er näher dran, mir

gegenüber seine Selbstbeherrschung zu verlieren, als mir bewusst ist?

Unwillkommen schießt noch eine dritte Möglichkeit durch meinen Kopf, und bei dem Gedanken krampft sich mir der Magen zusammen.

Wenn er nicht hier bei uns ist - mit wem verbringt Lucius dann diese Nacht?

„Du bist schweigsam wie die Sphinx. Was ist los mit dir, ma belle?" Jacques wirft mir einen forschenden Blick zu. Er lehnt an der Bar, hat sein Jackett ausgezogen und die Ärmel seines Hemds hochgekrempelt. Im Gegensatz zu Alexej hat er den heutigen Tag im Büro verbracht, und die beiden Männer haben sich während der letzten Stunden hauptsächlich über die Entwicklung ihrer Investments unterhalten. Die Informationen schienen mir nicht relevant, also habe ich zugelassen, dass meine Gedanken abschweifen. „Außerdem hältst du seit zwei Stunden dasselbe Glas in deinen Händen. Der Champagner ist bestimmt schon lauwarm." Er schüttelt mit gespieltem Mitleid den Kopf. „Wir langweilen dich zu Tode, nicht wahr? Wie unhöflich von uns. Alexej, ich denke, es wird Zeit, dass wir uns dieser hinreißenden Lady widmen." Er stellt sein Glas auf die Bar, ein verwegenes Lächeln auf den Lippen.

Die Wahrheit ist, dass ich tatsächlich ein bisschen Ablenkung gebrauchen könnte, die mich aus meinem dumpfen Brüten über Lucius' Beweggründe reißt. Dieser Mann nimmt ohnehin schon viel zu viel Raum in meinen Gedanken ein – ich beschließe, Lucius vorerst aus meinem Kopf zu verbannen und mich stattdessen mit Jacques und Alexej zu amüsieren.

Jacques streicht mir eine Haarsträhne hinters Ohr und lässt seine Finger dabei über meine Haut gleiten. Die Geste ist verführerisch und Jacques schafft es, mir nur damit einen Schauer über den Körper zu jagen. Dann beugt er sich zu mir und küsst mich auf den Mund. Sein Kuss ist sanft, verlockend, seine Zunge berührt meine spielerisch und weckt Begehren in meinem Körper. Ich stöhne leise, als er sich von mir löst.

„Dein Kleid ist wunderschön, ma petite", raunt er, lässt seine Hände in meinen Nacken gleiten und löst die Verschnürung. „Dennoch muss ich darauf bestehen …" Der zarte Chiffonstoff streichelt über meine Haut und das Kleid gleitet über meine Hüften zu Boden. Ich trage darunter nur einen

Spitzentanga und Jacques' Blick wandert genießerisch über meinen Körper. Langsam umkreist er mich und bleibt hinter mir stehen.

„Ich habe nicht erwartet, dich in so unversehrtem Zustand wiederzusehen." Seine Hände berühren meinen Hintern, dort, wo Lucius mich gestern mit dem Queue geschlagen hat. „Diese Male hat Lucius hinterlassen … doch wo sind die Zeichen von Alexejs Lust?" Mit einem Schmunzeln tritt er wieder vor mich und wirft Alexej einen verschmitzten, herausfordernden Blick zu. „Hat sie dich etwa gezähmt, mein Freund?"

Alexej erwidert nichts und mein Herz fängt heftig an zu pochen. Was meint Jacques damit? Habe ich Alexej doch richtig eingeschätzt und er hat mir seine brutalen Vorlieben nur noch nicht offenbart? Unsicher sehe ich den Russen an und seine hellgrünen Augen verdunkeln sich. Er wird sich doch nicht von Jacques herausfordern lassen …? Hastig senke ich meinen Blick.

Jacques zieht eine Maske hervor und verbindet mir die Augen. Blind und fast nackt stehe ich vor ihnen, atme durch leicht geöffnete Lippen, und Jacques scheint meine Nervosität zu spüren.

„Sch … ma belle", flüstert er.

„Keine Angst …" Wieder küsst er mich, ausgiebig, sanft und verführerisch. Ich entspanne mich, lasse zu, dass die Vorfreude auf das Unbekannte meine Befangenheit wegen Alexej besiegt. Heute scheint Jacques die Führung zu übernehmen und ich bin gespannt, was er mit mir vorhat …

„Leg deine Arme um meinen Nacken", fordert er leise. Ich tue, was er verlangt, und im nächsten Moment hebt er mich hoch und ich liege in seinen Armen.

Schweigend trägt er mich durch das Loft, über die Treppe hinauf ins Schlafzimmer. Ich kann hören, dass Alexej uns folgt, doch die beiden Männer wechseln kein Wort miteinander. Dieses stumme Einverständnis verursacht ein unsicheres, erregtes Kribbeln in mir, weil ich keine Ahnung habe, was mich erwartet. Ich bin die Einzige, die nicht weiß, was geschehen wird – mir bleibt nichts anderes übrig, als mich auf das Spiel einzulassen und das Gefühl, den beiden ausgeliefert zu sein, macht mich an.

In Alexejs Schlafzimmer angekommen, stellt Jacques mich sanft wieder auf die Füße. Seine Hände gleiten zu meinem Tanga und ziehen ihn über meine Schenkel, so dass ich vollkommen nackt bin. Ich konzentriere mich auf meinen Gehörsinn, versuche herauszubekommen, wo Alexej ist, doch ich kann nur Jacques' Bewegungen wahrnehmen. Es macht mich nervös, dass die beiden nicht mit mir sprechen, und das erwartungsvolle Kribbeln zwischen meinen Beinen verstärkt sich.

Jacques' Hände legen sich von vorne um mein Becken und er drängt mich sanft zurück. Ich gebe seinem Druck nach und setze vorsichtig einen Schritt nach dem anderen rückwärts, bis ich mit dem Rücken an eine Wand stoße. Jacques steht dicht vor mir, er fasst meinen rechten Arm und hebt ihn über meinen Kopf, dann spüre ich, wie er eine Manschette um mein Handgelenk legt und festzieht. Ohne ein Wort verfährt er ebenso mit meinem linken Arm. Als ich gefesselt vor ihm stehe, lässt er seine Hände über meine Schenkel gleiten und fordert mich mit sanftem Druck auf, meine Beine zu spreizen. Dann spüre ich, wie er vor mir niederkniet, Manschetten um meine Fußknöchel schlingt und so meine Beine in gespreizter Haltung fesselt.

Die Manschetten sind nicht so fest gezogen, dass sie mir Schmerzen verursachen – was typisch für Jacques ist, ihn habe ich als den sanftesten

der drei Männer kennengelernt – aber
befreien kann ich mich daraus nicht.
Mit verbundenen Augen, nackt und
aufgespreizt wie ein X stehe ich an
der Wand, und das Bewusstsein, dass
ich völlig von Jacques' und Alexejs
Gnade abhängig bin, jagt einen
Cocktail aus Angst und Lust durch
meine Adern. Doch wenn dieser Abend
nach Jacques' Fantasien abläuft, dann
steht mir ohne Zweifel ein heißer,
leidenschaftlicher Genuss bevor …

Ich höre das leise Rascheln von
Kleidung. Ziehen die Männer sich aus?
Ich habe noch immer keine Ahnung, wo
Alexej ist …

Jemand tritt an mich heran, so
dicht, dass ich seine glatte Haut und
seinen warmen, muskulösen Körper
spüre. Ich atme seinen Duft ein … es
ist Jacques, ich erkenne das elegante
Eau de Toilette, gemischt mit seinem
eigenen, maskulinen Duft. Seine Hände
umfassen meine gefesselten Handgelenke
und drücken sie gegen die Wand,
während er seine Lippen auf meine
senkt und mich küsst. Ich spüre den
Druck seines harten Körpers, der sich
gegen meinen presst, während seine
Zunge meinen Mund erforscht. Er küsst
mich mit einer berauschenden Mischung
aus Verspieltheit und männlichem

Verlangen, seine Zunge reizt und neckt mich, als würde er mich einladen, mitzuspielen … beinahe täuscht die Leichtigkeit seiner Liebkosungen über seine Kraft hinweg, fast lässt er mich vergessen, dass seine Dominanz es nicht akzeptieren würde, wenn ich mich ihm verweigere. Seinen zärtlichen Küssen liegt eine kraftvolle, maskuline Forderung zugrunde, die ich instinktiv spüre … und ich begreife, dass Jacques' Dominanz der von Alexej und Lucius in nichts nachsteht, und dass ich mich von seiner scheinbaren sanften Verspieltheit nicht täuschen lassen sollte.

Jacques küsst mich so ausgiebig, dass ich irgendwann sogar Alexejs Anwesenheit vergesse. Da meine Augen verbunden sind, muss ich mich auf meine übrigen Sinne verlassen - und die nehmen nichts als Jacques wahr. Ich spüre seinen großen Körper, der sich wie ein forderndes Versprechen an mich drückt, sein Duft vernebelt mir die Sinne und seine Küsse jagen erwartungsvolle Schauer über meine Haut. Zwischen meinen Beinen kribbelt es, ich fühle, dass ich feucht werde, obwohl Jacques mich nicht mit seinen Händen berührt oder streichelt. Es ist nur das Gefühl seiner Haut auf meiner, und seine unaufhörlichen, leidenschaftlichen Küsse, die meinen Körper in erwartungsvolle Schwingungen versetzen.

Irgendwann beginnt Jacques, meinen Hals zu küssen. Er lässt sich Zeit, seine Zunge gleitet spielerisch über meine Haut. Ich stöhne leise, neige den Kopf zur Seite und biete ihm diese verletzliche Stelle, weil das, was er tut, sich unglaublich gut anfühlt. Seine Hände halten meine Handgelenke noch immer gegen die Wand gedrückt, während er eine zärtliche Spur von Küssen über meinen Hals zieht. Meine Haut ist so sensibel, dass es sich anfühlt, als würde sie brennen … ich spüre jeden Kuss intensiv, während Jacques von meinem Hals zu meinem Schlüsselbein übergeht. Die Vorstellung, dass Jacques meinen ganzen Körper mit seinen Lippen berührt, entfacht Hitze in einem Unterbauch. Diesmal baut sich meine Erregung langsamer auf, aber dafür scheint sie jede kleinste Körperzelle zu erreichen. Ich lehne meinen Kopf gegen die Wand, stöhne leise zwischen halbgeöffneten Lippen und gebe mich dem Genuss hin, den Jacques' Liebkosungen mir verschaffen.

Seine Lippen erreichen meine Brust,

ich spüre seinen warmen Atem auf meiner Haut, seine sanften Küsse, seine Zunge, die neckend gegen meine Brustwarze stupst – und plötzlich schließen sich Alexejs Lippen um meine andere Brustwarze, und die unerwartete Berührung lässt mich erschrocken aufkeuchen. Meine Überraschung verwandelt sich in Erregung, die sich vervielfacht, als mein Körper Alexejs unmittelbare Nähe spürt, die Wärme seiner Muskeln und die männliche Präsenz, die mir von ihm entgegenschlägt. Ich beiße mir auf die Unterlippe, um mein Stöhnen zu dämpfen, denn die fordernden Küsse der beiden Männer auf meinem Körper treiben mich in den Wahnsinn.

Während Alexej sich weiterhin meinen Brüsten widmet, sinkt Jacques vor mir auf die Knie. Er küsst meinen Bauch, lässt seine Zunge über meine Haut gleiten und haucht eine Spur sanfter Liebkosungen über meine Leisten. Seine Lippen gleiten über meinen Venushügel, finden ihren Weg zu meiner Klitoris, und seine Zunge beginnt dort ihr herrliches, quälendes Spiel.

Meine Finger umklammern die Lederriemen, an denen die Manschetten um meine Handgelenke befestigt sind. Wie lange stehe ich hier schon gefesselt? Ich habe vollkommen das Zeitgefühl verloren und ich weiß nicht, wie lange ich diese süße Tortur noch ertragen kann … Jacques' Zunge massiert mich, umkreist meine Klitoris und taucht zwischen meine Schamlippen, er neckt und reizt mich, bis meine Schenkel anfangen zu zittern.

Meine Brustwarzen sind so empfindlich, dass jeder Kuss von Alexej durch meinen Körper schießt wie ein elektrischer Schlag. Ich beginne vor Lust zu wimmern, ich kann es nicht kontrollieren, mein Körper sehnt sich so sehr nach Erlösung, dass das Verlangen schmerzhaft in mir brennt. Ich versuche, Jacques mein Becken entgegenzudrängen, um seine Liebkosungen zu intensivieren, doch er lässt es nicht zu. Er weicht zurück, gibt mir zu verstehen, dass er es ist, der über meine Lust und meine Erregung bestimmt.

„Bitte …", keuche ich heiser.

„Bitte, was?", fragt Jacques rau.

Ich kann nicht mehr. Wimmernd winde ich mich in den Fesseln, während mein Körper um Erlösung bettelt.

„Bitte …", flüsterte ich. „Bitte … *Jacques* …"

Ich höre sein leises Lachen – dann spüre ich, wie seine Zunge in mich stößt. Der Reiz meiner empfindsamsten Punkte und die Vorstellung, wie Jacques vor mir kniet und mich leckt, explodieren in einem überwältigenden Orgasmus. Ich schreie auf, während ich an Jacques' Lippen komme, mein Körper verkrampft sich in den Fesseln und wird von den Wellen meines Orgasmus gebeutelt.

Jacques löst die Manschetten um meine Fußgelenke, Alexej zieht sich zurück und Jacques packt meine Oberschenkel und hebt mich hoch. Er drängt sich zwischen meine Beine, presst mich gegen die Wand und dringt hart und tief in mich ein.

Es ist zu viel – meine Nervenzellen sind so empfindlich, so erregt, dass ich schreien will und ihn anflehen, aufzuhören, weil ich glaube, vor Lust zu vergehen … doch meine Stimme gehorcht mir nicht, ich bringe nur ein röchelndes Stöhnen zustande, während Jacques mich mit schnellen, harten Stößen vögelt. Er katapultiert mich noch einmal auf den Gipfel, mein Inneres zerspringt in tausend Teile als die Spannung bricht und über meinen Körper hinwegspült. Irgendwo, weit entfernt, höre ich Jacques' Stöhnen, ich spüre seinen heißen Atem an meinem Hals und fühle ihn in mir zucken, und dann lehnt er sich an mich, presst mich mit seinem starken Körper gegen die Wand. Ich fühle meinen rasenden Puls und Jacques' kraftvollen Herzschlag, während er in mir verharrt und sein Atem sich langsam wieder beruhigt.

Minuten vergehen, dann zieht Jacques sich zurück, und er und Alexej lösen meine Fesseln und nehmen mir die Maske ab.

„Die Vorstellung, dich noch weiter gefesselt zu reizen, war verlockend", schmunzelt Jacques und gibt mir einen zarten Kuss. „Aber ich konnte der Versuchung nicht widerstehen, deine Schenkel mit meinen eigenen Händen zu spreizen und dich festzuhalten, während ich in dich eindringe …" Er zuckt mit den Schultern. „Vielleicht habe ich mich das nächste Mal besser unter Kontrolle." Ein verwegenes Lächeln begleitet sein vages Versprechen.

Nachdem Jacques uns verlassen hat, und nach einer langen, heißen Dusche, liege ich neben Alexej im Bett und lausche seinen tiefen, regelmäßigen Atemzügen. Ich fühle mich entspannt und befriedigt, und kurz bevor ich einschlummere, kommt mir der Gedanke, dass ich während der Session mit

Jacques nicht an Lucius gedacht habe.
 Nicht einen Augenblick lang.

Kapitel 8

Als ich am nächsten Morgen erwache, ist Alexej dabei, sich anzuziehen. Blinzelnd werfe ich einen Blick auf die Uhr – es ist kurz vor acht Uhr morgens, und es ist *Sonntag*.
Alexej beugt sich über das Bett und gibt mir einen flüchtigen Kuss.
„Schlaf weiter, Eva. Jacques braucht mich heute im Büro."
Schnurrend drehe ich mich auf die andere Seite und ziehe mir die Decke über den Kopf.

Zehn Minuten später schleiche ich auf Zehenspitzen nach unten und stelle befriedigt fest, dass Alexej schon fort ist. Die Versuchung, noch ein paar Stunden im Bett zu verbringen, ist groß, aber ich muss endlich mit meinen Racheplänen vorankommen. Bis jetzt sind die Informationen, die ich gestern von Alexej über ihn und Lucius bekommen habe, mein einziger Fortschritt – es wird höchste Zeit, dass ich mich in die Arbeit stürze.
Mit einer Tasse Kaffee setzte ich mich an den Laptop. Ich habe vor, soviel wie möglich über Romrus Holding

herauszufinden. Es war Papas letztes großes Investment, er hat sich sogar noch am Tag seines Selbstmords mit dieser Firma beschäftigt; außerdem habe ich letzte Woche auf Lucius' Schreibtisch Geschäftsunterlagen von Romrus Holding gefunden. Lucius', Alexejs und Jacques' Private Equity Gesellschaft arbeitet bestimmt mit vielen Unternehmen zusammen und vielleicht ist es nur ein Zufall, dass Romrus Holding auch darunter ist; außerdem ist Papas Selbstmord zwölf Jahre her, und ich weiß nicht, was Romrus Holding überhaupt damit zu tun haben könnte … trotzdem will ich in diesem Zusammenhang nicht an einen Zufall glauben. Ich habe das Gefühl, die Antwort befindet sich genau vor meiner Nase und ich erkenne sie einfach nicht, und das macht mich verrückt.

Ich beginne damit, über Romrus Holding zu recherchieren und finde heraus, dass es eine russische Öl- und Gasfirma ist, deren Aktienmehrheit im Privatbesitz eines einzigen Aktionärs ist … der Gründerfamilie, einer russischen Oligarchenfamilie namens Romanow.

Papa hat sehr viel Geld in Romrus Holding investiert und ich habe

Hinweise darauf gefunden, dass drei Viertel der Summe von Montgomery, Doroschkow und Delacroix stammten. Mein Vater hat das Geld jedoch unter seinem Namen investiert und ich weiß nicht, was der Grund dafür gewesen ist. Erneut wühle ich mich durch Papas Aufzeichnung, in der Hoffnung, auf etwas zu stoßen. Die Arbeit ist frustrierend, weil sie mir höchste Konzentration abverlangt. Ich habe keinen Einblick in Papas Firma und keine Erfahrung mit Investments, ständig fürchte ich, etwas Wichtiges zu übersehen. Verdammt, wenn ich nur Alexej, Jacques oder Lucius um Hilfe bitten könnte! Doch das ist natürlich unmöglich - also kämpfe ich mich stundenlang durch Verträge, Auflistungen und Aktienportfolios. Ich durchsuche jeden einzelnen Ordner nach verdächtigen Dokumenten, vor allem diejenigen, die ich bisher noch nicht geöffnet habe - unscheinbare Ordner in Papas Buchhaltungsdateien, mit Belegen für Bürobedarf, Postsendungen … es ist lähmend und bringt mich keinen Schritt weiter. Ich habe das Gefühl, ständig auf der Stelle zu treten und bin schon kurz davor, aufzugeben, als ich plötzlich einen Unterordner anklicke, der sich nicht öffnen lässt.

Mein Herzschlag beschleunigt sich. Ein verschlüsselter Ordner? Ich starre auf den Bildschirm. Der Ordner verlangt ein Passwort, das ich natürlich nicht kenne.

Verdammter Mist. Bestimmt könnte man den Ordner hacken, aber ich habe keine Ahnung, wie. Vielleicht enthält er wichtige Dateien, direkt vor meiner Nase – und ich kann das verfluchte File nicht öffnen!

Mit bebenden Fingern gebe ich alle Passwörter und Zahlenkombinationen ein, die mir einfallen. Den Namen meiner Mutter, meinen Namen, unsere Geburtsdaten, die Namen der Eltern meines Vaters, den Hochzeitstag meiner Eltern … nichts davon funktioniert.

Verflucht! Was, wenn das Passwort gar keine Bedeutung hat? Wenn es eine beliebige Buchstaben- oder Zahlenkombination ist? Dann kriege ich den verdammten Ordner nie auf, jedenfalls nicht in den nächsten paar Tagen, so lange ich noch bei Alexej bin.

Ärgerlich und frustriert starre ich den Bildschirm an.

Denk nach, Valérie!

Wenn dieser Ordner wirklich wichtige Daten enthält, dann hätte mein Vater dafür kein x-beliebiges Passwort

gewählt. Er hätte ein Wort gewählt,
das eine Bedeutung für ihn hat.
Himmel, ich war damals noch ein Kind,
gerade zehn Jahre alt, als mein Vater
gestorben ist, ich habe keine Ahnung,
was in seinem Leben für ihn wichtig
gewesen sein könnte außer meiner
Mutter und mir …

Plötzlich schießt mir eine Idee
durch den Kopf. Etwas Simples, einfach
und zugleich genial, etwas, das
niemand außer meinen Eltern gewusst
haben könnte. Möglicherweise könnte es
das sein … ich tippe das Wort ein,
drücke Enter – und der Ordner öffnet
sich.

Meine Handflächen beginnen zu
schwitzen. In dem Ordner befindet sich
nur ein einziges Dokument. Ich öffne
es, es handelt sich um eine Liste … es
sind Zahlen, zuerst begreife ich
nicht, was ich da sehe … und dann,
plötzlich, fügen sich die Puzzleteile
zusammen. Ich halte den Atem an und
habe das Gefühl, als würde die Zeit
stehenbleiben.

Mechanisch taste ich nach meinem
Telefon und drücke die
Wahlwiederholung.

„Julien?", platze ich heraus, und
meine Stimme klingt atemlos und

heiser. „Ich muss unbedingt mit dir sprechen! Ich glaube, ich habe -"

„Ange, ich kann dich kaum verstehen", ertönt Juliens Stimme. Im Hintergrund höre ich ein lautes Stimmgewirr und vorbeifahrende Autos. „Ich bin mit Philippe in der Stadt unterwegs! Warte einen Augenblick -"

In meiner Ungeduld kann ich es kaum erwarten, Julien die Neuigkeiten zu berichten. Ich höre, wie er etwas zu seinem Geliebten sagt, und dann werden die Hintergrundgeräusche plötzlich leiser.

„Okay, ich bin jetzt in einer Seitenstraße", meldet sich Julien wieder. „Was ist passiert? Du klingst schrecklich aufgeregt!"

„Ich habe Papas Dokumente durchforstet", sprudele ich los, „und dabei habe ich einen verschlüsselten Ordner gefunden. Darin war ein Dokument, eine Liste …"

„Warte, du hast einen *verschlüsselten* Ordner gefunden? Wie hast du ihn geknackt?"

„Ich habe das richtige Passwort erraten. Ich habe alle möglichen Passwörter ausprobiert und wollte schon aufgeben, da habe ich das Richtige gefunden." Plötzlich schnürt sich mir trotz meiner Aufregung die

Kehle zusammen, und ich schlucke trocken. „Es lautete ‚Erie'. Ich habe mich daran erinnert, dass ich als Kleinkind meinen eigenen Namen nicht richtig aussprechen konnte. Aus Valérie wurde …"

„Erie", murmelt Julien. „So hat dein Vater dich genannt, nicht wahr?"

Ich bringe kein Wort hervor und nicke stumm, obwohl Julien mich natürlich nicht sehen kann. Dann reiße ich mich zusammen. „Jedenfalls war in dem Ordner ein Dokument, eine Liste mit Zahlen. Ich glaube, es handelt sich um Geldsummen, Julien. Und das Dokument ist mit ‚RR' betitelt."

„*RR?* Wofür könnte das stehen?"

„Ich glaube für die Holding, in die Papa so viel Geld investiert hat", flüstere ich. „*Romrus.*"

„Ich verstehe trotzdem nicht, was du mir sagen willst, mon ange. Was nützt dir diese Liste?"

„Das könnten die Bargeldsummen sein, die vom Firmenkonto meines Vaters verschwunden sind", erkläre ich aufgeregt. „Mein Vater hat für sich und seine drei Freunde Geld in Romrus-Aktien gesteckt … was, wenn er sich große Gewinne erhofft hat und hinter dem Rücken seiner Freunde mehr Geld verdienen wollte?"

„Du glaubst, dass dein Vater seine Firma in den Ruin getrieben hat, um in Romrus-Aktien zu investieren? Das ergibt doch keinen Sinn, Ange."

„Vielleicht ist die ganze Sache einfach außer Kontrolle geraten? Was, wenn Doroschkow, Montgomery und Delacroix dahintergekommen sind, sich betrogen gefühlt haben und ihr Investment zurückgefordert haben? Ihr Geld war schon in Romrus-Aktien gebunden, und mein Vater hatte zusätzlich so viel eigenes Firmenkapital investiert, dass es ihn ruiniert hat, die drei auszuzahlen."

„Hältst du das wirklich für möglich?"

„Ich *weiß*, dass Papas Selbstmord etwas mit Romrus Holding zu tun hat, und seine drei Freunde hängen garantiert mit drin … Irgendetwas muss bei diesem letzten Investment schrecklich schiefgelaufen sein. Doch warum hat Papa heimlich noch mehr Bargeld in diese Firma investiert?"

„Wenn er das wirklich getan hat, dann muss es irgendwo Unterlagen über diese zusätzlichen Aktienkäufe geben. Hast du Hinweise darauf gefunden?"

„Nein", seufze ich frustriert. „Bis jetzt habe ich nur diese Liste."

„Dann such weiter, vielleicht in den

Unterlagen des Firmenkonkurses? Irgendwo müssen diese Aktien aufscheinen."

„Julien, er hat das Geld *in bar* abgehoben", erinnere ich ihn. „Er wollte nicht, dass die Käufe nachvollziehbar sind. Die Aktien scheinen garantiert nirgends auf, vermutlich liegen sie in irgendeinem Bankschließfach …"

„Engelchen, ich wünsche dir von ganzem Herzen, dass du die Wahrheit herausfindest", murmelt Julien, „aber diese Theorie, ich weiß nicht …"

„Hast du eine bessere Erklärung?", zische ich. „Wenn du eine Idee hast, in die all die Puzzleteile besser hineinpassen als in meine, dann würde ich sie gerne hören!"

„Ich habe keine", sagt Julien leise. „Aber tu mir den Gefallen und grab trotzdem noch weiter. Ich habe das Gefühl, dass da vielleicht noch mehr dahinterstecken könnte."

„Ich hatte sowieso nicht vor, mit meinen Recherchen aufzuhören", gebe ich ein bisschen beleidigt zurück.

„Vergiss dabei aber nicht, dich zu amüsieren." Julien wechselt das Thema. „Wie geht es dir und deinen hinreißenden Männern?"

„Nun ja …" Ich werfe einen Blick auf

die Uhr. Es ist bereits später Nachmittag. „Alexej wird wohl bald nach Hause kommen, und wahrscheinlich wird Jacques auch da sein. Lucius habe ich gestern nicht zu Gesicht bekommen."

„Er geht dir aus dem Weg?"

„Sieht so aus."

„Nimm einen guten Rat, mon ange: wenn er sich wieder blicken lässt, dann reize ihn nicht noch mehr."

Juliens Worte gehen mir nicht aus dem Kopf, während ich kurze Zeit später unter der Dusche stehe.

Natürlich hast du nicht vor, Lucius zu reizen, Valérie. Dazu müsste sein Verhalten dich ärgern, was voraussetzen würde, dass du etwas für ihn empfindest – und natürlich empfindest du nichts für Lucius Montgomery. Nicht das Geringste.

Oh, wie gern ich ihm sein herablassendes, grausames Verhalten von vorgestern Abend heimzahlen würde!

Nein. Du wirst die Sache professionell regeln. Schließlich brauchst du Lucius möglicherweise als deinen Verbündeten, um seinen Vater zu stürzen.

Ich beiße die Zähne zusammen. Jede Faser meines Körpers verlangt danach,

ihn wimmernd vor mir knien zu sehen
für die Art, wie er mich behandelt
hat! Unkontrollierbar wallt das
Verlangen in mir auf, Lucius zu
schlagen – nicht mit meiner Peitsche,
nein, ich will ihm eine schallende
Ohrfeige verpassen! Seine kalte,
abweisende Art macht mich verrückt,
und sein Verhalten mir gegenüber macht
mich wütend, so wütend, dass ich ihn
verletzen will, und gleichzeitig will
ich, dass er mich in seine Arme reißt
und mich küsst –

*Stopp! Valérie Rochefort, das ist
GENUG. Du wirst dich jetzt verdammt
nochmal zusammenreißen und deinen Plan
durchziehen! Lucius Montgomery ist ein
Mittel zum Zweck und ein möglicher
Verbündeter – sonst GAR NICHTS. Du
wirst ihm heute kühl und professionell
entgegentreten, und DU WIRST DICH
BEHERRSCHEN.*

Ich trete aus der Dusche und rubble
meine Haut trocken. Mir bleiben nur
noch vier Tage, bis mein Arrangement
mit Alexej endet.

Vier Tage. Ich muss meinen Fokus auf
das Wesentliche richten.

Ich verlasse das Bad, um mir ein
neues Kleid aus dem Schrank
auszusuchen – und pralle an der Tür
gegen eine Mauer aus Muskeln.

Das Badetuch rutscht von meinem Körper und fällt zu Boden. Ich taumle zurück, kraftvolle Hände schließen sich um meine Oberarme und halten mich fest. Alexejs hellgrüne Augen blicken auf mich herab und sein Blick wandert über meinen nackten Körper. Seine Nasenflügel blähen sich.

„Alexej!", keuche ich erschrocken. „Ich habe nicht damit gerechnet, dass du … schon so früh …" Meine Stimme verklingt. Ich erwarte, dass Alexej mich loslässt, aber er denkt nicht daran. Stattdessen neigt er sich zu mir und atmet den Duft meiner feuchten Haut ein. Sein Bart kratzt über meinen Hals, und ein leises Knurren steigt in seiner Kehle auf – so männlich, so voller Verlangen, dass es direkt zwischen meine Beine schießt.

„Ich wollte", flüstere ich bebend, weil mein Herz plötzlich heftig zu pochen anfängt, „mir gerade ein Kleid …"

„Nein." Seine Antwort ist hart und rau, und duldet keinen Widerspruch. Er zieht mich ins Schlafzimmer, ich stolpere ein paar Schritte in den Raum – und stehe Jacques und Lucius gegenüber.

Jacques zieht sein Jackett aus, Lucius steht mit hochgekrempelten

Ärmeln und verschränkten Armen vor mir. Sein Blick wandert mit kalter Gnadenlosigkeit über meinen nackten Körper.

Ich zögere, mein Herz schlägt mir bis zum Hals. Keiner der Männer spricht ein Wort, ich sehe das ungeduldige Begehren in Jacques' Augen brennen, und Lucius … von ihm schlägt mir pure, maskuline Überlegenheit entgegen. Ich fühle mich wie ein Reh in der Falle, gehetzt und in die Enge getrieben. Jacques und Lucius versperren mir den Fluchtweg zur Tür und ich höre, wie Alexej hinter mich tritt.

Was haben die Männer mit mir vor? Angst kribbelt durch meinen Körper, es ist ein aufregendes, elektrisierendes Gefühl, und gleichzeitig spüre ich ein erwartungsvolles Ziehen zwischen meinen Beinen. Das überraschende Erscheinen der drei Männer hat mich überrumpelt und mir die Kontrolle über die Situation entrissen. Mein Blick flackert zwischen ihnen hin und her, ich versuche vergeblich, meine Atemzüge zu verlangsamen.

Die drei nähern sich mir nicht, sie scheinen es zu genießen, mich mit ihrer dominanten Präsenz zu verunsichern. Ich schlucke trocken, weil ich mir ihrer Blicke auf meinem nackten Körper nur allzu bewusst bin, und das Pochen in meinem Unterleib wird stärker. Die Vorstellung, dass die drei Männer sich jeden Augenblick auf mich stürzen werden, ist erregend und beängstigend zugleich. Ich spüre, dass ich feucht werde und meine weiblichen Instinkte flüstern mir zu, zu fliehen, denn das unbeherrschbare Verlangen der drei liegt greifbar in der Luft. *Flieh, oder unterwirf dich ihnen allen* - instinktiv fühle ich, dass mir nur diese beiden Möglichkeiten bleiben, auch wenn mein Stolz mir befiehlt, das Kinn zu recken und ihren verschlingenden Blicken standzuhalten.

In dem Augenblick, in dem ich den Kopf hebe und Stolz und Trotz in meinen Augen aufblitzen, weiß ich, dass ich den Bogen überspannt und ihre männliche Dominanz herausgefordert habe. Jacques kommt mit großen Schritten auf mich zu, ein Seil in seinen Händen, ich stolpere zurück und pralle gegen Alexejs Brust. Der blonde Hüne packt mich, zwingt mich auf das Bett und im nächsten Moment ist Jacques über mir und fesselt meine Handgelenke an meine Fußknöchel - so dass ich in einer unbequemen, erniedrigenden Haltung auf der Matratze knien muss, den Hintern hochgereckt.

„Was fällt euch -?!", fauche ich, obwohl diese Position des hilflosen Ausgeliefertseins das verlangende Pochen zwischen meinen Beinen vervielfacht. Die Wahrheit ist, was die Männer tun, macht mich unglaublich an.

Jacques steht hinter mir und plötzlich tauchen seine Finger prüfend in mich ein. Als er meine Feuchtigkeit fühlt, lacht er, kehlig und rau. Im nächsten Moment spüre ich seine Eichel an meinem Eingang, er hält meine Hüften fest und schiebt seine Härte in mich. Ich keuche, weil sein Schaft meine unvorbereitete Enge dehnt, doch Jacques nimmt darauf keine Rücksicht. Er vögelt mich hart, während er mich so fest hält, dass ich ihm nicht ausweichen kann. Seine rohe Lust erregt mich so sehr, dass ich sogar vergesse, dass die beiden anderen Männer uns zusehen - die Art, wie er mich überwältigt und auf primitive, rücksichtslose Weise sein Verlangen stillt, lässt mir keine andere Wahl, als mich ihm zu unterwerfen. Erregung pulsiert durch meine Adern, während Jacques mich nimmt, und dann stöhnt er auf, als ich ihn in mir zucken spüre und er sich mit heftigen Schüben in mich ergießt.

Meine Schenkel zittern, als er sich zurückzieht, und ich will mich auf die Matratze sinken lassen, da ertönt Lucius' scharfer Befehl.

„*Halt still.*"

Binnen eines Moments ist Lucius hinter mir, er packt mein Becken und hält mich kraftvoll fest. Hart und unbarmherzig dringt er in mich ein, tief bis zum Anschlag, so dass ich vor Schmerz und Lust wimmere, bevor ich mich zurückhalten kann. In dieser Position bin ich Lucius hilflos ausgeliefert, seine Finger krallen sich in meine Hüften und er kontrolliert mein Becken, er bestimmt den Winkel, wie hart und tief er in mich stößt. Ich zittere in wehrloser Erwartung, dass er mir wehtun wird, dass er mich viel rücksichtsloser als Jacques nehmen seinen Zorn erneut an mir auslassen wird – und Angst und Lust schrauben sich immer höher, verschmelzen zu einer untrennbaren Einheit, und zu meiner Schande spüre ich, wie mein Orgasmus sich in meinem Unterleib aufbaut.

Lucius spürt mein Zittern, er spürt meine Angst, und seine Finger

streicheln für einen Augenblick
beinahe zärtlich über meinen Po.
„Sch … Kleines", murmelt er – und
ich halte den Atem an. Dann beginnt
er, in mich zu stoßen, heftig und
kraftvoll, aber nicht so hart, um mir
wehzutun. Er lässt keinen Zweifel
daran, dass ich ihm gehöre, und dass
es nur seine Gnade ist, die mich Lust
anstelle von Schmerz empfinden lässt.
Das Gefühl des Ausgeliefertseins ist
erniedrigend und gleichzeitig so
erregend, dass ich unaufhaltsam auf
den Orgasmus zusteuere. All meine
Vorsätze Lucius gegenüber sind
vergessen, mein Verstand ist
abgeschaltet, ich lasse mich von der
Welle der Lust mitreißen, während
Lucius mich tief und kraftvoll stößt.
Seine Härte reibt an meinen inneren,
sensiblen Punkten, er trifft wieder
und wieder genau die richtige Stelle,
meine Nervenzellen feuern ohne
Unterlass, ich höre nichts mehr außer
Lucius' Keuchen und meinem eigenen
Stöhnen – ich glaube, ich flüstere
seinen Namen, doch dann bricht der
Orgasmus über mich herein. Lucius
kommt bebend in mir, während meine
Muskeln sich um seinen Schwanz
kontrahieren, er beugt sich über mich
und ich spüre seinen heißen Atem an

meinem Nacken.

Als er sich aus mir zurückzieht, streichen seine Fingerspitzen über meine Haut. War das … eine Liebkosung? Ich weiß es nicht, mein Verstand funktioniert nicht richtig, mein Herz hämmert bis zum Hals und ich spüre die Nachwirkungen des Orgasmus in jeder Körperzelle –

„Sehr gut", höre ich Alexej knurren, und Erregung vibriert in seiner Stimme. „Jetzt ist sie entspannt genug für einen harten Fick."

Was zum –?! Das kann unmöglich sein Ernst sein, er wird doch nicht …?!

Doch Alexej packt schon im nächsten Moment mein Becken und dringt in mich ein – und ich weiß augenblicklich, dass seine Worte sein voller Ernst gewesen sind.

Er stößt mich so erbarmungslos hart, dass mein Stöhnen zu einem erstickten Gurgeln wird. Hätte Lucius mich nicht soeben zum Orgasmus gebracht und wären meine inneren Muskeln nicht so entspannt, würde Alexej mir wehtun – doch er scheint zu spüren, wie viel er mir zumuten kann. Ich bin erregt und empfindlich, jeder Stoß von Alexej ist eine süße Folter, eine herrliche Qual. Was der blonde Russe mir bisher von sich offenbart hat, ist nicht annähernd so intensiv gewesen und auch jetzt habe ich das Gefühl, dass er sich noch zurückhält und mich nicht seine gesamte Kraft spüren lässt.

  Alexej lässt mir keine Zeit, mich von dem Orgasmus zu erholen, er katapultiert meine Erregung erneut in schwindelnde Höhen. Ich wimmere, vor Schmerz und vor Lust, und Alexej nimmt mich gnadenlos durch. Er rammt seinen Schwanz hart und tief in mich, ich spüre, dass er zum ersten Mal einen Funken seiner wahren Wildheit entfesselt. Meine Gedanken sind verstummt, ich fühle nur noch meinen Körper, die Erregung und Alexej … weit, weit entfernt flüstert der letzte Rest meines Verstands mir zu, dass Lucius da ist, um auf mich aufzupassen … doch seltsamer Weise habe ich keine Angst vor Alexej, ich spüre, dass er trotz seiner Ekstase den schmalen Grat nicht überschreiten und mich nicht verletzen wird – oder ist es nur der Wirbel meiner Erregung, das Blut, das rauschend in meinen Ohren pumpt, das mich benommen macht und meine Urteilsfähigkeit trübt? Die letzten Gedanken lösen sich auf wie Schatten und Rauch, und ich spüre nichts mehr – und dann überwältigt mich die Explosion, Stromstöße

schießen durch meinen Körper, ich höre
Alexej stöhnen und fühle ihn in mir
pumpen ... ich zittere, mein gesamter
Körper bebt, ich kann nicht mehr, ich
sinke auf die Seite, als Alexej sich
zurückzieht.

Mein Herzschlag hämmert gegen meine
Brust, jede Zelle meines Körpers
scheint zu kribbeln und sich
auszudehnen. Ich fühle mich unendlich
ermattet, befriedigt und leicht, als
würde mein Körper zerfließen ... ich
nehme kaum wahr, dass jemand meine
Fesseln löst, mich behutsam auf dem
Bett ausstreckt und ein Laken über
meinen Körper breitet ... dann küsst er
mich sanft auf den Mund, es ist
Jacques, ich erkenne seinen Duft,
seine weichen Lippen ...

„Lassen wir sie ausruhen", höre ich
Lucius' ruhige Stimme.

„Wir sind unten, ma belle", flüstert
Jacques in mein Ohr – dann ist er
verschwunden, ich höre, wie die
Schlafzimmertür leise geschlossen
wird, und im Raum wird es still.

Kapitel 9

An diesem Abend gehe ich nicht hinunter ins Wohnzimmer. Ich höre die gedämpften Stimmen der Männer, die sich unterhalten, schlinge meine Beine um das Laken und starre an die Decke. Ich bin dankbar, dass sie mir ein wenig Privatsphäre gestatten.

Zwischen meinen Beinen pocht es, ich werde eine Weile wund sein. Nachdem der Orkan der Erregung abgeklungen ist, fühle ich mich zutiefst entspannt und innerlich vollkommen ruhig. Ich möchte nichts anderes, als noch eine Weile ungestört hier in Alexejs Bett zu liegen und das Gefühl der Entspannung zu genießen. Diese Session mit den drei Männern war einfach unglaublich - wenn da nicht mehr wäre …

Ungebeten schleichen sich Gedanken in meinen Kopf. Habe ich mir Lucius' Rücksichtnahme nur eingebildet? Es war eine harte Session, daran besteht kein Zweifel, die drei Männer haben mir ihre gnadenlose Seite gezeigt, aber sie sind nicht zu weit gegangen. Sie haben mir Lust verschafft, und Lucius … da war etwas zwischen uns, er war nicht so kalt und grausam zu mir wie vor zwei Tagen.

Zähneknirschend muss ich mir eingestehen, dass ich wie eine Ertrinkende nach jedem kleinen Zeichen seiner Freundlichkeit hasche. Mein Herz klopft schneller, wenn ich an seine sanften Worte und die Zärtlichkeit seiner flüchtigen Berührung denke …

Valérie, verdammt nochmal!

Es wäre besser gewesen, er hätte mir weiterhin die kalte Schulter gezeigt. Dann hätte ich die verbleibenden vier Tage irgendwie durchstehen können. Aber so …

Was zum Teufel willst du eigentlich? Dass dieser unnahbare, beherrschte Mann sich dir öffnet, dich an sich ranlässt so wie in der Nacht, die nie hätte passieren dürfen? Und was dann? Sein Vater ist dein Feind, Valérie! Er hat deinen Vater zu Fall gebracht und seinen Selbstmord mitverschuldet, und du wirst es beweisen!

Lucius ist aber nicht sein Vater, flüstert eine kleine Stimme in meinem Kopf.

Mit einem frustrierten Keuchen drehe ich mich um und starre auf das leere Bett, auf die Seite, auf der Alexej normalerweise schläft.

Alexej ... meine Gedanken wandern zu dem brutal wirkenden Russen, mit dem ich seit ein paar Tagen zusammenlebe. Seine Neigung zu hartem Sex und seine körperliche Stärke sollten mich einschüchtern – stattdessen wirkt beides anziehend auf mich, und die prickelnde Angst, die ich in seiner Nähe empfinde, facht meine Lust nur noch mehr an. Wieso wusste ich, dass er heute nicht zu weit gehen würde?

Mit einem Schlag wird mir klar, was dahintersteckt, und wieso ich es so genossen habe, hart von Alexej genommen zu werden.

Mein Körper sehnt sich danach, mich ihm hinzugeben, ihm die Führung zu überlassen und mich ihm vollkommen zu unterwerfen – *du sehnst dich danach, Alexej zu vertrauen.*

Nein. Nein, nein, nein! Zuerst Lucius, und jetzt auch noch Alexej?! Valérie, diese Sache läuft komplett aus dem Ruder, du bist dabei, vollkommen die Kontrolle zu verlieren!

Ich schlage heftig das Laken zurück und stapfe ins Bad, um noch einmal zu duschen und den Duft der drei Männer von meinem Körper zu waschen.

Du weißt genau, warum du bei der Agentur nie die Rolle der Sub übernommen hast. Du kannst es nicht

tun, ohne dich vollkommen hinzugeben!
Ich schrubbe über meine Haut und kämpfe Tränen der Hilflosigkeit zurück.
Wie konntest du dich nur auf dieses Spiel einlassen? Wie konntest du nur glauben, dass du die Kontrolle behalten würdest?
Der bittere Geschmack der Verzweiflung steigt in meinem Gaumen auf, ich schmecke meine Tränen, noch ehe sie über meine Wangen laufen. Ich möchte davonrennen, alles hinter mir lassen … die Angst, versagt zu haben, überwältigt mich. Was habe ich bis jetzt erreicht? Ich habe ein paar vage Hinweise gefunden, ich tappe fast völlig im Dunkeln und habe keinen Plan, wie ich William Montgomery, Wladimir Doroschkow und Jean-Baptiste Delacroix zu Fall bringen werde. Ich habe die Kontrolle über meine Gefühle verloren, ich weiß selbst nicht, was ich für Lucius empfinde, und jetzt ist da auch noch Alexej … verkrampft beiße ich mir auf die Unterlippe, bis ich den kupfernen Geschmack von Blut auf meiner Zunge schmecke. Meine Hand ballt sich zu einer Faust, ich schlage kraftlos gegen die marmornen Fliesen und lehne mich gegen die Duschwand.
Was soll ich nur tun? Aufgeben,

davonlaufen?

Ich habe mich maßlos überschätzt, ich hätte mich niemals auf dieses Spiel einlassen dürfen. Ich weiß nicht mehr, ob ich gewinnen kann, ob ich jemals wirklich eine Chance gehabt habe ... Langsam sinke ich auf die Knie, kauere mich an der Wand zusammen, während das warme Wasser über meinen Körper rinnt und sich mit meinen salzigen Tränen vermischt.

Doch jetzt ist es zu spät. Ich stecke mittendrin, und ich bin es Papa schuldig, die Wahrheit ans Licht zu bringen und die Sache zu Ende zu führen. Jahrelang habe ich nichts getan, ich habe die Vergangenheit verdrängt, weil ich zu feig und zu schwach war, um mich ihr zu stellen. Meine Schuldgefühle Papa gegenüber sind eine mächtige Waffe, es überrascht mich selbst, wie mächtig sie sind – sie verleihen mir die Kraft, die ich brauche, um diesen Abend und diese Nacht durchzustehen.

Mechanisch steige ich aus der Dusche, trockne mich ab und lege mich ins Bett. Körperlich befriedigt und psychisch vollkommen ausgelaugt falle ich in einen dumpfen Schlaf, der so tief ist, dass ich es nicht mehr wahrnehme, als Alexej Stunden später zu Bett kommt und sich neben mir ausstreckt.

Als ich am nächsten Tag erwache, fühle ich mich wie gerädert. Alexej ist fort, ich werfe einen Blick auf die Uhr und erstarre. Es ist fast Mittag, ich habe über vierzehn Stunden geschlafen.
Trotzdem fühle ich mich nicht erholt. Ich krieche aus dem Bett, tapse hinunter ins Wohnzimmer und mache mir einen doppelten Espresso. Während ich an dem heißen, schwarzen Kaffee nippe, flackert mein Blick hinüber zu meinem Laptop – ich verspüre nicht die geringste Lust, mich weiter durch Papas Unterlagen zu wühlen. Stattdessen greife ich nach dem Handy und rufe Julien an.
„Hallo, Ange."
„Ich will von meinem besten Freund in den Arm genommen werden", flüstere ich.
Bestürzung klingt in seiner Stimme. „Was ist passiert?"
„Anstatt meine Gefühle für Lucius in den Griff zu kriegen, um ein Problem weniger zu haben, habe ich jetzt ein Problem mehr."
Julien schweigt perplex. Dann flüstert er: „Der Russe …?"

Meine Kehle ist wie zugeschnürt und ich bringe kein Wort heraus.

„Ich komme zu dir", erklärt Julien. „Lass die Zugbrücke hinunter, ich schwinge mich auf mein weißes Ross und –!"

Seine Worte zaubern ein schwaches Schmunzeln auf meine Lippen. „Besser nicht, Schatz. Ich könnte es nicht ertragen, wenn du dir meinetwegen das Genick brichst."

„Dann sag mir, was ich für dich tun kann!"

„Bin ich verrückt, Julien?", flüstere ich und kämpfe mit den Tränen. „Wie konnte ich mich nur auf das alles einlassen und glauben, ich könnte gewinnen? Ich finde einfach keine handfesten Beweise gegen Montgomery, Delacroix und Doroschkow – ich habe *keine Ahnung* von Finanzwirtschaft und Investments, wie konnte ich nur denken, dass ich innerhalb weniger Tage aufdecken könnte, was damals mit meinem Vater geschehen ist?"

„Ange, was du getan hast, war wirklich mutig …"

„Nein! Nein, das war es nicht! Es war dumm, es war nicht durchdacht! Mir bleibt wahrscheinlich nichts anderes übrig, als Lucius, Alexej und Jacques einzuweihen und auf ihre Hilfe zu hoffen – und ich habe eine Scheißangst, dass sie mich hinauswerfen, sobald sie die Wahrheit über mich erfahren! Was, wenn sie ihre Väter warnen? Dann habe ich jede Chance auf Rache verwirkt und zu allem Überfluss auch noch …" Ich verstumme, weil ich die Worte nicht hervorbringe.

„Ein gebrochenes Herz?", fragt Julien sanft.

Ich bringe nur ein unverständliches Brummen zustande.

„Ich hab's richtig vergeigt", flüstere ich nach einer Weile. „Nicht wahr?"

„Jetzt hör mir mal zu, mon ange. Du hast gar nichts vergeigt, und noch hast du nicht verloren. Ich würde ihnen an deiner Stelle jedoch nicht die Wahrheit sagen, denn auch wenn sie ihre Väter hassen, Blut ist dicker als Wasser. Du weißt nicht, wie sie reagieren werden, wenn du von ihnen verlangst, ihre Familien zu verraten … ganz ehrlich, das ist verdammt riskant. Recherchier weiter, dir bleiben ja noch ein paar Tage Zeit. Soll ich nicht doch vorbeikommen?"

„Liebend gern." Ich seufze. „Aber das könnte meine Tarnung auffliegen lassen, abgesehen davon, dass Alexej dich umbringen wird, wenn er dich hier findet."

„Der Kerl schießt zuerst und stellt hinterher die Fragen", grinst Julien. „Sehr sexy. Er hat nicht zufällig einen schwulen Bruder?"

„Was ist mit Philippe?", protestiere ich. Julien schafft es immer wieder, dass ich mich ein wenig besser fühle, und dafür liebe ich ihn.

„Dienstreise", schmollt er.

„Warum besuchst du ihn nicht? Überrasch ihn doch."

„Das ist gar keine schlechte Idee", murmelt er. „Vielleicht mache ich das wirklich, Engelchen."

„Julien?"

„Mh?"

„Danke fürs Zuhören."

„Jederzeit. Für meine Verlobte tue ich alles."

Jetzt muss ich wirklich lachen. Julien und ich führen seit einem Jahr eine Schein-Verlobung, um seine spießige Mutter und seinen konservativen Stiefvater zufriedenzustellen. Wenn sie jemals erfahren, dass Julien auf Männer steht, würden sie ihn aus dem Testament streichen und hochkant aus der Villa werfen.

Nachdem ich aufgelegt habe, setze

ich mich an den Laptop. Julien hat Recht, noch habe ich nicht verloren – doch in Selbstmitleid zu versinken hilft mir garantiert nicht weiter.

Ich atme tief durch, während ich die Dateien meines Vaters öffne. Papa hat also Investments aufgelöst, um noch mehr Geld in diese Romrus-Aktien zu stecken – heimlich, hinter dem Rücken seiner damaligen Freunde und Geschäftspartner. Ich überschlage die aufgelösten Investments seiner Firma und vergleiche sie mit der Summe, die die Zahlen auf der verschlüsselten Liste ergeben. Es fehlt ein großer Betrag, offenbar hat Papa nicht nur Geld aus seiner eigenen Firma in Romrus gesteckt.

Doch wie hat er die fehlende Summe gedeckt?

Ich grabe weiter, durchforste stundenlang Papas Dokumente. Es wird Nachmittag, dann früher Abend, ich halte mich mit Kaffee aufmerksam und konzentriert – und dann stoße ich auf etwas in den privaten Dokumenten meiner Eltern. Es ist ein Verkaufsvertrag, der nichts mit Papas Firma zu tun hat.

Offenbar hat mein Vater kurz vor seinem Tod unser Haus am See verkauft.

In meiner Kindheit habe ich viel

Zeit dort verbracht, ich kann mich daran erinnern, dass vor allem meine Mutter das Haus geliebt haben ... die ruhige Idylle, fern der Hektik von Paris. Nach Papas Tod waren wir nie wieder in dem Haus, ich dachte, dass Maman die Erinnerungen nicht ertragen konnte; ich hatte keine Ahnung, dass Papa das Haus verkauft hat.

Nachdenklich starre ich auf den Bildschirm. Die Verkaufssumme für das Haus stimmt mit einer der fehlenden Investmentsummen in Romrus Holding überein, ich weiß jetzt, woher ein Teil des Geldes gekommen ist – trotzdem verstört mich diese Entdeckung viel mehr, als dass sie mir weiterhilft.

Meine Theorie, dass Papa mehr Geld als seine Geschäftspartner in die Romrus-Aktien investieren wollte, fällt in sich zusammen. Papa hätte nie, niemals, aus diesem Grund das Haus verkauft. Er hat gewusst, wie sehr Maman an dem Haus gehangen ist, und er hätte meiner Mutter niemals das Herz gebrochen, nur um mehr Geld zu verdienen. Der Verkauf des Hauses war eine Verzweiflungstat, mein Vater stand offenbar mit dem Rücken zur Wand.

Warum zum Teufel hat Papa also so

viel Bargeld an Romrus gezahlt, wenn es nicht um vermehrte Aktienkäufe gegangen ist?

Ich bin so in die Zahlen vertieft, dass ich die Zeit vergesse. Als die Fahrstuhltüren sich öffnen und Alexej das Wohnzimmer betritt, werfe ich einen erschrockenen Blick auf die Uhr - es ist bereits halb acht Uhr abends.
Hastig schließe ich die Dokumente und schalte den Laptop aus, während Alexej das Wohnzimmer durchquert. Er beugt sich zu mir und gibt mir einen Kuss, dann wandert sein Blick über mein Outfit - eins seiner T-Shirts und Boxershorts.
„Ehrlich, ich mag es, wenn du meine Sachen trägst, Eva", murmelt er rau und seine Stimme jagt eine Gänsehaut über meinen Körper. Sein maßgeschneiderter Designeranzug spannt sich über seine breiten Schultern und täuscht nicht über das Raubtier hinweg, das unter dem edlen Stoff schlummert. „Aber ich bezweifle, dass Lucius begeistert sein wird, dich so anzutreffen. Immerhin ist es sein Abend."
Verdammt! Das habe ich vollkommen vergessen! Ich schieße von der Couch hoch und haste die Treppe hinauf.

„Wann kommt er?"

„Er und Jacques müssten jeden Moment hier sein."

Mist! Mist, Mist, Mist! In dem Chaos habe ich verdrängt, dass Lucius seinen Abend zurückgefordert hat! Ich stolpere ins Ankleidezimmer, suche hastig ein kurzes Cocktailkleid aus und schlüpfe hinein – vor Lucius will ich mir nicht die Blöße geben, mich unvorbereitet anzutreffen. Während ich den Reißverschluss hochziehe und gleichzeitig mit der anderen Hand Mascara auftrage, überschlagen sich die Gedanken in meinem Kopf. Ob Lucius wohl dieselben Pläne hat wie an dem Abend letzte Woche, der sich dann völlig unerwartet ganz anders entwickelt hat …? Oder hat er etwas Neues vor? Ich bin unendlich froh, dass mir nicht genug Zeit bleibt, um nervös zu werden.

Während ich mir die Haare kämme, höre ich unten die Stimmen von Lucius und Jacques. Mein Herz fängt an, schneller zu pochen. Es ist zu spät, um meine Haare hochzustecken, also trage ich sie offen und werfe einen letzten, prüfenden Blick in den Spiegel.

Egal, was Lucius vorhat, du wirst ihm die Stirn bieten, Valérie.

Ich atme ein letztes Mal tief durch, straffe die Schultern und steige die Treppe hinunter ins Wohnzimmer.

Die Blicke der Männer richten sich auf mich. Lucius' Augen wandern ganz langsam über meine Beine, das eng anliegende Kleid und meine nackten Schultern. Der flammende Ausdruck in seinem Gesicht lässt mich unruhig werden, und dann bricht die Nervosität mit voller Kraft über mich herein.

Ich gebe mein Bestes, um mir nichts anmerken zu lassen, steige gelassen die Treppe hinunter und begrüße Jacques und dann Lucius mit einem Kuss auf die Wange. Er legt dabei seine Hand an meine Taille und ich spüre seine Berührung durch den Stoff hindurch auf meiner Haut brennen.

Alexej schlendert von der Bar zu uns herüber, mit einem Glas Gin für Jacques in der Hand.

„Whiskey, Lucius? Und für dich, Eva?"

„Lucius wird für mich entscheiden", sage ich.

Lucius' Augenbrauen wandern nach oben. „So fügsam, Evangéline?"

„Es ist dein Abend, Lucius." Ich halte seinem Blick stand und schenke ihm ein zartes Lächeln, obwohl es mir unglaublich viel Selbstbeherrschung abverlangt. Vielleicht gelingt es mir, ihn glauben zu lassen, dass er nicht die geringste Macht über mich besitzt, dass in meinen Augen alles nur ein Spiel ist, dass er mir gleichgültig ist und dieser Abend ein Abend wie jeder andere für mich ist … Mir bleibt nichts anderes übrig, als zu bluffen und zu beten, dass Lucius mich nicht durchschaut. Dabei schlägt mein Herz so laut, dass ich sicher bin, dass Lucius es hören kann.

Lucius erwidert nichts. Selbst sein Schweigen macht mich nervös … Er folgt Alexej hinüber zur Bar, und ich atme lautlos aus.

Jacques nippt an seinem Gin und betrachtet mich mit einem Funkeln in seinen Tigeraugen. Spürt er, dass etwas zwischen Lucius und mir vor sich geht?

„Du tust Alexej gut", sagt er plötzlich und ich blicke überrascht auf. „Er hat keine Frau mehr bei sich wohnen lassen, seit …"

„Seit der Sache mit Natascha?", frage ich leise. Rasch überzeuge ich mich davon, dass Alexej und Lucius an der Bar in ein Gespräch vertieft sind und uns nicht hören.

„Er hat dir davon erzählt?" Jacques

klingt verwundert.

„Nicht ganz freiwillig", gebe ich zu. „Ich habe ein wenig nachgeforscht und ihn darauf angesprochen. Hast du sie gekannt?"

„Wir alle haben sie gekannt."

Ich stutze bei dem zynischen Unterton in Jacques' Stimme. Soll das etwa heißen … dass sie alle mit Natascha geschlafen haben?

„Ich dachte, sie war Alexejs Freundin?"

Jacques schmunzelt geringschätzig. „Irgendwann wurde die unverbindliche Bekanntschaft der beiden … nun, *exklusiver.*"

„Er … hat sie wirklich geliebt, oder nicht?", flüstere ich.

Er lacht, leise und hart. „Diese Schlampe? Sie hat Alexej das Herz gebrochen. Die beiden haben dauernd gestritten und dann ist sie abgehauen. Als er erfahren hat, dass sie schwanger war, ist er ihr nach St. Petersburg nachgereist, um sie nach Paris zurückzuholen."

„Was ist dann passiert?", frage ich leise.

Jacques zuckt mit den Schultern. „Er ist ohne sie zurückgekehrt, wahrscheinlich hatten sie wieder einen riesen Krach. Er hat seitdem nie wieder ein Wort über sie verloren, aber er zahlt für das Kind."

Jacques wirft mir einen vielsagenden Blick zu, lässt das Thema aber fallen, da Alexej und Lucius zu uns zurückkommen. Lucius reicht mir ein Glas Champagner.

Am liebsten würde ich das Glas in einem Zug leeren, weil mein Körper vor Anspannung bebt. Die Unterhaltung mit Jacques hat mich ein wenig abgelenkt, aber jetzt steht Lucius vor mir und mein Körper reagiert auf ihn – heftig und unkontrollierbar.

„Alles in Ordnung, Eva?", fragt Alexej, als er das Zittern meiner Hand bemerkt. Verdammter Mist, muss er die anderen auch noch auf meine Schwäche hinweisen? Meine Finger krallen sich um den Stiel des Champagnerglases und ich bemühe mich um ein entspanntes Lächeln.

„Natürlich. Alles ist bestens."

Lucius tritt auf mich zu. „Lasst uns allein", fordert er die anderen beiden auf – und zu meinem Entsetzen verschwinden Alexej und Jacques ohne ein weiteres Wort die Treppe hinauf. Bestimmt haben sie sich abgesprochen; verflucht, ich bin wieder die Einzige, die nicht weiß, was hier gespielt wird …

Lucius und ich sind allein im Wohnzimmer, und er steht direkt vor mir, viel zu nah.

„Du bist blass, Kleines", murmelt er.

„Unsinn", erwidere ich tapfer. „Mir geht es gut." Mein Herz hämmert in meiner Brust, als würde es gleich zerspringen.

Lucius hebt seine Hand an mein Gesicht und streicht eine Haarsträhne hinter mein Ohr. Seine Finger berühren dabei meine Wange und ich erzittere.

„Ich glaube, du lügst mich an", sagt er rau. „Macht es dir Angst, mit mir allein zu sein?"

„Was? Nein, natürlich nicht." Ich lache hell, aber es klingt nicht überzeugend. „Warum sollte mir das Angst machen?"

„Sag du es mir."

Er steht jetzt so dicht vor mir, dass ich seinen Atem auf meiner Haut spüre. Sein Duft vernebelt mir die Sinne, ich spüre die Wärme seines Körpers und blicke direkt in seine blauen Augen – in diese beherrschten, unnahbaren, wunderschönen Augen.

Mit letzter Kraft reiße ich mich zusammen und recke das Kinn. „Es ist dein Abend, Lucius. Ich werde tun, was immer du von mir verlangst." Ich versuche, seinem Blick standzuhalten, aber es gelingt mir nicht. Zu meiner Schande schlage ich die Augen nieder.

Er legt seine Hand an mein Kinn. „Dann küss mich, Kleines."

Ich erstarre und lasse nicht zu, dass er meinen Kopf anhebt. Bebend widersetze ich mich seinem sanften, fordernden Druck.

„Nein", wispere ich, ohne ihn anzusehen.

„Es ist mein Abend, Evangéline. Ich verlange, dass du mich küsst." Noch immer zwingt er mich nicht dazu, ihn anzusehen. Seine Hand ruht an meinem Kinn, aber ich weiß nicht, wie lange er noch Geduld mit mir haben wird.

„Ich kann nicht", flüstere ich erstickt. „Ich …" Zitternd weiche ich einen Schritt vor ihm zurück, dann noch einen, und Lucius folgt mir, er drängt mich zurück, bis ich mit dem Rücken an die Wand stoße.

Lucius hält mich mit seinem Körper gefangen, ich spüre seine Muskeln, seine Wärme und die beherrschte Kraft, die in ihm steckt. Ich kann ihm nicht mehr ausweichen, ihm nicht entkommen, meine Lider flattern und ich halte den Blick gesenkt, weil ich es nicht wage, ihn anzusehen. Was macht dieser Mann nur mit mir?

„Küss mich", fordert er, leise, rau, aber gnadenlos. Sein Daumen streicht über mein Kinn und hinterlässt eine brennende Spur auf meiner Haut. Lucius macht keine Anstalten, mich zu zwingen, aber er weicht auch nicht zurück.

Ich presse meine Lippen aufeinander und schüttelte stumm den Kopf. Ich spüre instinktiv, wenn ich ihn jetzt küsse, dann ist alles vorbei.

Seine Hände umfassen mein Gesicht. Seine Geduld ist am Ende, er hält mich mit seinem Körper unter Kontrolle und zwingt mich, ihn anzusehen. In seinen Augen erkenne ich dasselbe Feuer, das ich in meinem Inneren spüre. Ich keuche erschrocken, meine Lippen teilen sich und Lucius presst seinen Mund auf meinen.

Ich erstarre unter seinen Händen, kämpfe mit letzter Kraft gegen ihn an, widersetze mich ihm, indem ich seinen Kuss nicht erwidere, obwohl die Berührung seiner Lippen durch meinen Körper schießt wie ein Blitz.

„Nein", knurrt er verärgert an meinem Mund, als er meine Passivität spürt, und drängt mich härter gegen die Wand. „Nicht so! Verweigere dich mir nicht, Evangéline!"

Ich winde mich an seinem Körper,

doch seine Hände halten mein Gesicht kraftvoll fest, er lässt mir nicht den Hauch einer Chance. Trotzdem streifen seine Lippen unendlich sanft über meine Haut, als er flüstert: „Küss mich zärtlich, Kleines."

   Seine Lippen drücken sich auf meine, etwas explodiert in meinem Innern und ich bin besiegt. Ich stöhne leise, als sich meine Lippen teilen und Lucius' Zunge sanft in meinen Mund stößt. Er hält mein Gesicht noch immer fest, sein Griff ist hart und erbarmungslos, und sein starker Körper presst mich gegen die Wand – doch sein Kuss ist so voller Zärtlichkeit, dass meine Knie zu zittern beginnen. Seine Zunge berührt meine, umspielt sie, er neckt mich sanft, liebevoll, und seine Liebkosungen verbrennen den letzten Rest meines Widerstands zu Asche.

   Sein Geschmack, sein Duft, seine Berührungen, das alles versetzt mich in einen Rausch, in einen Taumel, der mich alles um mich herum vergessen lässt. Lucius küsst mich minutenlang, und als er mich schließlich freigibt, lehnt er seine Stirn schwer atmend gegen meine. Seine Finger streicheln sanft über meine Wangen … wann hat er seinen harten Griff gelockert?

   „Genau so", flüstert er heiser.

„Genau so, Kleines …"

Meine Gefühle wirbeln so wild in mir durcheinander, dass ich mich fühle, als würde ich orientierungslos durch den Raum schweben. Ich rühre mich nicht von der Stelle, bleibe gegen die Wand gelehnt stehen, als Lucius sich schließlich von mir zurückzieht.

„Ich erwarte dich oben."

In seinen Augen lodern dunkelblaue Flammen. Er steigt die Treppe hinauf und schließt die Schlafzimmertür, und ich bleibe allein im Wohnzimmer zurück.

Ich presse mich gegen die Wand und starre ins Leere. Der Glückstaumel in meinem Inneren löst sich auf, ich habe das Gefühl, langsam wieder zurück zur Erde zu sinken, bis ich wieder festen Boden unter den Füßen habe.

Großer Gott, Valérie, was tust du nur?!

Mein Blick flackert hinauf zum Schlafzimmer … und dann zur Fahrstuhltür. Niemand würde mich aufhalten, wenn ich jetzt in den Aufzug einsteigen und davonlaufen würde … Sie kennen meinen wirklichen Namen nicht, sie würden mich niemals wiederfinden …

Das ist deine Chance, Valérie. Deine letzte Chance. Lauf weg, flieh …!

Mein Herz pocht schmerzhaft gegen meine Rippen, während ich mich aufrichte und die Schultern straffe.

Es ist zu spät. Die Wahrheit ist, ich bin verloren, seit ich Lucius Montgomery zum ersten Mal begegnet bin. Ich wende mich der Treppe zu und steige eine Stufe nach der anderen hinauf in Richtung Schlafzimmer.

Kapitel 10

Ich lege die Hand an den Türknopf der Schlafzimmertür und schließe die Augen. Noch immer kämpft meine Vernunft mit einer machtvollen, ungestillten Sehnsucht tief in meinem Innern. Wenn ich jetzt zögere, wenn ich jetzt umdrehe und davonlaufe, dann werde ich Lucius, Alexej und Jacques nie wiedersehen - und ich werde jede Chance, meinen Vater zu rächen, verlieren. Mit angehaltenem Atem öffne ich die Tür und trete ein.

Alexejs Schlafzimmer liegt im Halbdunkel vor mir. Flackerndes Licht wirft Schatten an die Wand, im Kamin lodert offenes Feuer. Wo sind die Männer -?

Im nächsten Augenblick wirft sich jemand auf mich und drängt mich gegen die Wand, ich keuche erschrocken auf, es ist Alexej, der sich gegen meinen Rücken drängt. Er packt grob meine Handgelenke und hält sie mit einer Hand über meinem Kopf fest, dann zwingt er mit einem Bein meine Schenkel auseinander. Überraschung und Erregung mischen sich in meinem Körper und jagen in einem lustvollen Cocktail durch meine Adern, als ich das kraftvolle Spiel seiner Muskeln an meiner Haut spüre, während er mich mit Leichtigkeit unter Kontrolle hält. Seine Hand drängt sich zwischen meine Beine, er schiebt mein Kleid über meine Hüften hinauf und reißt meinen Slip über meine Schenkel hinunter. Überwältigt zittere ich in ängstlicher Erwartung, ich weiß nicht, ob ich seiner Stärke schon wieder standhalten kann …

Kraftvoll drängt er sich gegen mich, ich keuche auf, als er die Luft aus meinen Lungen presst. Ich spüre seinen harten Schaft, den er fordernd gegen meinen Po drückt.

„Bitte", flüstere ich bebend. „Bitte, Alexej, ich …"

Er hält mich gnadenlos in seiner Gewalt und neigt sich zu mir, so dass sein Bart über mein Gesicht kratzt. „Bist du wund von gestern?", knurrt er rau. „Sag mir, wenn ich dir wehtue."

Ich spüre seine Eichel an meinem Eingang und erwarte, dass er brutal in mich stößt – doch er schiebt seine Härte so langsam und behutsam in mich, dass ich vor Überraschung aufstöhne.

Alexej gibt mir Zeit, mich ihm anzupassen, bevor er beginnt, mich mit sehr langsamen, tiefen Stößen zu ficken. Die rohe Kraft, mit der er mich festhält, und die behutsamen Stöße, mit denen er mich nimmt, bilden einen so lustvollen Gegensatz, dass ich mich ihm voller Erregung entgegendränge. Er tut mir nicht weh; im Gegenteil, er setzt seine Kraft so kontrolliert ein, dass mein Unterleib sich zusammenzieht und ich meinen Orgasmus herannahen spüre. Ich fühle Alexejs heißen Atem an meinem Ohr, seine langsamen Bewegungen, es ist intensiv und macht mich unglaublich an … und Alexej kommt in mir, seine Hand schließt sich schmerzhaft fest um meine Handgelenke und ich fühle ihn in mir zucken. Warum so schnell? Ich stöhne protestierend, als er sich zurückzieht, doch Alexej dreht mich um und hält mich mit dem Rücken an seine Brust gedrückt, und im nächsten Augenblick packt Jacques meine Beine und drängt sich zwischen meine Schenkel.

„Hab keine Angst", flüstert er, als ich seine verlangende Härte spüre und instinktiv meine Beine anspanne. „Ich werde dich nicht verletzen, ma belle …" Damit dringt er ebenso langsam und vorsichtig in mich ein wie Alexej es getan hat – er küsst mich nicht, aber er sieht mich dabei unentwegt an, bis er seinen Schaft bis zum Anschlag in mich versenkt hat, und einen langsamen Rhythmus beginnt. Es ist intensiv und intim, Jacques lässt mich nicht aus den Augen, während er mich tief und langsam vögelt. Erregung und Lust knistern in meinem gesamten Körper, ich lehne mich gegen Alexej und lasse mich von seinen starken Armen tragen, während Jacques' Tigeraugen mich verschlingen. Ich stöhne leise, während ich unaufhaltsam auf den Orgasmus zusteuere …

„Lasst sie nicht kommen", höre ich plötzlich Lucius' schneidende Stimme aus dem Halbdunkel.

Was …? Warum …?

Jacques verändert den Winkel ein wenig, gerade genug, um meine Erregung auf demselben Niveau zu halten, aber mir die Erlösung zu verweigern. Ich keuche frustriert und versuche, mein Becken in eine andere Position zu schieben, aber weder Alexej noch Jacques lassen es zu. Jacques hält mich fest, während er sich mit einem überlegenen Lächeln und verboten langsamen, intensiven Stößen in mich versenkt. Sein Schwanz wird härter, praller, ich fühle seinen Orgasmus nahen, und dann stöhnt Jacques auf und ergießt sich zuckend in mich.

Er zieht sich zurück und ich funkle ihn frustriert an, weil jede Zelle meines Körpers in höchster Erregung schwingt und nach Erlösung verlangt. In der Erwartung, dass Alexej mich auf die Füße stellten und loslässt, strecke ich meine Beine zum Boden – doch Alexej hebt mich kurzerhand auf seine Arme und trägt mich zum Bett, wo er mich auf den Rücken legt.

„Was habt ihr mit mir …?" Meine Stimme erstickt, als Alexej mir das Kleid auszieht, und er und Jacques rechts und links des Betts meine ausgestreckten Arme festhalten, so dass ich mich nicht bewegen kann. Lucius kommt langsam auf mich zu und knöpft seine Hose auf – und ich begreife, dass Alexej und Jacques nur das Vorspiel gewesen sind.

Mein Puls rast, mein Atem geht schnell und keuchend, meine Muskeln verkrampfen sich und ich versuche, meine Arme zu befreien – doch gegen Jacques' und Alexejs Kräfte habe ich keine Chance. Ich ahne, was Lucius vorhat, und Panik breitet sich in mir aus.

Von Jacques und Alexej sanft genommen zu werden, ist eine Sache – bei Lucius bedeutet es etwas völlig anderes.

Er entkleidet sich vollständig und tritt zu mir ans Bett. Ich sehe deutlich, wie erregt er ist, und ich weiß, dass er vorhat, mich zärtlich zu ficken. Ihm ist klar, dass mir diese Vorstellung eine Scheißangst macht, aber er wird mich nicht verschonen – es sei denn, ich bitte ihn darum. Ich presse die Lippen aufeinander, um ihn nicht zu verfluchen, um ihn nicht anzuflehen, Gnade zu zeigen … er legt sich auf mich, lässt mich das Gewicht seines Körpers spüren, die warmen, kraftvollen Muskeln, sein Duft, der mich einhüllt und mich erbarmungslos an die Nacht erinnert, in der ich zugelassen habe, dass Lucius mich geliebt hat …

Er umfasst mein Gesicht, streichelt sanft über meine Wangen, und seine tiefblauen Augen brennen vor Verlangen und Leidenschaft. Er ist nicht länger unnahbar und verschlossen, er hat seine Maske fallengelassen, und ich bin dem wahren Lucius so nah, wie ich es niemals wieder sein wollte. Ich winde mich unter seinem Körper, kämpfe halbherzig gegen Jacques und Alexej an, die meine Arme immer noch festhalten, obwohl ich weiß, dass Lucius mich besiegt hat. Mein Körper verzehrt sich nach ihm, ich will ihn in mir spüren, ich will, dass er mich ebenso zärtlich liebt wie in jener Nacht.

Er drängt sich zwischen meine Beine, ich spüre seine Härte, die gegen meinen Schenkel drückt.

„Nein!", keuche ich, als Stolz und Trotz sich ein letztes Mal verzweifelt in mir aufbäumen.

„Nein?", flüstert Lucius und streichelt über meine Wangen, seine Augen intensiv auf meine gerichtet. Er ist so dicht bei mir, dass ich seinen warmen Atem spüren kann.

Er könnte in mich stoßen, könnte mich auf der Stelle nehmen, ich bin wehrlos unter ihm – doch er tut es nicht, er verharrt über mir, sein Gewicht auf seine Unterarme gestützt.

„Warum wehrst du dich so gegen mich, Kleines?", raunt er leise.

„Ich hasse dich!", stoße ich verzweifelt hervor. Ich spüre meine Kräfte schwinden und mir wird klar, dass die letzten Sekunden meines Widerstands unbarmherzig verstreichen …

„Das ist nicht wahr."

„Doch! Ich … ich -"

„Sag es noch einmal", fordert er leise.

„Ich ...", flüstere ich, und meine Stimme versagt.

In diesem Moment dringt Lucius in mich ein. Ich keuche erstickt, er bewegt sich so unerträglich langsam, so unerträglich sanft, dass ich glaube, zu zerspringen. Lust und Verzweiflung, Hass, Begierde und Verlangen peitschen wild durch meinen Körper und verglühen in der Hitze, die Lucius in mir entfacht. Es hat keinen Sinn mehr, mich gegen ihn aufzulehnen, ich habe nichts mehr, das ich ihm entgegenstellen könnte – Lucius fegt den letzten Rest meine Auflehnung gegen ihn beiseite, vernichtet alles, was zwischen uns steht, und dringt mit jedem seiner sanften Stöße tiefer in mich ein. Er sieht die Niederlage in meinen Augen, als ich mich ihm ergebe, und Tränen über meine Wangen rinnen ... doch da ist kein Triumph in seinem Ausdruck, keine siegessichere Überlegenheit. Ich sehe nichts als Zärtlichkeit in seinem Blick, während er mich sanft liebt, und das Wissen, dass aus meiner Niederlage etwas Neues, Wundervolles und unendlich viel Stärkeres hervorgehen könnte.

Ich schlinge meine Arme um ihn und ziehe ihn dichter an mich. Als er mich behutsam küsst, lasse ich es zu und

erwidere seinen Kuss, heiße seine
Zunge willkommen, und als der Orgasmus
schließlich uns beide hinwegreißt,
klammere ich mich an Lucius und spüre
das Beben seines Körpers als wäre es
mein eigener.
Noch während die Explosionen durch
meine Nervenzellen jagen, spüre ich
Lucius' Lippen an meinem Ohr und höre
sein raues Flüstern.
„Begreifst du es jetzt, mein
Kleines?"

Als mein Verstand wieder in der
kalten Realität Fuß fasst, sehe ich
mich blinzelnd um. Lucius und ich sind
allein, Jacques und Alexej müssen sich
irgendwann zurückgezogen haben … ich
war so in dem lusterfüllten
Gefühlsrausch gefangen, dass ich nicht
einmal wahrgenommen habe, dass die
beiden den Raum verlassen haben.
Etwas scheint meine Lungen
zusammenzupressen, so dass ich kaum
noch Luft bekomme. Plötzlich ertrage
ich Lucius' Gewicht nicht mehr, ich
versuche, ihn von mir zu schieben und
mich freizukämpfen, und er lässt es
zu, gestattet mir, aufzustehen und ins
Bad zu fliehen.
Ich zittere am ganzen Körper, ich
höre, dass Lucius mir folgt und hinter

mir in der Tür steht, aber ich bringe es nicht über mich, mich zu ihm umzudrehen und ihn anzusehen.

„Bitte", flüstere ich, es ist alles, was ich über die Lippen bringe. „Bitte, lass mich allein …"

Er tritt näher an mich heran und drückt einen sanften Kuss auf meinen Hinterkopf. Dann höre ich, wie er zurück ins Schlafzimmer geht und kurz darauf die Tür hinter sich schließt und die Treppe hinuntersteigt.

Benommen tappe ich zurück zum Bett, lasse mich auf die Matratze sinken und rolle mich zusammen wie eine Katze. Tränen steigen mir in die Augen und rinnen heiß über meine Wangen, und ich tue nichts, um sie zurückzuhalten – und die Bedeutung der Erkenntnis, die sich in mir manifestiert, erschlägt mich.

Du hast dich in Lucius Montgomery verliebt, verflucht nochmal.

Kapitel 11

„Habe ich dich etwa aufgeweckt?" In Juliens Stimme schwingt gespielte Erschütterung. „Ange, es ist elf Uhr am Vormittag."

Ich stöhne leise und blinzele auf die andere Seite des Betts, um mich davon zu überzeugen, dass Alexej längst aufgestanden ist und ich allein bin.

„Mir egal", murmele ich mit belegter Stimme.

„Oje. Ich wollte mich eigentlich davon überzeugen, dass es dir besser geht als gestern, aber jetzt habe ich die Befürchtung, dass es schlimmer geworden ist. Bitte sag mir wenigstens, dass du nur deswegen um elf Uhr vormittags völlig fertig im Bett liegst, weil drei hinreißende Kerle dir gestern Nacht den Verstand rausgevögelt haben."

„So ungefähr", brumme ich und Julien jauchzt.

„Fantastisch, Engelchen! Wie kann es dir da schlecht gehen?"

„Ich bin in Lucius Montgomery verliebt."

„Das war ja schon seit einer Weile klar", erklärt Julien trocken. „Finde dich endlich damit ab, mon ange, das Leben geht weiter."

„Julien?", murmele ich und richte mich im Bett auf. Wenn ich schon dabei bin, reinen Tisch zu machen, kann ich genauso gut mit der ganzen Wahrheit herausrücken. „Ich glaube, ich … da ist auch etwas zwischen Alexej und mir."

„Du meinst, da ist etwas von Alexej *in* dir", korrigiert er mich prustend. „Und zwar sein großer, dicker -"

„*Julien!* Ich meine es ernst!" Ich hole tief Luft. „Es ist ganz anders als mit Lucius, auf einer anderen Ebene … aber da ist definitiv etwas. Alexej ist … er ist mir nicht gleichgültig." *Verdammter Mist. Du bist sowas von geliefert, Rochefort.* „Rein hypothetisch gesprochen, und ganz abgesehen davon, dass ich in *keinen* dieser Kerle verliebt sein *sollte* - kann man für zwei Männer gleichzeitig etwas empfinden?"

„Was fragst du mich?"

Ich verdrehe die Augen. „Weil du mehr Erfahrung mit Kerlen hast als ich, mein Schatz." *Oder sonst jemand, den ich kenne …*

„Das ist wahr", gibt Julien

nachdenklich zu und ich muss grinsend den Kopf schütteln. „Bevor ich Philippe kennengelernt habe, war ich ständig verliebt, und zwar meistens in mehrere Kerle gleichzeitig. Allerdings haben die nichts voneinander gewusst, im Gegensatz zu deinen drei Traummännern, was die Sache für dich natürlich erheblich vereinfacht -"

„Ich will es aber nicht vereinfachen", unterbreche ich ihn. „Du sollst mir sagen, wie ich aus der Sache wieder rauskomme!"

„Ach, Ange." Er seufzt und setzt in einem Tonfall auf, als würde er auf einen psychiatrischen Patienten einreden. „Drei *Halbgötter* reißen sich darum, dir einen Orgasmus nach dem anderen zu verschaffen - jeder vernünftige Mensch auf der Welt würde alles darum geben, in deine Situation *reinzukommen, warum um alles in der Welt willst du da raus?*"

Manchmal hat es einfach keinen Sinn, mit Julien zu diskutieren.

„Es gibt noch einen anderen Grund, warum ich anrufe", fährt Julien fort. „Abgesehen von deinem aufregenden Sexleben … Ich bin über einen alten Zeitungsartikel gestolpert, der von deinem russischen Liebhaber handelt."

„Von Alexej? Worum geht es?"

„Als er sechzehn war, gab es offenbar einen Unfall in der Villa seiner Eltern. Die Garage ist in die Luft geflogen und mit ihr all die teuren Autos. Angeblich ein Leck in der Gasleitung … jedenfalls waren Alexej und der Chauffeur zu dem Zeitpunkt in der Garage, weil sie an den Wagen herumgebastelt haben. Alexej wurde mit schweren Verbrennungen ins Krankenhaus eingeliefert und der Chauffeur hat die Explosion nicht überlebt."

Ich schweige erschüttert. Daher stammen also die Narben auf Alexejs Rücken …

„Ist das nicht etwas merkwürdig?", frage ich dann langsam. „Ein Gasleck in einer Garage?"

„Darüber habe ich mich auch gewundert. Keine Ahnung, ob da etwas dahintersteckt, mon ange, ich dachte einfach nur, dass es dich interessieren könnte."

„Danke", murmele ich.

Nach dem Telefonat mit Julien verbringe ich den Rest des Tages auf der Couch, zappe durch die TV-Kanäle und ignoriere den Laptop, der vor mir auf dem Tisch steht. Ich kann einfach nicht die Energie aufbringen, um mich erneut durch den Berg von Dokumenten zu wühlen, auf der Suche nach irgendwelchen unbestimmten Hinweisen; außerdem grübele ich so viel über Lucius und Alexej nach, dass ich Kopfschmerzen bekomme und mich ohnehin nicht konzentrieren kann.

Am frühen Abend läutet mein Telefon. Auf dem Display erscheint eine unterdrückte Nummer und ich runzele die Stirn. Niemand außer Julien, meinem Butler Harrison und meiner Agentur kennen die Nummer dieses Wertkartenhandys.

„Hallo?"

„Wir gehen aus, Eva", ertönt Alexejs forsche Stimme am Ende der Leitung. „Nimm dir ein Taxi und triff mich um einundzwanzig Uhr dreißig im Club."

„Woher hast du diese Nummer?"

Er ignoriert meine Frage. „Im Schrank hängt ein silbernes Kleid von Armani. Ich will, dass du es trägst. Hast du etwas zu schreiben? Die Adresse des Clubs lautet …"

Hastig kritzele ich den Straßennamen und die Hausnummer auf den Rand einer Zeitung, die auf dem Couchtisch liegt.

Alexej legt auf und ich starre das Telefon an. Wie zum Teufel ist er an diese Nummer gekommen?

Um kurz vor halb zehn steige ich vor

dem Club aus dem Taxi. Das Kleid, das Alexej verlangt hat, ist verdammt knapp und verdammt heiß. Ich spüre die Blicke der Türsteher auf meinen Schenkeln, als sie mir den Weg versperren.

Als ich das letzte Mal hier war, wusste ich noch nicht, dass der Club Alexej gehört. Außerdem war ich in Begleitung der Männer und es war kein Problem, an den Türstehern vorbeizukommen.

„Ich bin auf Einladung von Alexej Doroschkow hier", sage ich und blicke dem Türsteher, der breit wie ein Schrank ist, in die Augen.

„Wie ist Ihr Name, Mademoiselle?"

„Evangéline."

Er murmelt etwas in sein Headset und dann hält er mir die Tür auf. „Hier entlang, bitte, Mademoiselle."

Der Mann führt mich in den Club. Die Einrichtung ist edel und dunkel, um die Tanzfläche stehen große Käfige, in denen sich GoGo-Tänzerinnen und weibliche Gäste räkeln. Das Publikum besteht aus internationalen Gästen, es wird hauptsächlich Russisch gesprochen, aber ich sehe auch Diplomaten und Geschäftsleute anderer Nationalitäten. Die internationale Elite von Paris lebt hier ihre speziellen Vorlieben aus; mein Blick flackert über einen der Käfige, in dem die Tänzerin gerade hemmungslos von einem Gast gevögelt wird.

    Alexej kommt durch die Menge auf mich zu. Mir stockt für einen Augenblick der Atem, als der attraktiven Russe zwischen den Gästen auftaucht, mit seinen breiten Schultern und dem wilden Blick seiner hellgrünen Augen, der mich fesselt.

    Besitzergreifend legt er seine Hand an meinen Rücken, schickt den Türsteher mit einem Wink zurück an seinen Posten und küsst mich dann auf die Wange.

    „Verbringt ihr jeden Dienstagabend in deinem Club?" Ich muss mich nahe zu Alexej beugen, damit er mich trotz der lauten Musik hören kann. Sein maskuliner Duft umhüllt mich wie eine raue Liebkosung.

    „Nein, meine Schöne", erwidert er, so leise, dass nur ich ihn hören kann. Ihm so nahe zu sein, inmitten der Menge der Gäste und der dröhnenden Bässe aus den Lautsprechern, erzeugt ein kribbelndes Gefühl von Intimität. Zu meinem absoluten Horror ertappe ich mich dabei, mir zu wünschen, dass Alexej mir gegenüber seine gefährliche Fassade fallenlässt und mir gestattet, ihm wirklich nahe zu kommen.

Ach, verflucht, Valérie! Wenn du dir schon deine Gefühle für Lucius eingestehst, musst du dich dann auch noch Alexej stellen, und was auch immer es ist, das sich zwischen dir und ihm entwickelt …?!
Mein ursprünglicher Plan, mich emotional auf keinen Fall auf die Männer einzulassen, ist gründlich misslungen. Ich fühle mich, als wäre ich ohne Fallschirm aus einem verdammten Flugzeug gesprungen und als würde ich halt- und orientierungslos durch die Luft trudeln und unaufhaltsam auf die Erde zurasen –

Alexej führt mich durch den Club in den VIP-Bereich. „Ich habe ein Meeting mit Geschäftspartnern und möchte, dass du uns Gesellschaft leistest."

Mein Blick flackert zu dem abgeschirmten VIP-Bereich. Auf luxuriösen Loungemöbeln sitzen einige Männer, die ich noch nie gesehen habe. Bildschöne, leichtbekleidete Frauen lehnen an den Armlehnen der Sofas und düster wirkende Bodyguards halten sich im Hintergrund. Mein Magen krampft sich zusammen. Wer sind diese Geschäftspartner von Alexej? Ich kann Lucius und Jacques nirgends entdecken.

„Sie sind heute nicht hier." Alexej

deutet meinen suchenden Blick richtig. „Ich regle die Geschäfte mit diesem speziellen Kunden allein und Lucius hat dich mir heute Abend überlassen. Ich musste ihm allerdings schwören, gut auf dich aufzupassen." Etwas funkelt in Alexejs Augen und lässt meinen Körper nervös kribbeln. Warum sollte es notwendig sein, dass Alexej auf mich aufpasst?

„Gestern Abend, Eva …" Alexej hält an, ehe wir den VIP-Bereich erreichen und wendet sich mir zu. Seine Augen ruhen forschend auf mir. „Lucius schien … nun, seinen *Standpunkt* klarmachen zu wollen."

Ich ziehe die Augenbrauen hoch. So kann man das auch ausdrücken.

„Unser Arrangement dauert noch bis Donnerstagnacht", sagt er leise. „Das bedeutet, dass du noch zwei volle Tage mein Eigentum bist." Er räuspert sich. Täusche ich mich, oder liegt ein gequälter Unterton in seiner tiefen Stimme? „Falls die Dinge jetzt anders liegen, falls du deine Meinung geändert hast … Ich bin bereit, dich vorzeitig aus dem Vertrag zu entlassen, Eva."

Ich starre ihn wortlos an. Er will Lucius und mir nicht im Weg stehen? Plötzlich hämmert mir das Herz bis zum

Hals.

„Hat Lucius dich um meine Freiheit gebeten?", frage ich leise.

„Nein. Das Angebot ist meine Entscheidung. Und Lucius überlässt es dir, ob du es annimmst."

Die laute Musik, die Gäste um uns herum, alles ist vergessen. Gedanken wirbeln wild durch meinen Kopf, ebenso wie meine Emotionen.

Was geschieht, wenn ich das Arrangement mit Alexej beende? Ich kann nicht zu Lucius zurückgehen, die Vorstellung, dass er mich erneut bucht, ist absurd – ganz abgesehen davon, dass er mir kein solches Angebot gemacht hat. Ich kann aber auch unmöglich eine *Beziehung* mit Lucius Montgomery beginnen. Wer wäre ich dann? Seine Geliebte, die ihn belügt und hinter seinem Rücken gegen seinen Vater intrigiert?

Ich habe so stark gegen meine Gefühle für Lucius angekämpft, dass ich keinen Gedanken daran verschwendet habe, was geschehen würde, wenn ich sie *zuließe* – wie aussichtslos eine gemeinsame Zukunft wäre. Lucius mag mich gezwungen haben, mich meinen Gefühlen für ihn zu stellen, er mag mir keine andere Wahl gelassen haben, als sie zu akzeptieren – aber wie soll es jetzt weitergehen?

Die Wahrheit ist, es gibt kein *Weiter*. Wir stehen am Abgrund, und er hat alles nur unendlich viel komplizierter gemacht. Ich werde niemals aufhören, seinen Vater zu hassen, ich werde weiter alles daran setzen, ihn zu stürzen, selbst wenn ich Lucius dabei verletzen muss. Und ich weiß, dass das *mich* verletzen wird, aber ich kann einfach nicht anders, sogar wenn es mich selbst zerstört.

Außerdem ist meine letzte Chance auf Rache verloren, wenn ich Alexejs Angebot annehme und aussteige. Egal wie gering die Wahrscheinlichkeit ist, dass sich mein Glück in den nächsten zwei Tagen wendet und mir eine unverhoffte Möglichkeit bietet, ich muss es weiterhin versuchen. Jetzt auszusteigen und davonzulaufen würde mir nicht im Geringsten nützen.

Ich rede mir ein, dass das die Gründe dafür sind, bei Alexej zu bleiben. Dass es nichts mit dem kalten, dunklen Loch in meinem Inneren zu tun hat, das aufreißt, sobald ich daran denke, Alexej zu verlassen. Mir das einzugestehen, dazu fehlt mir einfach der Mut.

„Nein", höre ich mich selbst

flüstern. "Ich werde unsere Abmachung einhalten."

Alexejs Kiefermuskeln spannen sich an. "Wenn es eine Frage des Geldes ist, Eva … ich werde dir die volle Woche bezahlen, egal, wie du dich entscheidest. Ich will nicht, dass du bei mir bleibst, nur weil du dich dazu gezwungen fühlst."

Ich ignoriere die Warnungen meines Verstands, greife nach Alexejs Hand und verschlinge meine Finger mit seinen. Ungläubige Überraschung blitzt in seinen hellgrünen Augen auf.

"Es hat nichts mit dem Geld zu tun, Alexej", flüstere ich kaum hörbar.

Valérie! Hast du vollkommen den Verstand verloren?

Ich habe das Gefühl, dass Alexej etwas erwidern will, aber er entscheidet sich, zu schweigen. Der Blick seiner Augen wird wieder raubtierhaft und die gefährliche Härte kehrt in seinen Ausdruck zurück. Mit einem knappen Nicken und ohne ein Wort zu sagen, aber auch ohne unsere verschlungenen Finger zu lösen, führt er mich in den VIP-Bereich.

Die drei Männer auf der Couch betrachten mich desinteressiert, fast so, als wäre ich eine Ware. Ich nehme sie kaum wahr, weil meine Gedanken noch um das Gespräch mit Alexej kreisen; flüchtig flackert mein Blick über den Mann in der Mitte, der mich mit unverhohlener Dreistigkeit anstarrt. Er ist in Alexejs Alter, Ende zwanzig, ein dunkler Typ mit eiskalten Augen. Mein Gefühl sagt mir, dass er der Boss ist, und die anderen beiden nur seine Lakaien. Auch die Aufmerksamkeit der Bodyguards hinter der Couch ist nur auf ihn gerichtet.

„Eva, das ist mein Geschäftspartner", stellt Alexej uns einander vor. „Michail Romanow."

Der Name schlägt in mich ein wie ein Blitz. Augenblicklich schneidet mein Verstand messerscharf durch das Chaos meiner Gefühle und ich blicke dem fremden Mann in die Augen.

Michail Romanow - der Kronprinz der Familie Romanow und Juniorchef von Romrus Holding.

Obwohl ich kein Wort Russisch spreche, verfolge ich die Gespräche zwischen Alexej und Michail Romanow mit voller Aufmerksamkeit. Um keinen Verdacht zu erregen, gebe ich mich ebenso gelangweilt wie die beiden bildschönen, russischen Edelprostituierten, die an Michails Couch lehnen - doch mein Verstand läuft auf Hochtouren. Um welche Art von *Geschäftsmeeting* handelt es sich hier? Warum wird es in einem Nachtclub abgehalten, zwischen Bodyguards und Prostituierten?

Die Gespräche der Männer ziehen sich über Stunden, begleitet von flaschenweise eiskaltem Wodka. Hin und wieder ziehen sich Michails Begleiterinnen in ein ungestörtes Separee zurück – einmal bieten sie mir ebenfalls eine Line an, die ich jedoch ablehne. Ich habe niemals Drogen genommen und ich habe bestimmt nicht vor, heute damit anzufangen. Ich muss unbedingt einen klaren Kopf behalten.

Irgendwann, weit nach Mitternacht, tritt der Chef der Nachtclub-Security an Alexej heran und flüstert ihm etwas ins Ohr. Alexej entschuldigt sich daraufhin kurz, folgt dem Wachmann und verschwindet in der Menge. Michails Nutten haben uns ebenfalls für ein paar Minuten alleingelassen, es ist die perfekte Gelegenheit, ein Gespräch mit Michail Romanow zu beginnen.

Ich nippe an meinem Wodka und schlage langsam die Beine übereinander. Michails kalter Blick ist auf meine Schenkel gerichtet – sehr gut, ich habe also seine Aufmerksamkeit.

„Es ist ein weiter Weg von St. Petersburg bis nach Paris", sage ich und gebe meiner Stimme einen überheblichen, gelangweilten Ton. Wenn ich in meiner Zeit bei der Agentur eins gelernt habe, dann, dass Männer wie Michail Romanow es auf den Tod nicht leiden können, wenn eine Frau – noch dazu ein *Callgirl* – auf sie herabblickt. Vielleicht gelingt es mir, ihn aus der Reserve zu locken. „Ich hoffe, Sie fühlen sich hier wohl?" In meiner Stimme schwingt deutlich mit, dass sein Befinden mir nicht gleichgültiger sein könnte. Romanows Blick wandert von meinen Schenkel zu meinen Augen, und er zieht die Brauen zusammen.

„Woher wissen Sie, dass ich aus St. Petersburg komme?", fragt er mit starkem, russischem Akzent.

„Dort befindet sich der Hauptsitz Ihres Unternehmens, nicht wahr?", erwidere ich. Sein kalter Blick durchbohrt mich und ich lehne mich lächelnd zurück. Jetzt habe ich Michail Romanows volle Aufmerksamkeit. „Welche Art von Geschäft führt Sie nach Paris, Monsieur Romanow? Sind Sie auf der Suche nach Investmentmöglichkeiten?"

Einer seiner Lakaien neigt sich zu

Romanow und redet leise auf Russisch auf ihn ein. Mein Blick sucht währenddessen Alexej und ich entdecke ihn an der Bar - wo er mit zwei sexy Blondinen spricht.

Meine Hand krallt sich unwillkürlich um das Wodkaglas. Ich ringe das Gefühl der Eifersucht, das bei dem Anblick unwillkommen in mir aufwallt, mühevoll nieder, und widme mich wieder Romanow - und keuche im nächsten Augenblick vor Schmerz auf. Das Glas gleitet aus meiner Hand und zerbricht auf dem Boden, während Michail Romanow mein Handgelenk packt und mich brutal vor sich auf den Couchtisch zwingt. Er kniet sich auf mich, stößt sein Knie gewaltsam zwischen meine Schenkel und packt meinen Hals.

„Keine Hure redet in diesem Ton mit mir!", fährt er mich an und ich rieche den Wodka in seinem Atem. Angst schießt durch meinen Körper, meine Muskeln verkrampfen sich und ich kämpfe gegen Romanow an. Der Alkohol scheint dem Russen die Sinne vernebelt zu haben, er hält mich so brutal nieder, dass ich fürchte, er könnte mir die Knochen brechen. Ich will schreien, ich will nach Alexej rufen, doch Romanows Hand drückt meine Kehle zusammen, so dass ich nur ein Röcheln hervorbringe. Panisch krallen sich meine Finger in sein kräftiges Handgelenk, oh Gott, er wird mich doch nicht erwürgen?! Tränen steigen mir in die Augen, Angst und Schmerz überwältigen mich, ich bekomme keine Luft mehr, Romanows wutverzerrte Fratze beginnt vor mir zu flimmern – und dann wird der Russe plötzlich von mir fortgerissen. Ich schnappe keuchend nach Luft und richte mich auf, es ist Alexej, der über Romanow kniet und ihn gewaltsam am Boden hält. Alexej faucht ihn auf Russisch an und obwohl ich die Worte nicht verstehe, ist ihre bedrohliche Bedeutung eindeutig. Er lässt sich nicht einmal von drei Pistolenläufen beeindrucken, die Romanows Bodyguards augenblicklich auf ihn richten.

Romanow, der mit dem Rücken auf dem Boden liegt, pfeift seine Leibwächter zurück. „Ich dachte, sie ist bloß eine Hure!", zischt er Alexej an.

„Das ist sie nicht!", knurrt Alexej drohend. „Fass sie nie wieder an, hast du verstanden?"

Obwohl Romanow Alexej im Zweikampf unterlegen ist, wird sein Blick bedrohlich und sein Ton leise und gefährlich. „Drohst du mir etwa, Doroschkow?"

Alexej weicht keinen Millimeter zurück. „Zwing mich nicht dazu, Michail. *Sie gehört zu mir.*" Er erhebt sich und zieht mich hinter sich. „Unser Treffen ist beendet, Michail. Wir sehen uns in St. Petersburg."

Ohne den Russen und seine Bodyguards aus den Augen zu lassen, schiebt Alexej mich aus dem VIP-Bereich und taucht dann mit mir in der Menge unter.

Ich bringe kein Wort hervor, mein Herz hämmert gegen meine Brust, während Alexej mich hinter sich her aus dem Club zieht. Vor der Tür parkt sein roter Lamborghini.

„In den Wagen", befiehlt er knapp, wacht an meiner Tür und scannt die Umgebung, während ich mit bebenden Knien einsteige. Binnen Sekunden sitzt Alexej neben mir und jagt den Wagen mit quietschenden Reifen los.

Erst als der Nachtclub hinter uns zurückfällt, entspannt Alexej sich ein wenig.

„Was ist passiert?" Seine Stimme klingt ruhig und sein Blick flackert von der Straße immer wieder zu mir. Sein Ton überrascht mich, ich habe erwartet, dass er zornig ist, weil ich seinen Geschäftspartner gereizt habe – aber er scheint vor allem besorgt zu sein.

„Ich weiß es nicht", sage ich leise. „Ich habe ihm ein paar Fragen zu seinen Geschäften gestellt, da ist er ausgerastet."

Alexej runzelt die Stirn. „Warum hast du das getan, Eva?"

Weil ich endlich etwas über die Firma erfahren wollte, die in den Selbstmord meines Vaters verstrickt ist. „Ich habe nur versucht, eine Unterhaltung zu führen", erkläre ich ausweichend. „Aber offenbar erträgt das Ego dieses Kerls es nicht, dass eine Frau schöne Beine *und* ein Gehirn hat …"

„Michail Romanow ist ein chauvinistisches Arschloch", sagt Alexej leise, doch seine Stimme klingt warnend. „Und er ist gefährlich, Eva."

„Was meinst du mit ‚gefährlich'?"

„Ich meine, dass er Menschen für weniger verschwinden lässt, als du dir heute vermutlich geleistet hast."

Ich verstumme. Ich bin davon ausgegangen, dass Romrus Holding eine seriöse Firma ist. Diese Information über die Machenschaften von Michail Romanow ändern alles …

„Warum machst du dann mit ihm Geschäfte?"

„Das ist meine Sache, Eva", erwidert

Alexej knapp, doch er klingt nicht verärgert.

„Danke, dass du ihn aufgehalten hast", flüstere ich nach einer Weile. Ich spüre noch immer Romanows brutalen Würgegriff an meiner Kehle.

Alexej greift nach meiner Hand und drückt sie sanft, und der Kloß, der sich daraufhin in meinem Hals bildet, hat nichts mehr mit Romanows Angriff zu tun.

Es ist fast zwei Uhr morgens, als wir Alexejs Loft erreichen. Obwohl Alexej mich die ganze Zeit über fürsorglich behandelt hat, geht mir das verflixte Bild nicht aus dem Kopf, wie er mit den beiden Blondinen an der Bar flirtet, während Romanow über mich herfällt. Vielleicht liegt es daran, dass ich müde bin, oder an dem Wodka, oder an meiner chaotischen Gefühlssituation – jedenfalls fühle ich Eifersucht in mir brodeln und das gefällt mir gar nicht. Es macht mich wütend, vor allem, weil es unnötig und vollkommen unbegründet ist.

Er ist nicht dein Geliebter, Valérie. Er hat dich gebucht, zum Teufel nochmal. Er kann flirten mit wem er will – er kann sogar vögeln wen er will – ohne dir Rechenschaft schuldig zu sein. Warum macht es dich überhaupt so verrückt? Hast du nicht schon genug Probleme?

„Ich will dich etwas fragen, Alexej", höre ich mich selbst sagen, bevor ich mich stoppen kann.

Alexej bleibt auf halben Weg zur Treppe im Wohnzimmer stehen.

„Die Frauen, die in den Käfigen deines Clubs tanzen … steigst du manchmal zu ihnen in den Käfig?"
Vögelst du sie?

Er legt den Kopf schief. „Warum willst du das wissen?"

„Weil …" *Gott, ich habe nicht die Kraft für Spielchen.* „Weil ich gesehen habe, wie du mit diesen blonden Schlampen an der Bar geflirtet hast." Himmel, ich erschrecke selbst darüber, wie vorwurfsvoll meine Worte klingen. Er muss mich für eine hysterische Zicke halten.

Ein Lächeln zuckt über seine Lippen, eine Mischung aus Ärger und Belustigung. Es ist unglaublich, wie diese winzige Veränderung seiner Mimik meine Gereiztheit noch mehr anheizt.

„Fast könnte ich glauben, du wärst eifersüchtig, meine Schöne." Der Spott in seiner Stimme gibt mir den Rest.

„Ach, fick doch, wen du willst!", fauche ich und kämpfe verzweifelt darum, meine Emotionen in den Griff zu kriegen. Warum kann ich ihm gegenüber nicht kalt und beherrscht sein? Warum treibt es mich in den Wahnsinn, Alexej mit einer anderen Frau zu sehen? Mein Blick fällt auf den Esstisch und Michelle, seine rothaarige Assistentin, fällt mir wieder ein …

Seine hellen Augen werden dunkel vor Verlangen. „Ist das eine Einladung?" Er macht langsam einen Schritt auf mich zu, wie ein Raubtier, das sich seiner Beute nähert.

Ich sehe mich instinktiv nach einer Fluchtmöglichkeit um und er lächelt gefährlich.

„Du denkst, du könntest mir entkommen?", flüstert er. „Versuch dein Glück, Eva …"

Mein Herz pocht heftig. Alexej schafft es immer wieder, Furcht in mir aufkeimen zu lassen und meine Fluchtinstinkte zu wecken. Als würde er einen Schalter umlegen und damit plötzlich das wilde Raubtier in sich befreien. Seine dominante Präsenz nimmt den Raum ein, ich kann mich ihr nicht entziehen, und Angst und Begehren wallen gleichzeitig in mir auf. Ohne nachzudenken mache ich einen Satz auf die Fahrstuhltüren zu, auch wenn ich weiß, dass er nicht zulassen wird, dass ich sie je erreiche.

Alexejs muskulöser Arm schließt sich um meine Mitte und reißt mich zurück. Keuchend umklammere ich seinen sehnigen Unterarm, er drängt mich gegen die Wand und kerkert mich mit seinem Körper ein. Ich habe Michail Romanows brutale Kraft gespürt und weiß, dass Alexej ihm überlegen ist – und mir wird klar, dass das, was Alexej mich jetzt spüren lässt, nicht annähernd an die wahre Stärke heranreicht, zu der er fähig ist. Er setzt seine männliche Überlegenheit ein, um mich zu dominieren, aber es ist nichts als ein Spiel. Er weiß genau, wie weit er gehen kann, ehe er mir wehtut.

Ich stemme meine Hände gegen seine Brust und versuche vergeblich, ihn von mir wegzudrücken. Er lacht, leise und rau, und jagt mir damit einen Schauer der Erregung über den Körper. Dass er es nicht einmal für nötig erachtet, meine Handgelenke festzuhalten, sondern mich einfach gegen ihn ankämpfen lässt, zeigt mir, wie sicher er sich seines Siegs ist. Mühelos hält er mich an der Wand gefangen und ich sehe das Feuer des Verlangens, dass dieses Spiel in seinen Augen entfacht, während er auf mich herunterblickt. Meine Gegenwehr scheint ihm zu gefallen, sie scheint seine Dominanz noch stärker herauszufordern.

„Kämpf gegen mich, Eva", flüstert er rau. „Deine Leidenschaft macht es für mich noch reizvoller, dich zu unterwerfen."

Seine Worte fachen meine Wut an und gleichzeitig lassen sie das Blut in meinen Unterleib schießen. Mein Körper sehnt sich nach Alexejs Stärke, sehnt sich danach, seine Überlegenheit zu spüren und von ihm unterworfen zu werden, doch mein Verstand ist noch nicht bereit, klein beizugeben.

Zorn, Eifersucht und Erregung mischen sich in meinem Blut zu einem explosiven Cocktail und lassen mich etwas tun, das ich bisher niemals gewagt habe.

Meine Hand schießt nach vorn und krallt sich um Alexejs Kehle.

„Ich will nicht, dass du eine andere Frau anfasst", fauche ich - die Worte sprudeln einfach aus meinem Mund, ich denke nicht darüber nach, ob es klug ist, sie auszusprechen, oder ob sie mir überhaupt zustehen - „solange ich bei dir bin!"

Alexejs helle Augen werden dunkel. *„Vorsicht"*, knurrt er, sehr leise und sehr bedrohlich. Er senkt den Blick auf meinen Arm und der Ausdruck in seinen Augen genügt, um mich die Hand von seinem Hals zurückziehen zu lassen.

Mein Herz hämmert jetzt wie verrückt gegen meine Rippen. Ich weiß, dass ich zu weit gegangen bin, aber das ist mir in diesem Moment egal. Das Gefühlschaos in mir lässt mich die Kontrolle verlieren, es lässt mich Dinge sagen und tun, die jenseits jeder Vernunft liegen.

Er gehört dir nicht, flüstert eine Stimme in meinem Kopf, aber sie ist zu leise und viel zu weit entfernt. Zu lange habe ich jegliche Gefühle unterdrückt, seit Mamans Tod habe ich mir nicht gestattet, *irgendetwas* zu fühlen, und ich habe geglaubt, ich könnte diese Kontrolle für immer aufrechterhalten – bis ich Lucius, Alexej und Jacques begegnet bin und den verdammten Fehler gemacht habe, mich auf sie einzulassen. Lucius hat etwas in mir entfacht, was niemals hätte geschehen dürfen, und als er meine Schutzmauern eingerissen hat, hat er offenbar eine Kettenreaktion ausgelöst. Ich spüre die Dämme in mir brechen, ich kann die eingekerkerten Emotionen nicht länger verleugnen oder zurückhalten, sie brechen mit unvorstellbarer Gewalt über mich herein. Viel zu kraftvoll peitschen sie durch mein Inneres wie eine befreite Bestie - meine Gefühle für Lucius, deutlich und stark, und meine verwirrenden, unklaren Empfindungen für Alexej. Begehren, Besitzanspruch, Verlangen und Leidenschaft, aber auch Eifersucht und Wut wirbeln in mir durcheinander, lassen mich die Kontrolle verlieren wie ein wildes Tier.

„Vögelst du Michelle?", schreie ich Alexej an und es ist mir egal, dass ich kaum in der Position bin, Forderungen an ihn zu stellen, so bedrohlich und düster, wie er über mir thront. Die neugeborene Bestie in mir verlangt nach Antworten, das Monster meiner unterdrückten Gefühle spielt seine neugewonnene Macht aus.

Alexej drängt mich unbarmherzig gegen die Wand. Sein Atem geht schneller, meine Unbeherrschtheit scheint ihn anzumachen.

„Die Antwort", keucht er, „musst du dir verdienen."

Er öffnet hastig seine Hose, während er mich mit seinem Körper unter Kontrolle hält, dann packt er meine Schenkel, hebt mich hoch und drängt mich mit dem Rücken gegen die Mauer. Er küsst mich, hart und stürmisch, und ich schlinge meine Arme um seinen Nacken, vergrabe meine Finger in seinem Haar und ziehe ihn dichter an mich. Seine Zunge stößt ungestüm in meinen Mund, erobert mich, während seine Finger meinen Slip zur Seite schieben und er seine Härte mit einem tiefen, besitzergreifenden Stoß in mich versenkt. Ich stöhne an seinen Lippen auf, als er mich ausfüllt, mich so unbarmherzig und vollkommen in Besitz nimmt, und Lust und Erregung schießen wie Stromstöße durch meinen Körper. Alexej lässt mir keine Möglichkeit, ihm auszuweichen, er drückt mich gegen die Wand und fickt mich hart. Kleine Explosionen jagen durch die Nervenzellen meines Körpers, kündigen den Orgasmus an, der sich unaufhaltsam in mir aufbaut. Die rohe Wildheit, mit der Alexej in mich stößt, überwältigt sogar die Bestie in mir, sie verbrennt meinen Zorn und meine Eifersucht, und lässt mich vollkommen in Flammen aufgehen. Der Orgasmus jagt über mich hinweg, ich klammere mich an Alexejs kraftvollen Körper und schreie, als die Emotionen in mir zusammenbrechen und nichts mehr übrig bleibt als gleißend helles Licht.

Blut rauscht in meinen Ohren, ich

schließe die Augen und schwebe langsam vom Gipfel herunter. Ich lasse zu, dass Alexej mich durch das Wohnzimmer trägt, die Treppen hinaufsteigt und mich in sein Schlafzimmer bringt. Vor dem Bett stellt er mich sacht wieder auf die Füße.

Ich spüre das köstliche Pochen zwischen meinen Schenkel, die Erinnerung an seine harten Stöße, und ich trage seinen Duft auf meinem gesamten Körper. Beschämt wegen der Dinge, die ich ihm vorhin an den Kopf geworfen habe, halte ich den Blick gesenkt. Die Bestie in meinem Innern schnurrt befriedigt, mein Verstand meldet sich zurück und ich kann nicht fassen, dass ich dermaßen die Kontrolle verloren habe.

Schweigend gehe ich ins Bad und höre, wie Alexej mir folgt. Ich wende ihm den Rücken zu und er bleibt in der Tür stehen.

„Die beiden Blondinen", beginnt er mit ruhiger Stimme, „waren Tänzerinnen, die von einer Agentur für ein Event geschickt worden sind, das wir in zwei Wochen planen. Sie sind gekommen, um sich vorzustellen und sich den Club anzusehen."

Ich schlucke trocken und nicke, ohne ihn anzublicken.

„Was Michelle angeht", fährt er fort, und seine Stimme wird rauer. „Ich vögele sie nicht mehr, seit ich dich kenne."

Etwas in meinem Inneren explodiert. Bebend presse ich die Lippen zusammen und schiebe mit zitternden Fingern mein Haar über meine Schulter.

„Der Reißverschluss", flüstere ich und meine Stimme klingt heiser. „Bitte?"

Er tritt dicht hinter mich und legt seine Hand an mein Schulterblatt. Ganz langsam zieht er den Reißverschluss auf, und obwohl Alexej mich gerade genommen hat, löst seine Nähe erneut ein verlangendes Ziehen in meinem Unterbauch aus.

Was ist nur los mit dir, Valérie? Wieso kannst du nicht genug von diesem Kerl bekommen?

Er schiebt das Kleid von meinem Körper und lässt es zu Boden fallen. Dann betrachtet er mich im Spiegel – und sein Blick verdüstert sich.

Sanft dreht er mich zu sich um und schiebt meine Haare über meine Schulter zurück. Seine Augenbrauen ziehen sich zusammen und sein Blick ruht auf meinem Hals. Er hebt die Hand und lässt seine Finger behutsam über meine Haut gleiten.

„War das Romanow?", knurrt er.

Ich blinzele verwirrt. Alexej greift nach meinem Arm und dreht ihn so, dass er mein Handgelenk betrachten kann. Es verschwindet beinahe in seiner muskulösen Hand, aber die Blutergüsse von Romanows hartem Griff sind deutlich auf meiner Haut zu sehen – vermutlich auch an meinem Hals. Noch sind sie blass, aber morgen werden sie dunkelblau sein.

„Ich bringe. Dieses Schwein. Um." Alexejs Stimme klingt wie das Fauchen eines Raubtiers.

Ich lege sanft meine Hand an seine Brust. „Nicht", flüstere ich. „Du hast mich gerettet, du hast mich vor ihm beschützt …"

„Ich war nicht rechtzeitig da, Eva", stößt er hervor. „Ich hätte dich niemals mit ihm alleinlassen dürfen. Ich hätte überhaupt nicht zulassen dürfen, dass er Hand an dich legt!" Seine Hand schlingt sich in mein Haar und er zieht mich an sich, birgt meinen Kopf an seiner Brust. Die Zärtlichkeit seiner Berührung raubt mir den Atem.

„Er wird dich das nächste Mal nicht anfassen", murmelt Alexej in mein Haar. „Das schwöre ich dir."

Seine Worte verwirren mich. Das

nächste Mal? Warum sollte ich Michail Romanow je wiedersehen? Doch Alexejs sanfte Umarmung lässt mich alles andere vergessen, der Schutz, den er mir anbietet, fesselt meine weiblichen Instinkte und bringt mich dazu, mich in seine Arme zu schmiegen.

Ich kann mich Alexej nicht mehr entziehen. Mit jedem Tag, den ich bei ihm verbringe, verfalle ich seiner maskulinen Stärke immer mehr, er ist wie ein Magnet, der meine Weiblichkeit unaufhaltsam anzieht. Ich weiß, dass ich nicht so empfinden sollte, dass meine Probleme mir ohnehin schon über den Kopf gewachsen sind und ich nichts weniger brauche, als noch mehr emotionales Chaos - aber die Dominanz dieses Mannes wirkt wie eine Droge … und wenn er mir, so wie jetzt, seine zärtliche Seite zeigt, dann bin ich entwaffnet und besiegt.

Der Strudel, in den ich geraten bin, zieht mich unaufhaltsam in die Tiefe, und ich schmiege mich an Alexej und genieße das Gefühl seiner starken Arme mit jeder Faser meines Körpers. Zur Hölle mit meiner Vernunft, mit meinen Vorsätzen und meiner Selbstbeherrschung - *nichts* hätte mich auf das hier vorbereiten können.

Kurz darauf liege ich im Bett an

Alexejs muskulöser Brust und lausche seinem Herzschlag. Seine Fingerspitzen streichen gedankenverloren über meinen Rücken und bescheren mir eine Gänsehaut.

„Du musst dir keine Sorgen um Romanows Rache machen, wenn ich dieses Schwein zusammenschlage für das, was er dir angetan hat", murmelt Alexej in die Dunkelheit. „Es ist Lucius, der mir den Kopf abreißen wird, sobald er deine Blutergüsse sieht."

Ich schmunzele schwach und drücke einen Kuss auf seine Brust.

In dieser Nacht schlafe ich zum ersten Mal in Alexejs Armen ein.

Kapitel 12

Nur wenige Stunden später weckt Alexej mich. Ich blinzele ihn schlaftrunken an, es ist bereits Morgen, aber viel zu früh nach der kurzen Nacht.

„Zieh dich an, Eva. Wir fahren ins Büro."

Ich glaube, mich verhört zu haben, und bin mit einem Schlag hellwach. „Wie bitte? In *euer Büro?*" Ich werde endlich die Möglichkeit haben, mich in Alexejs, Lucius' und Jacques' mysteriöser Private Equity Gesellschaft umzusehen? Diese Vorstellung vertreibt die Müdigkeit und lässt mein Herz aufgeregt pochen.

„Romanow fliegt erst heute Mittag zurück nach St. Petersburg." Alexej ist bereits auf den Beinen, schlüpft in eine dunkelgraue Hose und knöpft sein Hemd zu. „Mir ist wohler, wenn ich dich bis dahin nicht aus den Augen lasse."

„Du glaubst doch nicht, dass dieser Kerl hier einbrechen würde, um mir etwas anzutun?" Himmel, mit welcher Art Geschäftspartner hat Alexej es zu tun?

„Es ist unwahrscheinlich, aber nicht unmöglich", sagt er in so sachlichem Ton, als würden wir über ein Investment sprechen. „Sobald Romanow außer Landes ist, bist du sicher."

Ich schlüpfe aus dem Bett und folge ihm ins Ankleidezimmer. „Lass mich das für dich machen." Nackt und barfuß stehe ich vor ihm und beginne, seine Krawatte zu binden.

„Ich warne dich …", knurrt er plötzlich und ich blicke erschrocken und mit großen Augen zu ihm auf. Habe ich etwas falsch gemacht?

Seine Hand schließt sich sanft um meine Finger, die an seinem Krawattenknoten ruhen. Sein Daumen streichelt über meine Knöchel und seine Augen funkeln.

„… daran könnte ich mich gewöhnen, Eva", murmelt er rau. Er zieht meine Hand an seine Lippen und drückt einen Kuss auf meine Fingerspitzen. Hitze schießt durch meinen Arm und meinen gesamten Körper.

Gott, daran könnte *ich* mich gewöhnen …

Viel zu schnell lässt er meine Hand los. „Möchtest du einen Espresso?"

„Ja, bitte", erwidere ich leise und Alexej ist durch die Tür.

Als ich ihm kurz darauf in die Küche folge, wandert Alexejs Blick über meinen Pencilskirt und die cremefarbene Seidenbluse. Der Rock ist von Versace, bis über die Taille hochgeknöpft und erinnert auf verruchte Art an ein Mieder. Er zaubert eine Wahnsinns-Silhouette und die Kombination mit meinen schwarzen Louboutins ist perfekt, um jeden Mann in die Knie zu zwingen.

Alexejs Augen glühen, er zieht mich an sich und presst mich gegen die Arbeitsplatte der Küche. Ich keuche leise, als er mein Gesicht zwischen seine Hände nimmt und mich hart küsst. Dabei lässt er mich seine Erregung spüren.

„Ich würde dich am liebsten hier auf dem Küchenboden nehmen", keucht er rau. „Wieder und wieder, den ganzen verdammten Tag lang …"

Meine Knie werden weich, Lust schießt zwischen meine Beine und lässt mich feucht werden. Was, wenn Alexej seine Worte wahr macht?

„Verflucht." Er zwingt sich, meine Lippen freizugeben. Ich spüre seinen schnellen, erregten Atem. „Wir müssen los, wir müssen den Auftrag zu Ende führen."

Den Auftrag? Welchen Auftrag?

Seine Hand wandert an meinem Rücken abwärts und packt besitzergreifend meinen Hintern. „Bis morgen Nacht gehörst du mir, Eva …"

Er lässt mich los und die Hitze, die von ihm ausgeht, lässt die Küche vor meine Augen flimmern. Nach einem schnellen Espresso, bei dem Alexej mich mit seinen Blicken verschlingt, führt er mich zum Fahrstuhl und wir machen uns auf den Weg.

Je näher wir dem Geschäftsviertel von Paris kommen, desto nervöser werde ich. Gleich werde ich Lucius gegenübertreten, zum ersten Mal seit *seinem* Abend in Alexejs Loft. Ich bin unendlich froh darüber, dass Jacques auch anwesend sein wird – ich weiß nicht, wie ich die Spannung zwischen mir, Lucius und Alexej sonst ertragen würde.

Reiß dich zusammen, Valérie. Du musst herausfinden, warum die Investmentfirma der drei ausgerechnet mit Romrus Holding zusammenarbeitet. Darauf solltest du dich konzentrieren!

Im Herzen des Finanzdistrikts von Paris lenkt Alexej den Lamborghini in die Tiefgarage eines gläsernen Bürogebäudes. Kurz darauf fahren wir mit dem Fahrstuhl in die oberste Etage.

Das Logo von Alexejs, Lucius' und Jacques' Firma prangt in eleganten, riesigen Buchstaben über dem Empfang, als wir aussteigen. Die rothaarige Michelle lächelt uns professionell entgegen, als die Fahrstuhltüren sich öffnen - ihr Lächeln wird lasziver, als sie Alexej erkennt, und gefriert zu Eis, als sie mich an seiner Seite wahrnimmt.

„Sind die anderen schon hier?", fragt Alexej knapp.

„In Monsieur Montgomerys Büro", erwidert Michelle, während sie mich mit hasserfülltem Blick mustert.

„Stell keine Anrufe während des Meetings durch." Damit geht er an ihr vorbei und legt dabei wie selbstverständlich seine Hand an meinen Rücken.

„Natürlich nicht, *Alexej*", ruft Michelle uns nach, wobei sie Alexejs Vornamen besonders betont.

Ohne Michelle weiter zu beachten, führt Alexej mich in das erste Büro auf der rechten Seite des Gangs. Der Raum ist groß und elegant eingerichtet, mit einer Fensterfront, die einen Blick bis zum Eiffelturm erlaubt. Lucius sitzt hinter dem Schreibtisch und wendet sich uns zu, als wir eintreten. Jacques hat ihm gegenüber Platz genommen, beide tragen Anzüge und wirken, als hätten wir sie bei einer Besprechung unterbrochen.

Lucius' Augen weiten sich überrascht, als er mich sieht, dann verdunkelt sich sein Ausdruck und er erhebt sich langsam.

„Ma belle?" Jacques erreicht mich als Erster. Er fasst meine Hände und küsst mich auf die Wange, und sein charismatisches Lächeln würde mich umwerfen, wäre ich nicht so nervös wegen Lucius.

„Warum hast du sie hergebracht?" Lucius kommt auf uns zu und mustert mich besorgt und prüfend. „Was ist passiert?"

„Es gab gestern eine kleine Auseinandersetzung mit Romanow", erklärt Alexej in ruhigem Ton und ich habe das Gefühl, dass er nur darauf wartet, dass Lucius die Beherrschung verliert.

„Was soll das heißen?", stößt Lucius zwischen den Zähnen hervor. Er legt seine Hand an mein Kinn und dreht meinen Kopf, so dass ich ihn anblicken muss. Seine Berührung ist unendlich sanft, aber sein Ausdruck ist hart und seine Kiefermuskeln spannen sich an.

Dann greift er langsam nach dem zarten Seidenschal, den ich um meinen

Hals geschlungen habe, um die
Würgemale zu verdecken, die Romanows
Angriff hinterlassen hat und die sich
bereits dunkelblau verfärbt haben.

„Was zum -?!", keucht Jacques, als
er die Blutergüsse sieht.

Lucius bleibt ganz ruhig.

„Es sieht schlimmer aus, als es
ist", sage ich leise. „Alexej ist noch
rechtzeitig dazwischen -"

In diesem Moment bricht die Hölle
los. Lucius stürzt sich auf Alexej und
drängt ihn mit brutaler Gewalt gegen
die Wand, sein Unterarm an Alexejs
Kehle. *„Wie konntest du das
zulassen?!"*, faucht er, heiser vor
Zorn.

Vor Angst erstarrt beobachte ich die
beiden. Ich habe Lucius niemals zuvor
so erlebt, er packt Alexej am Kragen,
zerrt ihn von der Wand weg und
verpasst ihm einen so heftigen
Faustschlag ins Gesicht, dass der
Russe zu Boden geschleudert wird. Zu
meinem Erstaunen tut Alexej nichts, um
Lucius aufzuhalten.

Jacques tritt schützend vor mich,
aber er schreitet nicht in den Kampf
ein. Lucius steht schwer atmend über
Alexej, meine Finger krallen sich in
Jacques' Jackett und ich halte
erschrocken den Atem an. Lucius lässt

zu, dass Alexej sich langsam erhebt. Die beiden Männer fixieren einander, Alexejs Lippe ist blutig geschlagen und er hat die Hände abwehrend erhoben. Er ist muskulöser gebaut als Lucius und ich habe geglaubt, dass er ihm im Zweikampf überlegen sein würde – doch jetzt, nachdem ich Lucius' entfesselten Zorn erlebt habe, bin ich mir nicht mehr so sicher. Noch immer macht Alexej keine Anstalten, Lucius anzugreifen.

„Ich habe sie fünf Minuten lang allein gelassen", sagt Alexej in ruhigem Ton. *„Fünf Minuten,* Lucius. Romanow war betrunken, er hat sie gepackt und auf den Tisch gedrückt. Ich habe ihn sofort von ihr runtergerissen –"

„Jacques." Lucius' Stimme klingt ruhig und scharf wie eine Klinge, und sein Blick ist flammend auf Alexej gerichtet. *„Bring Evangéline hier raus."*

Jacques zögert keinen Augenblick. Seine Hand schließt sich um meinen Oberarm und er drängt mich sanft aber unnachgiebig zur Tür. Wie benommen stolpere ich neben ihm den Gang entlang, ich nehme kaum wahr, dass er mich in einen Raum nebenan führt und mich behutsam auf einen Stuhl drückt.

„Was wird Lucius mit ihm tun?",
flüstere ich und blicke zu Jacques
auf, der sich mit verschränkten Armen
vor mir gegen die Tischkante lehnt. Zu
meinem absoluten Erstaunen funkeln
seine Augen erheitert.

„Mach dir keine Sorgen, ma belle.
Lass die beiden das unter sich
ausmachen."

„Aber … wir können doch nicht
einfach …?!" Ich will mich aufrichten,
um zurück in Lucius' Büro zu laufen,
doch Jacques zwingt mich sanft zurück
in den Stuhl.

„Alexej kann auf sich selbst
aufpassen", sagt er leise.

„Sie werden sich gegenseitig
umbringen!"

„Nein. Alexej wird ertragen, was
immer Lucius angemessen erscheint."

Ich starre Jacques mit großen Augen
an. *„Was?"*

„Wir haben dich ihm anvertraut, ma
petite, und er hat versagt. Lucius war
dagegen, dass Alexej dich allein mit
zu dem Treffen mit Romanow nimmt, und
Alexej hat geschworen, dich zu
beschützen." Seine Stimme wird
dunkler, während sein Blick über meine
Blessuren wandert. „Wenn ich jetzt
nicht hier bei dir wäre, würde ich
Lucius dabei helfen, Alexej durch die

verdammte Glastür seines Büros zu schleudern."

Ich schlucke trocken. Langsam wird mir klar, dass ich keinen Schimmer von den unausgesprochenen Regeln habe, die zwischen den Männern herrschen.

„Was genau ist passiert, Evangéline?", fragt Jacques leise. „Konnte Romanow seine Finger nicht von dir lassen?"

„Nein", flüstere ich. „Das war nichts … nichts Sexuelles. Ich habe ihm Fragen über seine Geschäfte gestellt und er ist wütend geworden. Er war betrunken und dachte, ich würde mir zu viel anmaßen und wäre nur eine …"

„Nur eine Hure?", fragt Jacques sanft. „Das klingt nach Romanow." Er betrachtet mich mit einem forschenden Ausdruck in den Augen und ich nicke.

„Er war völlig überrumpelt, als Alexej ihn angegriffen hat, um mich zu verteidigen", sage ich leise. „Er hat nicht damit gerechnet, dass Alexej die Hand gegen ihn erheben würde, um mich zu schützen."

Jacques schweigt. „Welche geschäftlichen Fragen hast du Romanow gestellt, ma belle?", fragt er nach einer Weile.

„Nichts, was seinen Ausbruch

rechtfertigen würde", sage ich ausweichend. „Ich hatte von seiner Firma gehört, das war alles. Darf ich fragen, warum ihr ausgerechnet mit Romrus Holding Geschäfte macht?", füge ich vorsichtig hinzu.

„Wir sind in den vergangenen zwei Jahren zur führenden Private Equity Gesellschaft Europas aufgestiegen. Romrus Holding reißt sich darum, *mit uns* Geschäfte zu machen. Wir haben Michail Romanow ein Investment vorgeschlagen, in das er verdammt viel Geld stecken wird."

„Und ihr werdet daran ebenfalls verdienen."

„Natürlich."

„Aber warum lasst ihr euch mit einem Mann wie Romanow ein? Alexej hat mir erzählt, dass seine Geschäftsmethoden … *fragwürdig* sind."

„Es geht um die Mehrheitsanteile einer kleinen Pharmafirma, die ein neues Medikament für die Schönheitschirurgie entwickelt hat. Das Patent für den russischen Markt ist Milliarden wert – es gibt nicht viele Privatanleger, die in der Liga der Romanow-Familie spielen. Michail Romanow hat Interesse und er hat die finanziellen Mittel. Ist er ein Krimineller? Daran zweifele ich keinen

Moment." Jacques zuckt mit den Schultern und lehnt sich zu mir. „Doch du hast keine Vorstellung, was auf dem Spiel steht, ma belle. Wir können uns keine Skrupel leisten."

Ich starre ihn schweigend an. Es geht hier also nur um Geld, und dabei ist es Jacques vollkommen bewusst, dass die Romanows über Leichen gehen – vielleicht sogar über die Leiche meines Vaters. Ich muss es irgendwie schaffen, mehr über diese Firma herauszufinden und vielleicht sogar noch einmal Michail Romanow zu treffen …

„Genug von diesen Dingen", sagt Jacques und schenkt mir sein charmantes Lächeln. „Kommen wir zu einem angenehmeren Thema. Du hast meinen beiden Freunden gehörig den Kopf verdreht, ma petite." Ich höre das Schmunzeln in seiner Stimme. „Du bedeutest Lucius wirklich etwas, und Alexej …" Jacques seufzt. „Er würde es niemals zugeben, aber du hast ihn in die Knie gezwungen." Er betrachtet mich mit funkelnden Augen.

Mein Herz hämmert plötzlich heftig gegen meine Brust. Diese Worte aus Jacques' Mund zu hören, macht die ganze Situation viel realer.

„Ich kenne meine Freunde gut genug,

um zu wissen, wie es um sie steht. Aber sag mir, meine wunderschöne Evangéline, wie sieht es in dir aus?"

Ich muss ein paar Mal schlucken, um meine Stimme wiederzufinden. „Ich weiß nicht, wovon du sprichst", sage ich leise. „Lucius und Alexej haben ... sie haben mich *gebucht*. Wir haben eine tolle Zeit, wir drei -" - ich sehe ihm in die Augen und bete, dass er mir meine Worte abkauft - „aber es ist ein Job. Ich habe nie ernste Absichten verfolgt, Jacques, bei keinem von euch." Das zumindest entspricht voll und ganz der Wahrheit.

„Ich glaube dir", sagt Jacques nachdenklich. Ich würde zu gern wissen, was in ihm vorgeht, aber sein charmantes Pokerface ist undurchdringlich. „Und ich bin froh, dass du so denkst. Im Gegensatz zu meinen Freunden hatte ich nämlich noch keine Gelegenheit, dich näher kennenzulernen - und nachdem du Lucius und Alexej im Sturm erobert hast, muss ich gestehen, dass ich mehr als neugierig bin, ebenfalls in den Genuss deiner sirenengleichen Fähigkeiten zu kommen."

„Du willst ... mich buchen?", frage ich, völlig überrumpelt.

„Wenn du mir diese Ehre erweist",

nickt er galant. „Meine Familie hat einen Landsitz außerhalb von Paris, auf dem ich gerne das Wochenende mit dir verbringen würde - vorausgesetzt natürlich, du bist einverstanden und nimmst mein Angebot an. Ich biete dir dieselben Konditionen wie Lucius und Alexej, wenn du mit meiner Gesellschaft vorliebnehmen möchtest …"

„Aber natürlich", höre ich mich selbst murmeln. „Es wäre mir ein Vergnügen, Jacques."

Valérie, wie kannst du nur zustimmen?! Steckst du nicht schon tief genug in Problemen?

Andererseits - wie könnte ich ablehnen? Eine Ablehnung würde an meinen Gefühlen für Lucius und Alexej nichts ändern, sie würde mir nur jede Möglichkeit vereiteln, weiter zu recherchieren. Jacques' Gesellschaft gibt mir vielleicht die Möglichkeit, ein wenig Abstand zu Lucius und Alexej zu gewinnen, denn der attraktive Franzose ist eine charmante und reizvolle Ablenkung …

Gott, Valérie, du läufst mit offenen Augen in dein Verderben.

Ich hätte mich niemals auf diese ganze verdammte Liaison einlassen dürfen. Ich weiß nicht, ob es mir das Herz brechen oder mich vielleicht sogar zerstören wird, ob es mir je gelingen wird, meinen Vater zu rächen, oder ob der Versuch mich vernichten wird … ich habe das Gefühl, als würde ich in einem Höllentempo auf einen Abgrund zurasen. Es ist zu spät, umzukehren oder auszusteigen, und ich bete darum, dass ich meinen Plan noch verwirklichen kann, ehe wir alle in Flammen aufgehen.

„Wir fliegen nächste Woche nach St. Petersburg, um die Verträge mit Romanow zu unterzeichnen", sagt Jacques. „Ich möchte, dass du uns begleitest, ma belle."

Sein letzter Satz trifft mich wie ein Hammerschlag. Ich zwinge ein Lächeln auf meine Lippen, während mein Verstand rast.

Eine Reise? Ich kann die Männer unmöglich begleiten! Um in Russland einzureisen, müsste ich meine wahre Identität preisgeben. Wie soll ich Jacques, Alexej und Lucius erklären, dass mein Pass auf den Namen Valérie Evangéline Rochefort lautet?

Meine Gedanken wirbeln wild durcheinander. Wenn die Reise erst für nächste Woche geplant ist, bleiben mir wenigstens drei Tage, die ich bei Jacques verbringen kann. Drei Tage, in denen ich so viele Informationen wie möglich sammeln werde. Ich muss sein Angebot zum Schein annehmen, auch wenn mir klar ist, dass ich die Reise mit ihnen niemals antreten werde.

„Einverstanden", sage ich schnell, ehe die warnenden Stimmen in meinem Kopf zu laut werden. „Ich freue mich sehr darauf, Jacques."

Er lächelt, neigt sich zu mir und gibt mir einen sanften, verspielten Kuss. Er knabbert an meiner Unterlippe, lässt seine Zunge die meine zärtlich necken und erzeugt damit ein Kribbeln der Vorfreude in meinem Bauch. Fast vergesse ich, dass Lucius und Alexej nebenan eine Auseinandersetzung austragen.

„Meinst du, sie haben ihre … *Differenzen* bereinigt?", frage ich leise, als Jacques sich von mir löst.

Er lacht und entblößt dabei seine weißen, makellosen Zähne. Trotz des Chaos in meinem Innern schießt mir unwillkürlich der Gedanke durch den Kopf, wie verboten attraktiv dieser Mann ist. „Komm, Evangéline." Er stößt sich von der Tischkante ab und nimmt meine Hand. „Ich zeige dir die anderen Räume."

„Aber … Lucius und Alexej …?"

„Glaub mir, sie werden uns finden, wenn sie miteinander fertig sind."

Ich weiß nicht recht, ob seine Worte mich beruhigen oder mich noch nervöser machen. Verunsichert folge ich ihm hinaus auf den Gang.

„In diesem Stockwerk haben Alexej, Lucius und ich unsere Büros", erklärt Jacques. „Meins und das von Lucius kennst du ja schon, hier haben wir Alexejs, mit den Bären- und Wasserbüffelköpfen an den Wänden ..." Er deutet im Vorbeigehen auf eine Tür und lacht leise, als ich erschrocken die Augen aufreiße. Ich werfe einen raschen Blick durch die Glastür ins Innere von Alexejs Büro und stelle erleichtert fest, dass keine Jagdtrophäen an den Wänden hängen.

„Hätte es dich wirklich schockiert?", fragt Jacques ironisch.

„Schockiert, ja. Überrascht, nein", murmele ich, während ich ihm weiter den Gang entlang folge.

„Du solltest unseren wilden Russen mittlerweile kennen. Ich muss dir allerdings ein Kompliment aussprechen, Evangéline, bisher hat keine Frau Alexejs brutale Neigungen so bewundernswert ertragen wie du. Um ehrlich zu sein bin ich erstaunt darüber, dass Romanows Male bisher die Einzigen an deinem Körper sind."

Ich erwidere nichts, obwohl sich mir

bei seinen Worten die Kehle zusammenschnürt. Ich weiß natürlich, dass Alexej nicht der zärtlichste Liebhaber ist, aber als brutal habe ich ihn bisher nicht empfunden. Ist es möglich, dass er sein wahres Gesicht noch immer vor mir verbirgt?

Jacques' Blick flackert über die Würgemale an meinem Hals. „Ich habe Michelle in sehr viel schlimmerem Zustand gesehen."

Jacques' Bemerkung geht mir nicht aus dem Kopf, als er mich in einen großen Besprechungsraum führt. Die gesamte Front ist verglast, in der Mitte steht ein ovaler Tisch, ich fühle mich, als wäre ich in der Chefetage eines Muli-Millionen-Dollar-Konzerns.

„Hat Alexej Michelle jemals … ich meine, war jemals mehr zwischen den beiden?", frage ich.

Jacques schnaubt verächtlich. „Zwischen Alexej und Michelle? Gott, nein. Die Schlampe ist nur hinter seinem Geld her. Sie gibt vor, etwas für Alexej zu empfinden, doch jeder von uns kennt den wahren Grund, aus dem sie den Job in unserem Vorzimmer angetreten hat."

Ich betrachte Jacques nachdenklich. Er scheint an keiner Frau ein gutes

Haar zu lassen.

„Wie war ihr Name?", frage ich leise.

Jacques blickt mich fragend an.

„Zuerst deine Aussage über Natascha, jetzt Michelle ... Wer hat dich so sehr verletzt, dass du in jeder Frau nur eine geldgierige Schlampe siehst?" Meine Stimme klingt einfühlsam, nicht vorwurfsvoll. Ich verspüre ehrliches Interesse, herauszufinden, was hinter Jacques' makelloser Fassade steckt.

„Wer bist du, Frau Doktor Freud?", höhnt er. „Natascha hat Alexej benutzt und ihm das Herz gebrochen, und Michelle hat es bei jedem von uns versucht, bei Lucius, bei mir und bei Alexej, sie hat uns allen Verliebtheit vorgegaukelt! Alexej hat sich schließlich ihrer erbarmt", fügt er höhnisch hinzu.

„Du bist der schönste Mann, den ich je getroffen habe", sage ich leise, ohne auf seinen verletzenden Ton einzugehen. „Du bist reich, erfolgreich und gebildet, und mit den Fotos von dir und den Models, die sich dir an den Hals werfen, könnte man diesen ganzen Raum tapezieren. Warum bist du allein, Jacques? Warum verbringst du deine Zeit mit ... nun, mit einer *gebuchten* Frau wie mir?" Es

fällt mir schwer, die letzten Worte
über die Lippen zu bringen, denn die
Wahrheit ist, ich habe mich in der
Gesellschaft der drei nie wie ein
Callgirl gefühlt. Auch wenn ich mir
die Tatsache nicht eingestehen will,
aber Jacques, Alexej und Lucius haben
mir immer das Gefühl gegeben, viel
mehr zu sein.

„Warum fragst du nicht Lucius oder
Alexej?", fährt er mich an und ich
habe den Eindruck, dass sein Tonfall
viel schärfer ist, als er es will.
Offenbar habe ich einen wunden Punkt
getroffen.

„Lucius ist ein unnahbarer
Workaholic", erwidere ich leise. „Und
Alexej hat sich in seine Neandertaler-
Höhle verkrochen und leckt die Wunden,
die diese Natascha ihm beigebracht
hat. Ich verstehe, warum die beiden
mich gebucht haben. Aber warum tust du
es, Jacques?"

„Langsam wird mir klar, warum
Romanow dich zum Schweigen gebracht
hat", knurrt Jacques und zum ersten
Mal erlebe ich, dass der sonst so
charmante Franzose seine Fassade
fallenlässt und um seine Fassung
ringt.

„Monsieur Delacroix?" Plötzlich
steckt Michelle ihren Rotschopf zur

Tür herein. „Verzeihen Sie bitte, ich weiß, ich sollte Sie nicht stören, aber Ihre Mutter ist am Telefon, Monsieur."

„Stellen Sie das Gespräch in mein Büro durch", sagt Jacques knapp und ich wundere mich ein wenig über seine prompte Reaktion. Ohne ein weiteres Wort mit mir zu wechseln, verlässt er hinter Michelle den Besprechungsraum. Mir ist der Ausdruck der Genugtuung auf dem Gesicht der Sekretärin nicht entgangen, aber ich verschwende daran im Augenblick keinen Gedanken; stattdessen husche ich über den Gang zu Lucius' Büro, um herauszufinden, ob die beiden Streithähne ihre Auseinandersetzung beigelegt haben.

Lucius' Büro ist leer. Ich öffne lautlos die Glastür und trete ein, von den beiden Männern fehlt jede Spur. Mein Blick fällt auf die Blutspritzer auf dem Parkett.

Verdammt, wahrscheinlich sind sie auf dem Weg in die Notaufnahme …

Ich beiße auf meine Unterlippe und überlege, was ich tun soll. Hinüber zu Jacques gehen und mit ihm ins nächste Krankenhaus fahren? Andererseits … jetzt bin ich allein in Lucius' Büro, diese Chance werde ich vielleicht nie wieder erhalten … blitzschnell treffe ich eine Entscheidung, laufe zum Schreibtisch und durchsuche hastig die Unterlagen auf Lucius' Tisch. Vielleicht finde ich etwas über Romanow oder Romrus Holding, irgendetwas, das mir weiterhelfen kann, damit ich endlich nicht länger im Dunkeln tappen muss.

Da sind Faxe, Renditen-Aufstellungen, Geschäftsbriefe, Memos … Herrgott, ich finde nichts, auf dem auch nur das *Logo* von Romrus prangt!

„Kann ich dir behilflich sein?"

Ich zucke zusammen, als Lucius' eiskalte Stimme von der Tür ertönt. Verdammter Mist! Ich war so vertieft in meine Suche, dass ich ihn nicht gehört habe.

„Oder soll ich dich vielleicht alleinlassen, damit du weiter ungestört meinen Schreibtisch durchwühlen kannst?"

Himmel, er ist wütend. Verdammt wütend. Ich lasse augenblicklich die Finger von seinen Unterlagen und weiche einen Schritt zurück.

„Tut mir leid", krächze ich, während Lucius um den Schreibtisch herum auf mich zukommt. „Ich wollte … nur …"

„Was, Evangéline? Es würde mich wirklich brennend interessieren, was du hier gesucht hast."

Meine Kehle schnürt sich zusammen.
"Ich weiß es nicht", flüstere ich.
"Ich war nur neugierig, ich … bitte …"
Er drängt mich zurück, bis ich mit dem Rücken gegen die Fensterfront stoße. Lucius steht so dicht vor mir, dass ich ihm nicht ausweichen kann, aber er berührt mich nicht. Der Blick seiner kalten Augen durchbohrt mich und ich spüre die zornige Energie, die seit seinem Kampf gegen Alexej durch seine Adern jagt.

Plötzlich weiß ich nicht mehr, wozu Lucius wirklich fähig ist. Mein Herz rast, ich fürchte mich vor ihm und wage es kaum, ihm in die Augen zu blicken – und gleichzeitig spüre ich ein schmerzliches Ziehen zwischen meinen Beinen, weil mein Körper sich nach Lucius verzehrt. Ich spüre die Hitze, die von ihm ausgeht und rieche sein Eau de Toilette. Er ist so nah, viel zu nah, und mein Herz hämmert wie verrückt.

"Ich kann es nicht leiden, wenn du mich anlügst."

"Es tut mir leid", hauche ich kaum hörbar.

Er hebt in einer ruckartigen Bewegung den Arm und stützt seine Hand neben meinem Gesicht an der Fensterscheibe ab. Ich zucke erschrocken zusammen.

Lucius runzelt die Stirn. „War das Furcht, Kleines?", fragt er rau. „Du denkst, ich würde dich schlagen? Wegen einer solchen Kleinigkeit?"

„Ich … bitte, Lucius …" Meine Stimme zittert.

Der Schatten eines Lächelns huscht über seine Lippen. Er lässt seine Finger behutsam über mein Haar gleiten, so sanft, dass er mich kaum berührt. Dennoch jagt er mir einen Schauer über den Körper.

„Sag meinen Namen", verlangt er leise, beinahe zärtlich.

Ich schlucke hart. „Lucius", flüstere ich.

Er schließt die Augen. „Ich habe dir Angst gemacht", murmelt er. „Die Sache mit Alexej … war notwendig. Es tut mir leid, dass du das mitansehen musstest, Kleines."

Seine Worte klingen abgebrüht und hart. Himmel, ich habe das Gefühl, diesen Mann kaum zu kennen. Wer ist Lucius Montgomery wirklich? Mir schießt die Frage durch den Kopf, warum Alexej mit Michail Romanow verhandelt, wenn offenbar Lucius der Härteste der drei ist …

Gefühle wirbeln in mir durcheinander, ich weiß nicht, ob ich fliehen oder mich an Lucius' Brust werfen will. Sein Ausbruch vor wenigen Minuten Alexej gegenüber verunsichert mich und lässt mich zögern.

Er hebt seine Hand an mein Gesicht und streichelt sanft über meine Wange. Dann näher er seinen Lippen den meinen, hält aber inne, als ich zurückweiche.

„Du fürchtest mich?", flüstert er und sein Blick verdunkelt sich.

Ich wage kaum, mich zu bewegen, und presse mich gegen die Fensterfront – doch ich habe keine Chance, ich kann Lucius nicht ausweichen. Verflucht, will ich das überhaupt?

„Ich weiß nicht mehr, wer du bist, Lucius", flüstere ich kaum hörbar.

Er streicht sanft mit seiner Wange über mein Gesicht, lässt mich seinen rauen Bart spüren und vernebelt mir mit seinem Duft die Sinne. „Ich bin derselbe Mann, der dich geküsst hat, Kleines", murmelt er. „Derselbe, der dich geliebt hat ... ich bin es, Evangéline ..."

Ich keuche leise, als seine Lippen meinen so nahe sind, dass ich seinen Atem spüren kann.

„Ich werde dich nicht zwingen", flüstert er heiser und ich kann die Hitze fühlen, die von ihm ausgeht, die

Erregung, die meine Nähe in ihm auslöst. „Ich werde dich niemals zwingen, Kleines. *Bitte mich, Evangéline.*"

Seine leise Forderung ist wie eine Liebkosung. Er stützt seine Ellbogen neben meinem Gesicht gegen die Fensterscheibe, er ist mir so nah, dass mein Körper verrücktspielt. Ich habe das Gefühl, keine Luft zu bekommen, obwohl ich hastig atme und mein Herz heftig pocht. Jeder Atemzug füllt meine Lungen mit Lucius' Duft, meine Gedanken verstummen, als mein Körper die Kontrolle übernimmt. Ich ertrage es nicht, ihm so nahe zu sein, seine Wärme auf meiner Haut zu fühlen, ohne seine Lippen auf meinen zu spüren … ich neige mich zu ihm, meine Lippen berühren seine sacht, doch Lucius zieht sich zurück, legt seine Hand an mein Brustbein und drückt mich sanft aber bestimmt gegen das Fenster.

„Bitte mich, Kleines", fordert er ruhig und seine kalten Augen fangen Feuer.

Ich versuche erneut, mich zu ihm zu lehnen, um meine Lippen auf seine zu legen – doch Lucius gestattet es mir nicht. Er nähert sich mir so weit, dass er mich beinahe berührt, und wartet.

Keuchend starre ich in seine Augen und mein Blick wandert zu seinen Lippen, warm und verführerisch, so nah und doch unerreichbar. Hitze und Verlangen schießen durch meinen Körper, ich kann mich nicht länger zurückhalten, ich kann diesem Mann unmöglich so nahe sein, ohne seine Berührungen, seine Liebkosungen zu genießen.

„Bitte", keuche ich atemlos. „Bitte, Lucius -"

In dem Augenblick, in dem ich seinen Namen ausspreche, presst Lucius seine Lippen auf meinen und verschließt sie mit einem harten Kuss. Lust jagt wie ein Feuerwerk durch meine Adern, während seine Zunge meinen Mund erobert, er seinen Körper gegen meine presst und mich die Härte seiner Muskeln spüren lässt. Er kerkert mich ein, drückt mich gegen das Fenster und küsst mich so verlangend, dass mein Verstand zu Asche verbrennt. Ich weiß nicht mehr, wo ich mich befinde, ich weiß nur noch, dass ich vor Erregung vergehen werde, wenn Lucius sich von mir löst … meine Arme schlingen sich um seinen Nacken, meine Hände krallen sich in sein Haar und ich ziehe ihn näher an mich, heiße seine Küsse willkommen, gebe ihm bereitwillig alles, was er verlangt, und noch mehr.

   Lucius zerrt mich vom Fenster weg, er drückt mich mit dem Oberkörper auf seinen Schreibtisch, ich höre ihn keuchen, während er meinen Rock über meine Schenkel hochschiebt und seine Hand zwischen meine Beine gleitet.

   „Kein Höschen?", stöhnt er, als er mein kleines Geheimnis entdeckt. Ich bin so feucht, dass sich ihm ein zufriedenes Knurren entringt, meine Beine zittern, ich kann es kaum erwarten, dass Lucius mich nimmt – ich schreie vor Lust auf, als er von hinten in mich eindringt, sich bis zum Anschlag in mich versenkt und mich dabei vor sich auf den Tisch drückt. Stöhnend fickt er mich, ich spüre, wie seine Härte in mich gleitet, wie er sich zurückzieht und wieder in mich stößt, hart, tief und immer schneller, während er mich gnadenlos auf den Tisch drückt. Meine inneren Muskeln schließen sich vor Erregung um seinen Schwanz, Lucius beugt sich keuchend über mich, vergißt seine Selbstbeherrschung, während er sich immer wieder in mich rammt.

   „Gott", keucht er heiser, „du bist … so verdammt … eng!"

   Ich drücke den Rücken durch, presse mich noch näher an ihn, damit er noch tiefer in mich eindringt, und bringe Lucius damit um den Verstand. Er reibt seine Härte an meinen empfindlichen Stellen, stößt immer wieder zu, bis ich glaube, verrückt zu werden – und dann bricht der Orgasmus über mich herein, ich höre Lucius hinter mir aufstöhnen, während meine Muskeln sich kontrahieren und er in mir pumpt, und die Erlösung durch meinen Körper peitscht wie eine unaufhaltsame Welle.

Lucius beugt sich über mich, ich spüre sein Gewicht auf meinem Rücken, er atmet hastig und haucht einen Kuss auf meinen Nacken.

„Ich will nicht, dass du mich fürchtest, Kleines", keucht er nahe an meinem Ohr. „Ich werde dir niemals etwas anderes als Lust bereiten."

Ich weiß, dass er die Wahrheit sagt. Selbst als er wütend auf mich gewesen ist, oder mich gezwungen hat, mich meinen Gefühlen für ihn zu stellen, hat Lucius stets dafür gesorgt, dass ich vor Lust fast den Verstand verloren habe.

Er lässt sich zurück auf seinen Stuhl sinken und zieht mich auf seinen Schoß, in seine Arme. Ich lehne mich seufzend an seine Schulter und schließe die Augen, genieße seine Nähe, seine Umarmung und seinen Duft –

das kühle Eau de Toilette, das sich nun mit dem herben, verführerischen Geruch seiner Männlichkeit mischt.

„Jacques", flüstere ich, weil ich in diesem Moment nicht anders kann, als Lucius die Wahrheit zu sagen, „hat mich gefragt, ob ich die kommende Woche mit ihm verbringen möchte. Er hat mich gebucht. Ab übermorgen." Der letzte Rest, der von meinem Verstand nach dem Orgasmus noch vorhanden ist, erwartet voller Sorge Lucius' Reaktion.

„Ich weiß", erwidert er leise. „Ich habe ihn darum gebeten."

Kapitel 13

„Du hast – *was?*", platze ich heraus.
„Du wirst mit uns nach St. Petersburg fliegen, Evangéline. Ich hätte dich eingeladen, uns zu begleiten, aber ich war mir nicht sicher, ob du mein Angebot annehmen würdest. Ein geschäftliches Arrangement mit Jacques ist die bessere Alternative."
Ich starre ihn sprachlos an.
„Du musst dir um Michail Romanow keine Sorgen machen", fährt Lucius fort. „Wir werden dich nicht aus den Augen lassen, keinen Moment lang. Dieses Schwein wird dir nicht zu nahe kommen." Seine Finger streicheln zärtlich über die Blutergüsse an meinem Hals und ein düsterer Ausdruck legt sich über sein Gesicht.
Hundert Fragen explodieren in meinem Kopf. „Warum wollt ihr unbedingt, dass ich mit euch nach St. Petersburg komme?", murmele ich perplex.
„Ich dachte, das wäre offensichtlich, Kleines." Er streicht sanft eine Haarsträhne hinter mein Ohr. „Wir genießen deine Gesellschaft."

Nach einem kurzen Abstecher auf die Toilette, um mich von den Spuren unseres Liebesspiels zu reinigen, folge ich Lucius kurz darauf in den Besprechungsraum. Erst als ich Jacques' anzügliches Schmunzeln sehe, wird mir bewusst, dass Lucius und ich es gerade hinter *gläsernen* Türen getrieben haben.

„Ach, ma belle, da lässt man dich einen Moment aus den Augen ..." Jacques seufzt in gespielter Enttäuschung, doch seine Tigeraugen funkeln verlockend.

Ihm gegenüber sitzt Alexej. Ich erschrecke bei seinem Anblick, die blutige Lippe ist geschwollen, er hat außerdem eine blaugeschlagene Wange, die ein Cut unter dem linken Auge ziert.

Wortlos lasse ich mich auf den Stuhl sinken, den Jacques mir anbietet, und beobachte das Gespräch der Männer. Zu meiner völligen Verwunderung gehen Lucius und Alexej vollkommen normal miteinander um, so als wäre nichts geschehen. Offenbar haben sie die Sache geregelt und ein für allemal aus der Welt geschafft.

Die Männer sprechen über Geschäftsfälle, die nichts mit Romrus

Holding zu tun haben. Es geht um
Updates zu laufenden
Vertragsverhandlungen und die
Entwicklung der Aktien verschiedener
möglicher Investments. Obwohl ich
keinen Schimmer vom Finanz-Business
habe, bemühe ich mich, zuzuhören und
so viel wie möglich aufzuschnappen, in
der Hoffnung, dass mir die
Informationen irgendwie weiterhelfen.
Doch die Themen haben weder etwas mit
meinem Vater noch mit Romrus Holding
zu tun, irgendwann beginne ich mich zu
langweilen und lehne mich im Stuhl
zurück.

Das Meeting dauert Stunden. Ich
werfe immer wieder einen Blick auf die
Uhr, die Zeit schleicht dahin und ich
frage mich, wann Romanows Flieger geht
- in Alexejs Loft könnte ich
wenigstens an meinem Laptop
weiterarbeiten, während ich hier nur
herumsitze und meine Zeit verschwende.

Gegen Mittag bringt Michelle einen
Stoß Akten herein und stellt ihn neben
Alexej auf den Tisch. Dabei beugt sie
sich so einladend nach vorn, dass mir
der Kragen platzt. Ich erhebe mich,
schreite langsam um den Tisch herum
und setze mich neben Jacques auf die
Tischplatte. Ich überschlage die
Beine, meine Schenkel berühren dabei

Jacques Unterarm, während Lucius und Alexej freie Sicht auf meinen Rücken und meine schweren, dunklen Locken haben. Ich werfe den beiden einen gekonnten Augenaufschlag über die Schulter zu, subtil genug, um unschuldig zu wirken, aber zugleich so heiß, um das Blut in ihre unteren Körperbereiche zu lenken. Dann wende ich mich Jacques zu, dessen brennender Blick mich durchbohrt. Ich weiß, dass er mich will, seit Lucius mich in seinem Büro genommen hat, also lächele ich ihn einladend an.

Im nächsten Moment fegt Jacques die Unterlagen vor sich auf dem Tisch zur Seite, gleitet mit seinen Händen an meinen Unterschenkeln entlang nach oben, schiebt meinen Rock hoch bis über meine Hüften und spreizt meine Beine. Er knurrt genüsslich, als er sieht, dass ich keine Unterwäsche trage, packt meine Schenkel und zieht mich näher an den Rand des Tisches.

„Leg dich auf den Rücken", verlangt er mit rauer Stimme und ich gehorche. Ich strecke meine Arme auf dem Tisch aus, räkele mich auf der Tischplatte, während Jacques zwischen meine Schenkel eintaucht. Er beginnt, mich zu lecken, lässt seine Zunge über meine Klitoris kreisen, küsst und neckt mich, bis ich leise zu stöhnen beginne. Mein Blick wandert zu Michelle, die wie vom Donner gerührt neben Alexej steht und Jacques und mich fassungslos anstarrt, und dann weiter zu Lucius und Alexej – die beiden Männer führen unbeeindruckt ihr Meeting fort und unterhalten sich über Informationen aus den Akten, die Michelle hereingebracht hat.

Ein herausforderndes Schmunzeln huscht über meine Lippen. Mal sehen, wie lange die beiden widerstehen können …

Jacques leckt mich härter und mein Stöhnen wird lauter und hemmungsloser. Ich schließe die Augen, winde mich vor Lust auf dem Tisch, meine Finger bekommen einen Schreibblock zu fassen und ich zerknülle die ersten Seiten. Jacques' Liebkosungen entfachen ein Feuer der Erregung in meinem Unterleib, das ein verheißungsvolles Prickeln durch meinen gesamten Körper jagt. Er leckt mich ausgiebig, saugt sanft an meinem empfindlichen Fleisch, stößt mit seiner Zunge in mich und bringt mich zum Keuchen.

„Ja … oh, ja … oh, *Jacques* …!" Ich schreie heiser auf, als Jacques' flinkes Zungenspiel mir einen Orgasmus schenkt, der wie ein wohliger Schauer über meinen Körper rast.

  Ohne mir eine Pause zu gönnen, steht Jacques auf, packt meine Schenkel und versenkt seine Härte in mir. Überrascht von dem tiefen Stoß, der mich gnadenlos dehnt und meine Erregung erneut in die Höhe katapultiert, schreie ich auf und bäume mich auf dem Tisch auf. Jacques lächelt, hart und verwegen, es scheint ihn höllisch anzumachen, mir zuzusehen. Er vögelt mich tief und heftig, hält mich auf dem Tisch fest und zwingt meine Schenkel mit seinem Körper in eine weit gespreizte Position, so dass er bis zum Anschlag in mich stoßen kann.

  Ich stöhne, heiser vor Erregung, und nehme kaum noch wahr, dass Alexej und Lucius mit der Arbeit aufgehört haben und uns schweigend zusehen, und Michelles Anwesenheit habe ich vollkommen vergessen ... Jacques vögelt mich hart, seine Stöße werden schneller und ich spüre, wie sich ein neuer Orgasmus in mir aufbaut. Ich hebe Jacques mein Becken entgegen, um ihn noch tiefer in mir zu spüren, der Raum flimmert vor meinen Augen und ich will nichts anderes, als dass Jacques mich endlich erlöst – und dann spüre ich, wie er in mir kommt, ich fühle seinen zuckenden Schwanz und höre Jacques' erlöstes Keuchen, als er über mir zusammenbricht.

Mit wilden Augen starre ich ihn an, Erregung pumpt durch meine Adern, mein Körper ist angespannt und schreit verzweifelt nach Erlösung. Lucius und Alexej sind auf den Beinen, Jacques zieht sich zurück und ich spüre Alexejs raue Hände, die mich packen und mich umdrehen, so dass ich mit dem Bauch auf dem Tisch liege. Alexej taucht einmal tief in mich ein, ich keuche genussvoll, als seine Härte mich dehnt, ich dränge mich ihm entgegen und will ihn anflehen, mich zu stoßen – doch er zieht sich zurück, und im nächsten Moment spüre ich Lucius' Eichel an meinen Lippen. Ich bin so erregt, dass mich die Vorstellung, von Lucius in den Mund gefickt zu werden, beinahe kommen lässt. Begierig öffne ich die Lippen, nehme Lucius' Härte in meinen Mund, lasse zu, dass er sich so tief wie möglich in mich schiebt, und presse die Lippen um seinen Schaft zusammen. Lucius' Hand krallt sich um die Tischkante, ich höre sein unterdrücktes Keuchen, als ich kraftvoll an seinem Schwanz sauge.

„Großer – Gott!"

Alexej legt seinen feuchten Schaft
an meinen Anus und dringt langsam in
mich ein. Ich bin so erregt, so
bereit, dass ich mich ihm
entgegendränge. Als er behutsam
beginnt, mich zu stoßen, und Lucius
mich gleichzeitig in den Mund vögelt,
explodiert die Welt um mich herum und
ich bestehe nur noch aus meinem Körper
und dem überwältigenden Gefühl purer
Lust. Auf dem Gipfel der Erregung geht
das Gefühl in einen kraftvollen
Orgasmus über und ich höre die Männer
keuchen, schmecke Lucius auf meiner
Zunge und spüre Alexejs mächtigen
Körper, der sich bebend über mich
beugt, während meine Nervenzellen
unablässig feuern und die
Kontraktionen in Wellen durch meinen
Körper rasen.

Als der tosende Orkan abebbt,
erschlafft mein Körper, meine Muskeln
werden weich und ich sinke zusammen.
Jemand zieht mich an sich, bettet mich
in einer halb-liegenden Position an
seiner Brust, es ist Alexej, der sich
in einen Stuhl hat sinken lassen und
mich auf seinen Körper gezogen hat.
Ich fühle seinen starken Herzschlag,
während ich still und mit
geschlossenen Augen an ihn gekuschelt
daliege, und das Schweigen meines

Verstands genieße. Die Spannung, die sich soeben in einem gewaltigen Ausbruch entladen hat, zurrt noch spürbar durch die Luft, mir scheint es fast, als könnte ich das Testosteron *fühlen,* das die Atmosphäre des Raums erfüllt.

Ich spüre eine Hand, die sanft über meinen Schenkel streichelt, und eine andere, die meine Finger zärtlich umfasst. Es sind Jacques und Lucius, die an Alexejs Seiten Platz genommen haben. Der behutsame Körperkontakt, den sie zu mir suchen, löst eine unerwartete, tiefe Entspannung in mir aus.

Wie ein Blitz trifft mich die Erkenntnis, dass es genau das ist, was ich will: Die Nähe der drei zu spüren, ihre zärtlichen Liebkosungen – das ist das Glück. Ich will, dass dieser Moment niemals endet …

Großer Gott, Valérie, was denkst du da? Das ist unmöglich, hörst du, einfach unmöglich! Es gibt in diesem Universum keinen Weg, der es dir erlauben würde, für immer mit diesen drei Männern zusammen zu bleiben!

Ich ignoriere meinen kreischenden Verstand. In diesen kostbaren Sekunden absoluter Entspannung und Glückseligkeit wäre ich damit

zufrieden, bis in alle Ewigkeit in
diesem Besprechungsraum an Alexej
geschmiegt zu liegen und von Lucius
und Jacques gestreichelt zu werden.

Am frühen Nachmittag bringt Alexej
mich zurück in sein Loft.
„Du setzt nie wieder einen Fuß in
das Büro", murmelt Alexej, als wir das
Wohnzimmer betreten. „Oder wir gehen
bankrott, weil keiner von uns sich
mehr auf die Arbeit konzentrieren
kann." Seine Lippen verziehen sich zu
einem schiefen Grinsen.
„Die Schwellung sieht übel aus",
sage ich leise und berühre sanft seine
blaugeschlagene Wange. Mich plagt das
schlechte Gewissen, weil Lucius Alexej
meinetwegen zusammengeschlagen hat.
„Meine Schöne, ich wurde schon viel
schlimmer zugerichtet", erwidert
Alexej mit einem gleichgültigen
Schulterzucken. „Ich glaube sogar,
dass Lucius mich geschont hat, um dich
nicht zu sehr zu erschrecken. Aus
irgendeinem Grund will er wohl, dass
du ihn für einen Gentleman hältst -
kann mir kaum vorstellen, warum", fügt
er voller Sarkasmus dazu.
Ich schlucke. „Warum wollt ihr, dass
ich mit euch nach St. Petersburg
komme?" Ich schlage die Augen nieder,

weil ich Alexejs brennenden Blick nicht ertrage. „Ich nehme an, du weißt von Jacques' Angebot."

„Ich weiß davon", nickt er. „Ich war erstaunt, dass du es angenommen hast, Eva. Nach dem, was zwischen Lucius und dir … und zwischen -" Er bricht den Satz unvermittelt ab.

„Ich brauche das Geld", lüge ich und hebe den Kopf. „Genau wie ihr kann ich mir nicht erlauben, persönliche Gefühle und Geschäftliches zu vermischen. Oder aus welchem Grund macht ihr sonst mit einem Dreckskerl wie Romanow Geschäfte?"

„Schmiergeldzahlungen und Erpressungen sind in Romanows Kreisen an der Tagesordnung", sagt Alexej mit harter Stimme. „Wenn du damit nicht umgehen kannst, dann solltest du nicht mit den großen Jungs spielen."

Ich trete dichter an ihn heran und halte seinem Blick stand. „Ganz genau", flüstere ich - und bete, dass Alexej meinen Bluff nicht durchschaut.

Ehe er sich zu mir neigt und mich küsst, wende ich mich ab und setze mich mit meinem Laptop auf das Sofa.

„Wenn du erlaubst, ich habe einiges aufzuholen", sage ich in höflichem, geschäftsmäßigem Ton. „Ihr seid nämlich nicht die Einzigen, die heute nicht zum Arbeiten gekommen sind."

Halb bin ich überrascht, dass Alexej mich tatsächlich in Ruhe lässt. Er nimmt beim Esstisch Platz und vertieft sich ebenfalls in ein paar Akten aus dem Büro, sodass ich ungestört arbeiten kann.

Alexejs letzte Bemerkung über Schmiergeld und Erpressungen geht mir nicht aus dem Kopf. Was, wenn mein Vater das Bargeld doch aus einem solchen Grund gebraucht hat? Hat Romrus Holding meinen Vater erpresst? Waren die Zahlungen auf der verschlüsselten Liste doch eine Art Schutzgeld?

Ich tauche erneut in Papas Unterlagen ein, doch diesmal verfolge ich einen anderen Ansatz. Ich beginne, über Romrus Holding zu recherchieren und sehe mir alte Artikel in internationalen Finanzzeitungen an - ich suche alles, was ich über diese Firma im Zeitfenster rund um die Investitionen meines Vaters herausfinden kann.

Es dauert nicht lang, bis ich auf einen Artikel stoße, der meine Aufmerksamkeit erregt. Kurz nachdem mein Vater sein Geld und das Geld seiner drei Freunde unter seinem Namen in Romrus Holding investiert hat, hat diese Firma einen großen Auftrag von der russischen Regierung bekommen - und der Aktienkurs ist durch die Decke geschossen. Papa hatte also entweder unverschämtes Glück bei dieser Investition, oder er muss gewusst haben, dass die Aktien ihren Wert binnen weniger Wochen vervielfachen würden. Und wenn mein Vater kein Hellseher gewesen ist, dann hat er diese Information irgendwoher erhalten - aber woher? Romrus Holding hat es bestimmt nicht gepasst, dass ein ausländischer Anleger plötzlich einen so großen Anteil wertvoller Firmenaktien gehalten und sich noch dazu mit verhältnismäßig geringem Kapital eingekauft hatte, ehe der Aktienwert so sprunghaft angestiegen ist … was, wenn sie meinem Vater deshalb irgendwie erpresst haben?

Aus Papas Dokumenten geht hervor, dass Romrus Holding ihm die Aktien wieder abgenommen hat, und auch den Rest seines Firmenvermögens - doch warum hat Romrus Montgomery, Doroschkow und Delacroix verschont? Wie haben die drei meinen Vater dazu gebracht, den Kopf für sie hinzuhalten?

Und warum hat er sich schließlich umgebracht?

Es ist weit nach Mitternacht, als ich erschöpft aufgebe. In meinem Kopf überschlagen sich wilde Verschwörungstheorien und Anschuldigungen. Ich muss unbedingt herausfinden, was Montgomery, Doroschkow und Delacroix gegen meinen Vater in der Hand gehabt haben, um ihn dazu zu treiben, seine Firma zu ruinieren und sich schließlich sogar das Leben zu nehmen – denn dass Romrus Holding meinen Vater erpresst hat, dessen bin ich mir inzwischen sicher. Doch warum hat er seine drei stillen Teilhaber bei diesem verhängnisvollen Investment nicht verraten?

Tief in Gedanken versunken nehme ich eine heiße Dusche und krieche dann erschlagen ins Bett. Alexej liegt neben mir, er scheint ebenfalls müde zu sein und ich bin dankbar, dass er sich mir nicht nähert. Mein Kopf dreht sich um nichts anderes als meinen Vater und es dauert fast eine Stunde, bis ich schließlich in einen dumpfen Schlaf sinke.

Auf Zehenspitzen schleiche ich die Treppe hinauf. Hoffentlich hört Harrison mich nicht ... Ich habe das Gefühl, dass etwas nicht stimmt, aber ich bin so aufgeregt, dass ich das unbestimmte Kribbeln in meinem Bauch ignoriere. Ich will Papa überraschen, er weiß nicht, dass ich früher von dem Schulausflug nach Hause gekommen bin – er wird sich schrecklich freuen, mich zu sehen! Die Tür zu seinem Arbeitszimmer ist geschlossen, wie merkwürdig, Papa schließt sonst niemals seine Tür ... doch ich mache mir keine Gedanken, schleiche über den Gang, lege meine Hand an die Türschnalle und drücke sie auf.

Mit einem Freudenschrei platze ich in Papas Arbeitszimmer, in der Erwartung, ihn hinter seinem Schreibtisch aufzuschrecken und dann sein freudig erhelltes Gesicht zu sehen, wenn er seine kleine Tochter sieht – aber stattdessen bietet sich mir ein Anblick, der so furchtbar ist, dass er sich unauslöschlich in mein Gedächtnis brennt. Ich erstarre, jede Faser meines kindlichen Körpers wird zu Stein, ich starre auf die schlaffe Gestalt, die vor mir hängt. Mein Vater baumelt von dem Kronleuchter in der Mitte seines Arbeitszimmers und dreht sich langsam um die eigene Achse ...

Ich kreische los. Ich schreie so laut und schrill, dass mein Kopf beinahe explodiert, ich will zu Papa laufen und ihm helfen, doch ich kann mich nicht bewegen, ich kann mich nicht von der Stelle rühren! Jemand packt mich von hinten, schlingt seine Arme um mich und hält mir die Augen zu, er ist so viel größer und stärker als ich, so dass ich keine Chance gegen ihn habe – es ist Harrison, der beruhigende Worte murmelt und seine Stimme bebt vor Erschütterung. Ich will nicht, dass er mich festhält, ich kämpfe gegen ihn an, ich trete und schreie, schreie, schreie ...

„EVA!"

Schweißüberströmt schlage ich die Augen auf. Mein Herz hämmert wie verrückt gegen meine Brust, ich bekomme kaum noch Luft und starke, muskulöse Arme drücken mich auf die Matratze nieder. Der Raum liegt im Halbdunkel, es dauert ein paar Sekunden, bis ich begreife, dass ich mich in Alexejs Schlafzimmer befinde und dass er es ist, der mich niederhält, damit ich mich beruhige.

„Was in Gottes Namen ...?", murmelt er und blickt mit einem verstörten Ausdruck auf mich herunter.

„Lass mich los", bitte ich bebend und meine Stimme klingt heiser vom Schreien.

Er gibt meine Arme frei und ich

liege ermattet unter ihm. Ich kann nicht aufhören, zu zittern, und Tränen laufen unkontrollierbar über meine Wangen. Alexej streichelt behutsam über mein Gesicht, so sanft, als hätte er Angst, mich zu berühren.

„Was hast du geträumt?", flüstert er in der Dunkelheit und seine Stimme klingt so schockiert, wie ich sie noch nie gehört habe. „Was ist passiert, Eva?"

Ich habe nicht mehr die Kraft, zu schweigen. Die Wahrheit, die ich seit zwölf Jahren im tiefsten Winkel meiner Seele eingekerkert halte, bricht sich mit unvorstellbarer Gewalt ihre Bahn.

„Ich habe meinen Vater gefunden", murmele ich. Meine Stimme klingt so fremd, dass ich sie nicht wiedererkenne. „Er hatte sich in seinem Arbeitszimmer erhängt. Ich war zehn." Ich schlucke, dann erzähle ich Alexej die ganze Geschichte - wie ich unerwartet von einem Schulausflug nach Hause zurückgekommen bin und ins Arbeitszimmer meines Vaters gestürzt bin, wie Harrison mich zurückgehalten und mir die Augen zugehalten hat, um mir den schrecklichen Anblick zu ersparen, der mich dennoch mein Leben lang verfolgt. Um meine Herkunft zu verschleiern, gebe ich Harrison als

Papas Assistenten aus, nicht als unseren Butler, ansonsten entspricht jedes Detail der Wahrheit.

„Das war der Grund, warum ich in Lucius' Haus in deinen Armen durchgedreht bin", murmele ich leise. „An dem Abend, als du mich gepackt und mir die Hand vor die Augen gelegt hast, ist die Erinnerung plötzlich wieder hochgekommen …"

„Ich wusste es nicht, Eva", flüstert Alexej und seine Stimme klingt erschüttert, voller Mitgefühl und unendlich sanft. „Ich wusste es nicht … sonst hätte ich niemals …"

„Das weiß ich", sage ich leise. „Du konntest es nicht wissen. Aber ich kann es nicht vergessen, Alexej. Ich werde es niemals vergessen. Ich brauche nur die Augen zu schließen und sehe seine Leiche, die vor mir von der Decke baumelt. *Ich kann es … nicht … vergessen!"* Meine Kehle schnürt sich zusammen, ich spüre Verzweiflung, Trauer und Wut gewaltsam in mir aufsteigen, so kraftvoll, dass ich sie nicht zurückhalten kann. Der bittere Geschmack von Tränen schießt in meinen Mund und ich verliere den letzten Rest der Kontrolle. Von Weinkrämpfen geschüttelt kauere ich mich zusammen, schluchze und schreie, als der jahrzehntealte Schmerz endlich aus mir herausbricht. Alexej zieht mich an sich, er hält mich an seine Brust gedrückt, während mein Körper zittert und bebt. Alexej ist wie ein Fels in der Brandung, hart und unbeugsam, und zugleich unendlich zärtlich, meine einzige Zuflucht. Er spricht kein Wort, er streichelt mich nicht, er hält mich einfach fest. Lässt mich die Wärme seines Körpers spüren, seine Stärke, seinen Schutz, und macht mir das größte Geschenk, indem er mir erlaubt, den Schmerz endlich zu durchleben, ihn endlich zu fühlen und zu ertragen, ohne diese Hölle allein durchstehen zu müssen.

Es dauert sehr lang, bis ich mich beruhige. Irgendwann habe ich keine Kraft mehr, keine Tränen mehr und meine Muskeln sind zu erschöpft, um sich weiter zu verkrampfen und zu zittern. Ich erschlaffe in Alexejs Armen, ich fühle mich unendlich müde und ein merkwürdiger Friede legt sich über meine Gedanken und breitet sich in meinem Inneren aus. Ich spüre instinktiv, dass es nicht vorbei ist, vielleicht niemals vorbei sein wird, aber dass der erste Schritt getan ist. Ich habe mich nach zwölf Jahren meinen Dämonen gestellt.

Alexejs Brust ist feucht von meinem Schweiß und meinen Tränen. Jetzt, da ich langsam wieder zu Sinnen komme, wird mir bewusst, dass Alexej alles miterlebt hat … er hat meinen tiefsten Schmerz, meine Schwäche, meine vollkommene Hilflosigkeit miterlebt …

Oh Gott. Was hast du nur getan, Valérie?!

Verwirrt, beschämt und mit letzter Kraft versuche ich, ihn von mir fortzudrücken. „Alexej", keuche ich, „es … es tut mir -"

„Sag das nicht", unterbricht er mich. Er lässt nicht zu, dass ich mich von ihm löse und hält mich sanft an sich gedrückt. „Sag nicht, dass es dir leid tut, Eva." Er neigt seinen Kopf zu mir und vergräbt sein Gesicht in meinem Haar, bis seine Lippen ganz nah an meinem Ohr sind. „Danke, dass ich für dich da sein durfte."

Ich verstumme und lasse zu, dass er meinen Kopf auf seiner Brust bettet und mich sanft streichelt.

„Schlaf, Eva", murmelt er leise. „Schlaf. Morgen wird alles besser sein. Es wird wieder gut, ich verspreche es dir. Ich verspreche es …"

Seine Worte verklingen in der Dunkelheit. Ich weiß, dass sie nicht wahr sind, aber ich klammere mich daran fest, als ginge es um mein Leben. An Alexejs Brust geschmiegt sinke ich schließlich in einen tiefen, traumlosen Schlaf.

Kapitel 14

Als ich erwache, spüre ich Alexejs Herzschlag an meiner Wange. Sonnenstrahlen durchfluten das Schlafzimmer, Alexej hat seine Arme um mich geschlungen und nichts erinnert mehr an den Albtraum von letzter Nacht.

„Guten Morgen." Er drückt einen Kuss auf mein Haar, als er bemerkt, dass ich aufgewacht bin.

Ein wenig beschämt wende ich den Kopf und blinzele ihn an. „Wie lange bist du denn schon auf?", murmele ich. Meine Stimme klingt noch immer heiser.

„Eine Weile."

„Musst du heute nicht ins Büro?"

„Doch, meine Schöne. Ich wollte vorher sichergehen, dass du in Ordnung bist. Außerdem wollte ich nicht, dass du in einem leeren Bett erwachst." Seine Finger streicheln über meinen Rücken, während er mich fragend ansieht.

„Ich bin okay", flüstere ich. Mein Ausbruch von gestern Nacht ist mir unglaublich unangenehm und gleichzeitig bin ich irgendwie froh, dass Alexej das Ganze miterlebt hat – spinne ich? „Du kannst ruhig ins Büro fahren. Ehrlich, es geht mir gut."

Mit einem zweifelnden Ausdruck im Gesicht drückt er einen Kuss auf meine Stirn, steht aber dann auf.

Er ist dir viel zu nah gekommen, Valérie. Du musst so schnell wie möglich wieder normale Verhältnisse zwischen euch herstellen!

Die warnende Stimme in meinem Kopf verfolgt mich, als ich hinter Alexej her die Treppen hinunter ins Wohnzimmer tapse – barfuß, in einem seiner Shirts und seinen Shorts, während Alexej einen Business-Anzug trägt. Dass ich zu Hause Alexejs Kleidung trage wird langsam zur Gewohnheit.

Noch so eine Sache, die du abstellen solltest, Rochefort.

Alexej dreht sich am Fuß der Treppe zu mir um und zieht etwas aus seinem Jackett. Verwirrt blicke ich auf das kleine Päckchen, dass er in meine Hände legt.

„Lächle wieder, meine Schöne." Er küsst mich sanft auf den Mund und ehe ich etwas erwidern kann schließen sich die Fahrstuhltüren hinter ihm.

Ich starre auf die kleine Box in meinen Händen. Sie ist schwarz und auf dem Rücken prangt das Emblem eines Pariser Edeljuweliers.

Großer Gott. Was hat Alexej mir geschenkt?

So vorsichtig, als würde ich befürchten, etwas Gefährliches könnte mir aus dem kleinen Paket entgegenspringen, klappe ich den Deckel auf - und mir bleibt die Luft weg.

In der Box befinden sich - drapiert auf elegantem, schwarzem Satin - ein Paar Diamantohrringe.

Warum um alles in der Welt macht Alexej mir ein so teures Geschenk?

Zehn Minuten später sitze ich auf der Couch und starre noch immer die Ohrringe in der kleinen Box an. Ich sollte längst am Laptop sitzen und weiter recherchieren, doch ich kann mich nicht konzentrieren. Das Geschenk geht mir nicht aus dem Kopf und ich verstehe nicht, was es zu bedeuten hat.

Obwohl das Offensichtliche wie ein riesiger Elefant mitten im Raum steht, will ich es nicht wahrhaben.

Oh. Mein. Gott. *Wirbt* Alexej etwa um mich?

Mechanisch krame ich mein Telefon hervor und drücke auf die zuletzt gewählte Nummer. Als mein bester

Freund sich meldet, komme ich ohne Umschweife zum Punkt.

„Julien, beantworte mir eine Frage: Warum schenkt ein Mann einer Frau Diamantohrringe?"

„Im Ernst? Du stellst mir eine Mann-Frau-Frage? Tja, ich weiß nicht, wie ich es dir sagen soll, offenbar hast du das Memo nicht gelesen …" Ich höre seiner Stimme an, dass er grinst. „Engelchen, *ich bin schwul*."

Julien ist einfach unmöglich!

„Ich *weiß*", stöhne ich ungeduldig. „Kannst du mir die Frage trotzdem beantworten, bitte?"

Er räuspert sich. „Also ich bin kein Experte, aber meines Erachtens gibt es dafür nur drei mögliche Gründe. Erstens, der Mann will mit der Frau ins Bett."

„Längst geschehen", erwidere ich trocken. „Nächste Möglichkeit?"

„Zweitens, der Mann war mit einer anderen im Bett und will die Frau besänftigen."

„Nicht sehr wahrscheinlich." Schließlich bezahlt Alexej mich für meine Anwesenheit und muss sich vor mir nicht rechtfertigen. Es ist ja nicht so, als würden wir eine Beziehung führen … „Und drittens?"

„Drittens?" Er lacht. „Ganz einfach,

mon ange: Der Mann liebt die Frau."

Natürlich bin ich mir über diese *theoretische* Interpretation des Geschenks im Klaren - trotzdem, die Worte aus Juliens Mund zu hören fühlt sich an, als hätte mir jemand einen Kübel Eiswasser über den Körper geschüttet. Ich erstarre mit halboffenem Mund, das Telefon an mein Ohr gepresst.

„Ange? Bist du noch dran?"

„J-ja", japse ich.

„Such dir einfach die Antwort aus, die dir am besten gefällt."

„Das ist doch kein blödes Fernsehquiz!", fauche ich. „Alexej muss mich weder bestechen, um mich ins Bett zu kriegen, noch muss er mich wegen irgendwelcher Eskapaden bei Laune halten -"

„Alexej?", keucht Julien. „*Alexej* hat dir Diamantohrringe geschenkt?"

„Er kann sich unmöglich in mich …" Ich bringe nicht einmal das Wort hervor. „Ich meine, dieser Mann hat überhaupt kein Herz! Er hat keine Gefühle, für nichts und niemanden, und schon gar nicht für … mich", hauche ich. „Oder …? Julien, bitte sag etwas!"

„*Alexej hat dir Diamantohrringe geschenkt?!*"

„Das haben wir schon geklärt!",
murmele ich. Plötzlich fängt es hinter
meinen Schläfen heftig zu pochen an.
„Das ist doch absurd, Julien! Okay,
ja, wir haben heißen Sex, und ja, es
knistert ein wenig …"
„*Ein wenig?*"
„Was willst du hören?", fauche ich.
„Dass aus dem Knistern ein Scheiß-
Feuerwerk geworden ist? Er hat mich
gebucht, Julien, und ich will seinen
verdammten Vater drankriegen, und
gestern Nacht hatte ich den
schlimmsten Zusammenbruch meines
Lebens -"
„Du hattest *was?*" Juliens Tonfall
wechselt von perplex zu höchst
besorgt. „Was ist passiert?"
„Ich hatte einen Albtraum", murmele
ich. „Und dann habe ich die ganze
Nacht in Alexejs Armen geheult und ihm
alles erzählt. Die ganze Wahrheit über
Papa."
Julien schweigt wie erschlagen. „Du
hast ihm … die ganze Wahrheit …?",
flüstert er schließlich ungläubig.
„Nun, nicht die *ganze* Wahrheit. Er
weiß nicht, wer ich bin. Aber er weiß,
dass Papa sich umgebracht hat und dass
ich ihn gefunden habe. Das ist
verdammt viel mehr, als ich Alexej
jemals über mich verraten wollte."

Plötzlich wird Julien sehr ernst.
„*Vertraust* du ihm etwa, mon ange?"
„Natürlich nicht!", platze ich heraus. „Ich habe ihm keine Einzelheiten erzählt, nur … dass es eben passiert ist. Nein, ich vertraue ihm nicht, Julien!" Ich schnaufe und fahre mir mit der freien Hand durch die Haare. „Ich muss die ganze Sache wieder in den Griff bekommen. Abstand zu Alexej gewinnen. Ihm die verflixten Ohrringe zurückgeben."
„Wie willst du es anstellen?"
„Jacques hat mich übers Wochenende in seine Villa aufs Land eingeladen. Heute ist mein letzter Tag bei Alexej, und dann habe ich drei Tage Zeit, so viele Informationen aus Jacques herauszupressen wie möglich – bevor sie mit mir nach St. Petersburg fliegen wollen", füge ich zerknirscht hinzu.
„*Was?*"
„Ich werde natürlich nicht mitfliegen", sage ich schnell. „Ich müsste meine Identität preisgeben und das ist absolut unmöglich. Nicht nachdem, was zwischen Alexej, Lucius und mir …" Ich schüttele den Kopf. „Es geht einfach nicht. Irgendwann werden sie erfahren, wer ich wirklich bin, aber das darf nicht geschehen, solange

ich ein Arrangement mit ihnen habe. Ich stecke verdammt tief in Schwierigkeiten, Julien."

„Was kann ich für dich tun?", flüstert er und seine Sorge um mich berührt mein Herz.

„Nichts, mein Schatz", erwidere ich leise. „Lass dich nur niemals auf eine solche Lügengeschichte ein wie ich."

„Wir spielen meinen Eltern seit einem Jahr vor, miteinander verlobt zu sein, damit sie nicht hinter meine Homosexualität kommen", erwidert Julien trocken. „Der Wahrheits-Zug ist auch bei mir längst abgefahren, Engelchen."

Ich schmunzele schwach.

„Hast du etwas Neues über deinen Vater herausgefunden?"

„Nein", lüge ich. Ich habe nicht die Kraft, Julien die neuen Einzelheiten zu berichten, ehe ich nicht weiß, worauf das Ganze hinauslaufen wird.

„Such weiter, mon ange. Aber ehe du mit einem deiner drei Casanovas vor den Traualtar trittst, will ich informiert werden, hörst du? Das steht mir als deinem Verlobten immerhin zu!"

Niemand bringt mich so zum Lächeln wie Julien. Ich fühle mich etwas besser, als ich auflege und den Laptop zu mir heranziehe. Auch wenn ich mich am liebsten im Bett verkriechen möchte, bleibt mir nichts anderes übrig, als weiterzumachen.

Stundenlang durchforste ich die digitalen Unterlagen auf der Suche nach etwas, was Montgomery, Doroschkow und Delacroix gegen meinen Vater in der Hand gehabt haben könnten. Ich habe sämtliche Firmenunterlagen durchgearbeitet und bin bei den privaten Verzeichnissen angelangt, in denen mein Vater alle Dokumente festgehalten hat, die meine Familie betreffen. Ich kann mir zwar kaum vorstellen, zwischen Geburtsurkunden und Zeugnissen etwas Belastendes zu finden, aber ich durchsuche trotzdem jeden einzelnen Ordner.
 Bis ich plötzlich auf etwas stoße, dass mir das Herz in den Bauch rutschen lässt. Es ist die Verkaufsurkunde für die Villa meiner Eltern. *Meine* Villa.
 Mein Vater hat unsere Villa verkauft?!
 Mir wird schlecht, als ich den Käufernamen sehe: *William Montgomery*. Offenbar hat er meinen Eltern die Villa kurz vor dem Selbstmord meines Vaters abgekauft – also vor zwölf Jahren!

Lea T. Earl

Meine Finger fliegen über die Tasten, während ich die Kontoauszüge meiner Eltern überprüfe. Die Kaufsumme scheint zum Kaufdatum nicht auf. Hat William Montgomery meinen Vater etwa in bar bezahlt? Das Geld jedenfalls ist weg und die Summe stimmt mit mehreren kleineren Beträgen auf der verschlüsselten Romrus-Holding Liste überein, die ich noch nicht zuordnen konnte.

Großer Gott, mein Vater hat das Geld für unsere Villa Romrus Holding gegeben?

Ich sinke zurück, als mir klar wird, dass die Villa, in der ich mein Leben lang gelebt habe, gar nicht mir gehört. Sie gehört rechtmäßig William Montgomery, Lucius' Vater.

Ein Gefühl nüchterner Leere und Hilflosigkeit breitet sich in mir aus, während sich eine Frage erbarmungslos an die Oberfläche drängt: Warum durfte ich weiterhin in der Villa leben?

Wusste Maman von dem Verkauf? Himmel, bestimmt hat sie davon gewusst. Ihr war klar, dass wir jahrelang in einer Villa gelebt haben, die uns gar nicht mehr gehört hat. Das Gewicht der Erkenntnis, wie tiefgreifend die Zusammenhänge rund um den Tod meines Vaters waren, begräbt mich unter sich. Langsam begreife ich, warum Maman niemals mit mir darüber gesprochen hat - ich war damals noch ein Kind, sie wollte mich beschützen. Später hat sie sich dem Alkohol zugewandt und wollte nichts als vergessen - die Vergangenheit war wohl zu schmerzhaft für sie, um sich ihr erneut zu stellen. Vielleicht hat sie gehofft, dass, wenn sie die Geheimnisse mit in den Tod nimmt, all die schrecklichen Dinge mit ihr begraben werden, und ich davon befreit wäre.

Ich weiß, dass meine Mutter Montgomery, Doroschkow und Delcroix nach Papas Tod zutiefst gehasst hat. Vielleicht haben die drei sie ebenfalls erpresst? War das der Grund für ihren Hass?

Ich vergrabe mein Gesicht in meinen Händen und denke nach. Ich kann Lucius nicht danach fragen, denn abgesehen davon, dass er meine wahre Identität nicht kennt, bezweifle ich, dass er weiß, dass sein Vater vor zwölf Jahren die Rochefort Villa gekauft hat und die verwaiste Tochter seines ehemaligen Freundes darin wohnen lässt.

Warum, jedoch? Warum hat William Montgomery nie auf seinem Recht auf die Villa bestanden? Plötzlich kommt mir ein Verdacht. Was, wenn Maman beweisen konnte, dass Montgomery etwas mit Papas Tod zu tun hatte, und Montgomery uns deshalb nicht rausgeschmissen hat?

Aber warum hat Maman sich dann trotzdem umgebracht? Hat Montgomery sie vielleicht irgendwie dazu getrieben?

Meine Hände zittern und mir ist eiskalt. Obwohl meine Entdeckungen so schrecklich sind, kann ich nicht anders, als weiterzugraben. Mein Magen fühlt sich an wie ein Stein, meine Lippen sind trocken und ich fühle mich richtig krank, aber ich durchsuche unaufhörlich die Bankdokumente meiner Eltern. Ich habe eine scheußliche Vorahnung und ich kann nicht ruhen, ehe ich Gewissheit habe – ich habe das furchtbare Gefühl, dass die Villa nicht das Einzige war, das mein Vater für Romrus Holding aufgegeben hat.

Was ich finde, bestätigt meinen Verdacht. Das Wohnzimmer beginnt, sich zu drehen, ich schnappe nach Luft und meine Finger krallen sich in die Armlehne der Couch. Das Privatvermögen meiner Eltern war zum Zeitpunkt des Todes meines Vaters – *weg*. Ausgegeben bis zum letzten Cent.

Hastig logge ich mich auf meinem Online-Banking-Konto ein und überprüfe die Beträge auf meinen Konten, die Aktienportfolios und die Investments, die die Anwälte und Berater meines Vaters nach seinem Tod für mich veranlagt haben –
Es ist alles noch da.
Wie zur Hölle kann mein Bankkonto voll sein, wenn meine Eltern ihr gesamtes Vermögen verloren hatten? Wovon haben Maman und ich nach Papas Tod gelebt, und woher kommt das Geld, das ich von meinen Eltern geerbt habe? Meine Finger fliegen durch die Versicherungsunterlagen; es gab nicht einmal eine Zahlung aus der Lebensversicherung meines Vaters, vermutlich weil die Versicherung bei Selbstmord nicht in Kraft tritt …
Papa hat die Firma ruiniert, unsere Villa verkauft und das gesamte Privatvermögen an Romrus Holding gezahlt – und nach seinem Selbstmord haben unsere Familienkonten sich auf wundersame Weise wieder gefüllt?
Was zum Teufel ist damals passiert?
Ich muss herausfinden, woher das Geld gekommen ist –
Innerlich fluchend schließe ich den Laptop, als die Fahrstuhltüren sich öffnen und Alexej nach Hause kommt.

Verdammt, mir ist nicht aufgefallen, dass es schon wieder so spät ist … Ich brauche unbedingt mehr Zeit!

„Du siehst blass aus, meine Schöne." Alexej betrachtet mich nachdenklich. Er sieht unwiderstehlich aus in seinem Anzug, mit dem wilden Ausdruck seiner Augen und der rauen, männlichen Ausstrahlung. Die Spuren der Schlägerei mit Lucius sind beinahe verheilt, nur kleine Krusten an seiner Lippe und unter seinem Auge sind noch zu sehen und verleihen ihm ein verwegenes Aussehen. Sein Blick flackert über die unberührte Küche. „Hast du heute überhaupt etwas gegessen?"

„Gib mir fünfzehn Minuten", murmele ich und erhebe mich, um hinauf ins Schlafzimmer zu gehen und mich umzuziehen.

Er greift sanft mein Handgelenk und hält mich zurück. „Du musst das nicht tun, Eva."

Ich zwinge ein Lächeln auf meine Lippen und blicke ihn an. „Es ist unser letzter gemeinsamer Abend, Alexej. Ich werde ihn nicht in einem deiner Shirts und deinen Boxershorts beginnen." Ich lache leise und hoffe, dass Alexej mir die Scharade abkauft. Langsam lässt er mein Handgelenk los

und während ich die Treppe
hinaufsteige, kämpfe ich darum, meine
Gedanken in den Griff zu kriegen.
Alexej nicht in meinem schlampigen
Outfit gegenübertreten zu wollen ist
eine willkommene Ausrede, um mir ein
paar Minuten allein zu verschaffen;
ich muss all die verstörenden
Informationen, die ich heute entdeckt
habe, beiseiteschieben und mich nur
auf Alexej konzentrieren. Ich werde
meine ganze Kraft brauchen, um das
durchzuziehen, was ich mir heute
Morgen nach dem Telefonat mit Julien
fest vorgenommen habe.

Fünfzehn Minuten später schreite ich
in Zwölf-Zentimeter-Absätzen, mit
perfektem Makeup und in einem
nudefarbenen Calvin-Klein-
Cocktailkleid die Treppe hinunter. Das
Kleid schmiegt sich an meinen Körper
und ist so schlicht, dass es auf den
ersten Blick so aussieht, als wäre ich
nackt.
Alexej lehnt am Billardtisch, ein
Wodkaglas in der Hand, und wendet sich
mir zu, als er das Klappern meiner
Absätze auf der Treppe hört. Er zieht
langsam eine Augenbraue nach oben und
schaltet den Flachbildfernseher aus,
auf dem er die Nachrichten verfolgt

hat.

„Du siehst unglaublich aus", raunt er mir zu und schließt mich in seine Arme. Er hat das Jackett ausgezogen und die Ärmel seines Hemds aufgekrempelt, und ich spüre die Wärme seines muskulösen Körpers, als er mich an sich zieht. „Wunderschön und verführerisch, Eva ... aber ..."

„Was ist?", frage ich leise, als er nicht weiterspricht.

„Du hattest eine harte Nacht gestern. Ich würde es verstehen, wenn es dir heute nicht gut geht. Du musst mir nichts vorspielen, meine Schöne."

Ich lächele ihn zart an und zwinge mich zu einer oscarreifen Darbietung. „Es geht mir hervorragend, Alexej, wirklich. Ich danke dir für deine Besorgnis, aber sie ist nicht notwendig. Die Sache gestern Nacht war ... bedauerlich, aber ich kann es leider nicht mehr ändern. Was ich jedoch sehr wohl kann, ist, dir einen unvergesslichen letzten Abend zu bescheren."

Alexej zögert. Er scheint unschlüssig zu sein, ob er mir glauben soll.

Ich streiche zärtlich mit meinen Fingerspitzen über seine Kieferlinie und umgarne ihn. „Hast du spezielle

Vorstellungen für heute Abend?",
flüstere ich verführerisch. "Ich werde
dir jeden Wunsch erfüllen, Alexej.
Jeden."

Sein Blick wird dunkler. "Jeden?",
fragt er und seine Stimme klingt
plötzlich bedrohlich.

Mir fällt ein, was Jacques über
Alexejs brutale Neigungen gesagt hat
und ich schlucke. "Jeden", nicke ich
tapfer. Dann flackert mein Blick zu
den Fahrstuhltüren. "Wann kommen
Lucius und Jacques?" Die Anwesenheit
der beiden wird mir wenigstens *ein
bisschen* Schutz bieten …

"Sie kommen heute Abend nicht", sagt
Alexej und seine raubtierhaften Augen
fixieren mich. "Wir werden das
Wochenende gemeinsam in Jacques'
Landhaus verbringen – aber heute Abend
gehörst du mir allein, Eva."

Ich versuche, mir nicht anmerken zu
lassen, dass mir bei seinen Worten ein
Schauer über den Körper läuft, und
schenke ihm ein Lächeln.

"Ich werde tun, was immer du
willst", schnurre ich, "aber vorher …"
Ich greife nach der kleinen Box mit
den Ohrringen, die auf dem Couchtisch
liegt, und gebe sie Alexej zurück.
"Ich danke dir für deine
Großzügigkeit, aber ich kann sie nicht

annehmen."

Sein Gesichtsausdruck verdunkelt sich. „Gefallen sie dir nicht?"

„Sie sind wunderschön", sage ich leise. „Aber wir haben ein Arrangement, Alexej. Du hast mich gebucht, und …"

„Und was? Ich darf dir keine Geschenke machen?"

Bleib hart, Valérie. Distanz. „Nicht diese Art von Geschenken."

„Ich nehme sie nicht zurück."

„Alexej … sie sind zu wertvoll."

„Dann verkaufe sie." Er schließt meine Finger um die Box und lässt seine starke Hand auf meiner ruhen.

„Das würde ich niemals tun", murmele ich.

„Warum nicht?"

Ich halte den Blick auf seine Hand gesenkt, die meine und die kleine Box umfasst hält. Verdammt, das Gespräch verläuft nicht, wie ich es geplant hatte! Ich wollte Abstand zwischen Alexej und mir schaffen – und jetzt klopft mir das Herz bis zum Hals, weil er meine Hand berührt und ich seinen Duft einatme …

„Weil du sie mir geschenkt hast", flüstere ich, bevor ich mich stoppen kann.

Großartig, Valérie. Ganz großartig.

„Ich möchte, dass du sie trägst", murmelt Alexej rau und tritt noch einen Schritt näher zu mir.

Ich schlucke, als der edle Stoff seines Hemds meine Fingerknöchel streift. Er öffnet die kleine Box, nimmt einen Ohrring nach dem anderen heraus und steckt sie mir an. Seine rauen Hände berühren mein Gesicht und ich muss mich zusammenreißen, weil meine Knie zu beben beginnen. Sein Blick wandert hungrig über mein Gesicht und die brennende Leidenschaft in seinen Augen überwältigt mich.

„Komm mit mir nach oben", fordert er leise. Seine Hand schließt sich um meine und ich folge ihm, lasse mich von ihm die Treppen hinauf in sein Schlafzimmer ziehen.

Alexej schließt die Tür hinter uns. Ich bleibe unsicher im Raum stehen, während er sich daran macht, mit geübten Griffen das Feuer im Kamin zu entfachen. Bald lodern Flammen auf und tauchen das Schlafzimmer in flackerndes Licht – unter anderen Umständen wäre es vielleicht romantisch, aber die Atmosphäre ist alles andere als das. Mein Blick huscht über die Peitschen und Gerten, die an der Wand hängen, und zurück zu Alexej, der sich langsam am Kamin aufrichtet und wie ein Raubtier auf mich zukommt.

„Du willst mir wirklich jeden Wunsch erfüllen, Eva?", knurrt er. „Ich nehme dich beim Wort."

Oh Gott. War ich zu voreilig mit meinem Versprechen?

Alexej bleibt vor mir stehen, so dass ich zu ihm aufblicken muss. Was hat er vor? Was wird er mit mir tun?

„Ich habe gewisse *Vorlieben*", flüstert er, und der Feuerschein flackert hinter ihm und lässt Schatten auf seinem Gesicht tanzen. „Die Frage ist … bist du mutig genug, Eva?"

Kapitel 15

Mein Herz pocht wie verrückt, und Angst und Lust liefern sich in meinem Innern einen wilden Kampf. Bin ich kurz davor, Alexejs dunkelste Seite zu entdecken?
Ich habe seine Loyalität kennengelernt, sein Mitgefühl und seine Fürsorge … ebenso wie seine Härte und seine Brutalität anderen Männern gegenüber. Doch wenn es um Sex geht - wie dunkel sind seine dunkelsten Fantasien wirklich?
„Mutig genug wofür?", wispere ich kaum hörbar.
„Du hast mir niemals vollkommen gehört. Du verweigerst mir das Einzige, was ich je wirklich von dir wollte."
Ein dicker Kloß bildet sich in meinem Hals und ich schlucke trocken. Mühevoll versuche ich, Haltung zu bewahren; doch Alexej steht so dicht vor mir, dass ich die Wärme seines Körpers spüre und seinen Atem auf meiner Haut.
„Du bezahlst mich für meine Anwesenheit …", beginne ich, doch er

schüttelt den Kopf.

„Was ich von dir will, ist nichts, was man kaufen kann. Du musst es mir freiwillig schenken."

Mein Herz schlägt mir bis zum Hals. Kann Alexej es hören? „W-was willst du von mir?", flüstere ich.

Er neigt sich zu mir, so dass seine Lippen mein Ohr streifen. „Dein Vertrauen, meine Schöne. Ich will dein grenzenloses, uneingeschränktes Vertrauen."

Seine raue Stimme und das Gefühl seines Atems auf meinem Nacken jagen eine Gänsehaut über meinen Körper.

„Ich weiß nicht, ob ich dazu imstande bin." Ich erschrecke, als ich meine geflüsterten Worte höre. Warum sage ich Alexej die Wahrheit?

„Es ist deine Entscheidung, Eva." Seine Antwort ist ein rauer Hauch an meinem Ohr. „Aber es würde alles zwischen uns ändern. Einfach alles."

Mein Herz hämmert gegen meine Brust, Hitze wallt in meinem Körper auf und gleichzeitig durchläuft mich ein kalter Schauer. Ich fühle mich, als würde ich an einer Klippe stehen … der Augenblick der Entscheidung steht unmittelbar bevor. Es wird mir niemals gelingen, Alexej mein Vertrauen nur vorzugaukeln. Er würde mich sofort

durchschauen und dann, das spüre ich
instinktiv, wäre alles, was zwischen
uns ist und jemals sein könnte,
endgültig vorbei. Er würde es als
Verrat betrachten und Vergebung
existiert nicht in Alexejs Welt.

Ich muss entweder auf der Stelle
sein Loft verlassen - oder ich muss
ihn so nah an mich ranlassen, wie ich
es niemals wollte. *Vertrauen.* Diese
Art von Intimität, die er einfordert,
ist viel mehr, als ich zu geben bereit
bin. Ich balanciere am Rand eines
Abgrunds und habe mein Sicherheitsnetz
längst verloren.

*Du hast ihn doch bereits viel zu nah
an dich rangelassen, Valérie …* Ich
kämpfe verbissen gegen die Stimme in
meinem Kopf an. *Du belügst dich
selbst! Was willst du eigentlich?
Willst du ihn? Willst du ihn nicht?*

*Hast du dich ihm nicht längst
geschenkt?*

Gedanken rasen durch meinen
Verstand, ich habe das Gefühl, als
würde mein Kopf gleich explodieren.

Vertrauen? Himmel, er will, dass ich
ihm *vertraue* …

Und selbst, wenn ich mich dazu
überwinden könnte, ihm zu … was
geschieht danach? Großer Gott, falls
Alexej jemals herausfindet, wer ich

wirklich bin und was ich vorhabe, wird er mich umbringen.

Du bist viel zu weit gegangen, um jetzt umzukehren. Du kannst noch einen Schritt weitergehen und trotzdem die Kontrolle behalten!

Kann ich das? Es ist zu spät. Ich schließe die Augen und springe, ehe meine Angst mich dazu treibt, diese Tür für immer zuzuschlagen.

„Ich vertraue dir." Mein Flüstern ist kaum zu hören.

„Beweise es", raunt er an meinem Ohr.

Dann zieht er sich abrupt von mir zurück, so unerwartet, dass ich ins Taumeln gerate.

„Zieh dich aus", fordert er mit harscher Stimme. Er klingt kalt und distanziert, und seine hellgrünen Augen fixieren mich fordernd. Dieses plötzliche, abweisende Verhalten irritiert mich, es ist verletzend und es verunsichert mich … was bezweckt er damit? Ich habe mich ihm geöffnet, und er …?

Mit bebenden Fingern streife ich das Kleid von meinen Schultern, es gleitet an meinem Körper hinunter auf den Boden.

„Jetzt die Unterwäsche und die Schuhe", fordert er emotionslos. „Ich will dich nackt sehen."

Ich tue, was er verlangt, schlüpfe aus den Stilettos und streife den BH und den Slip ab.

Es ist nicht das erste Mal, dass ich nackt vor Alexej stehe, aber so verletzlich habe ich mich vorher niemals gefühlt. Er fixiert mich mit den Augen eines Raubtiers und ich fühle mich ausgeliefert und hilflos.

Wie konnte ich mich nur darauf einlassen?

„Bereust du deine Entscheidung schon?", knurrt er lauernd. „So rasch, Schönheit?"

Ich presse die Lippen aufeinander und schüttele den Kopf.

„Nein?" Er kommt erneut langsam auf mich zu. Ich bleibe stehen, obwohl mein Instinkt mir zuruft, zurückzuweichen. Ganz langsam umkreist Alexej mich. Er berührt mich dabei nicht, aber sein Blick brennt wie Feuer auf meiner Haut. „Nun, wir werden sehen …"

Er durchquert das Zimmer und nimmt eine Peitsche von der Wand; mir bleibt fast das Herz stehen, als ich erkenne, auf welches Modell seine Wahl gefallen ist. Er hat diese spezielle Peitsche noch nie zuvor an mir verwendet. Die Ketten sind aus Metall mit spitzen

Dornen daran.

Meine Hände werden eiskalt und ich spüre, dass ich vor Angst zu schwitzen beginne. Diese Peitsche in Alexejs kraftvollen Händen ... ein Schlag von ihm würde meine Haut aufreißen und mir blutende Wunden zufügen.

Alexej bemerkt meinen erschrockenen Gesichtsausdruck und ein gefährliches Grinsen breitet sich auf seinen Lippen aus. Dann schlendert er durch den Raum auf den Kamin zu.

Tränen der Angst steigen mir in die Augen, als Alexej die Metallketten der Peitsche in die Flammen hängt. Schlagartig begreife ich, warum er einen Kamin in seinem Schlafzimmer hat ...

Oh Gott, worauf habe ich mich da nur eingelassen?

Ich muss all meinen Mut zusammennehmen, um die Tränen wegzublinzeln und reglos auf meinem Platz zu verharren. Am liebsten würde ich die Tür aufreißen und davonlaufen – doch ich habe die Sache begonnen und ich werde sie auch zu Ende bringen. Mit erhobenem Kopf blicke ich Alexej entgegen, als er auf mich zukommt; trotzdem kann ich nicht verhindern, dass meine Lippen beben.

„Hast du Angst, Eva?"

„Ja", flüstere ich. Mein Mund fühlt sich trocken an und meine Stimme klingt nicht wie meine Stimme.

„Vor mir?"

„Ja."

Er streicht mein Haar hinter meine Schulter zurück, ohne mich zu berühren. „Vertraust du mir nicht?" Der Blick seiner hellgrünen Augen schießt zu mir und hält mich gefangen.

„Doch", flüstere ich und halte seinem Blick stand. „Ich vertraue dir."

Kaum merklich nickt er in Richtung Wand. „Dann nimm deinen Platz ein."

Mit zitternden Knien durchquere ich das Zimmer, dabei flackert mein Blick zu der Metallpeitsche in den Flammen. Lucius würde so eine Peitsche niemals verwenden. Aber Alexej …?

Ich habe Angst, sogar eine Scheißangst.

Unsicher stelle ich mich mit dem Gesicht zur Wand, spreize die Beine und lege meine Handgelenke in die Manschetten. Ich warte darauf, dass Alexej mich festschnallt, doch er stellt sich mit verschränkten Armen hinter mich.

„Nicht so. Dreh dich um."

Überrascht und erschrocken werfe ich ihm einen Blick über die Schulter zu.

Nichts in seiner Miene deutet darauf hin, dass er über die Geduld verfügt, seinen Befehl zu wiederholen.

Langsam, weil meine Beine mir kaum gehorchen, drehe ich mich um und stehe jetzt mit dem Rücken zur Wand. Mit den Fußknöcheln und Handgelenken schlüpfe ich in die Manschetten, und fühle mich so ausgeliefert und verletzlich wie noch nie in meinem Leben.

Noch immer warte ich darauf, dass er die Manschetten zuschnürt, doch er tut es nicht.

„Ich werde dich nicht fesseln", sagt er rau. „Du wirst genau so stehenbleiben, weil du mir vertraust, Eva."

Bebend nicke ich.

Er dreht sich um, geht zum Kamin und zieht die Peitsche aus den Flammen. Als er damit zu mir zurückkommt und ich das orange Glühen des Metalls sehe, beginnt mein Körper unkontrolliert zu zittern. Mein Herz hämmert gegen meine Brust und mein Atem geht schneller, ich muss all meine Willenskraft aufbringen, um aufgespreizt wie ein X an der Wand stehenzubleiben. Meine Hände klammern sich um die Manschetten und ich kann meinen Blick nicht von den glühenden Metallketten losreißen.

„Schon einmal versucht?" Er nähert die Peitsche meinem Körper, so nah, dass ich die Hitze des glühenden Metalls auf meiner Haut spüre. Ich wage kaum, mich zu bewegen, aus Angst, die heißen Ketten zu berühren.

Stumm schüttele ich den Kopf.

Alexej betrachtet die spitzen Metallketten nachdenklich. „Es ist … speziell. Ein wenig gewöhnungsbedürftig. Du musst dich auf den Schmerz einlassen, um ihn voll und ganz genießen zu können, meine Schöne."

„Was werden Lucius und Jacques sagen, wenn sie die Wunden auf meinem Körper sehen?", flüstere ich.

„Unsere Regeln sind eindeutig, Eva. Kein fremder Mann darf dich berühren – doch Lucius und Jacques kennen meine Neigungen. Sie werden nicht überrascht sein, wenn sie die Male auf deiner zarten Haut sehen. Bist du bereit?"

Tränen laufen über meine Wangen, aber ich nicke tapfer.

„Der erste Schlag ist der Schlimmste", sagt Alexej leise. „Wenn das glühende Metall auf deine Haut peitscht, und die Dornen sich in dein Fleisch schlagen … Schließ die Augen."

Atme, Valérie! Du bist nicht an die Wand gefesselt. Du könntest auf der

Stelle davonlaufen!

Doch ich tue es nicht. Ich bleibe stehen, reglos, und sehe zu, wie Alexej mit der Peitsche ausholt.

Ich rede mir ein, dass ich es tue, um Alexejs Vertrauen zu gewinnen und meinem Ziel näher zu kommen; doch die Beteuerungen in meinem Kopf klingen hohl, sie verlieren ihre Substanz und fallen in sich zusammen wie ein Kartenhaus. Ich weiß nicht mehr, warum ich hier stehe, ich weiß gar nichts mehr … Da ist eine Ahnung, irgendwo in den Tiefen meiner Seele, aber ich kann sie nicht fassen … Ich fange einen letzten Blick von Alexejs grünen Augen ein, und dann schließe ich die Augen.

In diesem Moment begreife ich, was Hingabe bedeutet. Mein Verstand ist völlig leer, da ist kein einziger Gedanke mehr. Ich erwarte nur noch den Schlag, den brennenden, qualvollen Schmerz; etwas zischt durch die Luft, doch ich zucke nicht einmal zusammen –

Und dann spüre ich Alexejs Lippen auf meinen.

Da ist kein Schmerz, kein glühendes Metall, das meine Haut zerreißt, nur Alexejs Kuss, der ebenso heiß brennt wie die Flammen.

Seine Arme schließen sich um mich, er drängt mich gegen die Wand und küsst mich so zärtlich und zugleich so leidenschaftlich, wie er mich noch nie zuvor geküsst hat.

In meinem Innern wirbeln meine Gefühle durcheinander, Überraschung, Verwirrung, Erleichterung und Dankbarkeit … dann Erregung, Begehren und noch ein anderes, neues Gefühl. Es ist so intensiv, dass es mir den Boden unter den Füßen wegreißt, dass es mir den Atem raubt und mich alles um uns herum vergessen lässt.

„Du wusstest, tief in dir, dass ich dich nicht verletzen würde", keucht Alexej atemlos an meinen Lippen. *„Das ist Vertrauen, Eva …"* Erneut erobert sein Mund den meinen, seine Zunge taucht in mich ein und sein Körper drängt mich gegen die Wand.

Die glühende Peitsche liegt zu Alexejs Füßen. „Ich hätte dich niemals damit geschlagen", keucht er, während er sich gefühlvoll und verlangend an mich drängt. „Ich musste es einfach wissen."

Es fühlt sich an, als wäre eine Mauer zwischen uns eingestürzt, als hätte Alexej endlich seine uneinnehmbare Festung geöffnet.

„Was hättest du getan, wenn ich mich geweigert hätte?", frage ich leise. „Wenn ich davongelaufen wäre?"

„Ich hätte dich gehen lassen." Der Klang seiner Stimme ist wie eine Liebkosung. Früher hat Alexej nie in diesem Ton mit mir gesprochen. „Ich wusste schon lange, dass du mir vertraust."

„Warum?"

„Ich habe es erkannt, als wir allein miteinander waren und du mir gestattet hast, dich zu überwältigen. Du hast mir erlaubt, deinen Willen zu brechen und dich zu nehmen, und du bist dabei jedes Mal hart gekommen, Eva. Du hast dich fallengelassen, das tut eine Frau nur, wenn sie einem Mann vollkommen vertraut."

„Warum hast du mir dann das hier abverlangt?" Ich deute verwirrt auf die Peitsche.

„*Ich* wusste, dass du mir vertraust. Dieses Spiel war notwendig, damit es *dir* klar wird."

Ich blicke in Alexejs helle, feurige Augen. Er nimmt mein Gesicht zwischen seine Hände, streichelt sanft über meine Wangen und drängt seinen Körper gegen meinen, hält mich zwischen der Wand und seinen harten Muskeln gefangen. Ich fühle, dass das Spiel vorbei ist, dass es wirklich er ist, Alexej, der vor mir steht. Ohne Maske, ohne Mauern … und er sieht mich, wirklich *mich*, nackt, wehrlos und voller Vertrauen.

Zu ihm.

Meine Gefühle überwältigen mich, so dass ich zu Boden sinken würde, wenn Alexejs Stärke mich nicht aufrecht halten würde. Ich müsste wütend auf mich sein, mich dafür hassen, dass ich nachgegeben habe, dass ich versagt habe und meine Regeln gebrochen habe … aber ich empfinde nichts als Glück, ein Feuerwerk der Freude. *Ich will das hier so sehr*, dass dieses Verlangen alle meine Vorsätze zu Asche verbrennt. Ich bin wie eine Verdurstende, die sich nicht daran satttrinken kann, und nichts, was mein Verstand mir verzweifelt zuflüstert, kann daran etwas ändern.

Die besondere Verbindung, die ich zu Alexej habe, wird mir in diesem Augenblick vollkommen bewusst, und ihre Stärke und Schönheit raubt mir den Atem. Die Stimme meines Verstands rückt immer weiter in die Ferne, bis ich sie kaum noch vernehmen kann … und ich frage mich nur noch, wie ich mich vor diesem Wundervollen, das gerade geschieht, verschließen konnte.

Mir wird klar, was ich für Alexej empfinde, und es ist vollkommen anders als das, was zwischen Lucius und mir ist – aber es ist nicht weniger stark. Ich begreife, dass ich mich in zwei Männer gleichzeitig verliebt habe … auf völlig unterschiedliche Art.

Mein Herz pocht heftig. Ich sollte das nicht tun, aber ich kann einfach nicht anders … nichts von all dem hätte jemals passieren dürfen … großer Gott, warum fühlt es sich so richtig an?

„Du gehörst jetzt mir, Eva", flüstert Alexej mit rauer Stimme. „Kämpfe nicht mehr dagegen an." Die Leidenschaft in seinen Augen zieht mich unaufhaltsam in ihren Bann. „Du kannst alles von mir haben", murmelt er, während seine Lippen über meine Wange streifen und sein Bart über meine Haut kratzt. „Alles, Eva … ich werde dir nichts verweigern. Du brauchst mich nur darum zu bitten."

Seine Worte vernichten den letzten Widerstand in mir und ich bin besiegt. Niemals hätte ich erwartet, dass diese Niederlage mich auf den höchsten Gipfel der Euphorie führen würde.

„Liebe mich zärtlich", flüstere ich – es ist alles, was ich mir wünsche, ich brauche Alexej in diesem Moment mehr als jemals zuvor.

Er erwidert nichts, aber er verschließt meine Lippen mit einem

Kuss, dessen Sanftheit mich in seinen Armen zusammensinken lässt.

Er hebt mich hoch, trägt mich durch den Raum und lässt sich mit mir vor dem Kamin nieder. Dann zieht er die Decke vom Bett und breitet sie unter uns aus. Noch immer spricht er kein Wort, während er zulässt, dass ich mit bebenden Fingern die Knöpfe seines Hemds öffne. Ich spüre seine zurückgehaltene, maskuline Stärke, das Raubtier, das in ihm schlummert, und das er um meinetwillen an die Kette gelegt hat. Zart streiche ich über seine breiten Schultern, schiebe das Hemd von seinem Körper und genieße den Anblick seines durchtrainierten Oberkörpers. Ich lasse meine Finger über seine Muskeln gleiten, fühle die warme Härte unter seiner straffen Haut, die Kraft, die in ihm steckt und sich unter meinen Händen wölbt. Sein Blick verfolgt hungrig meine Liebkosungen, er gestattet mir, seinen Körper zu erforschen, mir Zeit zu nehmen und seine wunderbare Stärke zu entdecken.

Langsam knöpfe ich seine Hose auf, ziehe sie über seine Beine hinunter, und dann folgen seine Boxershorts. Seine Oberschenkel sind breit und durchtrainiert, ich streiche darüber und die spröde Berührung seiner blonden Härchen jagt einen Schauer über meinen Körper.

Alexej ist erregt, sein samtener, mit Adern überzogener Penis ragt vor mir auf und lädt mich ein, ihn zu liebkosen. Ich neige mich zu ihm, hauche einen Kuss auf seine Eichel und lecke sanft mit der Zunge darüber, und Alexej keucht. Er schlingt seine Hand kraftvoll in mein Haar, erlaubt mir jedoch, mich langsam aufzurichten und dabei eine Spur von Küssen über seinen Oberkörper zu ziehen. Ich lege meine Hände um seinen Nacken und küsse ihn auf den Mund, intensiv, langsam und sehr leidenschaftlich. Mein Körper spielt verrückt, diese Art der Erregung unterscheidet sich vollkommen von allem, was ich bisher mit Alexej erlebt habe. Ich fühle ein verlangendes Kribbeln in jeder Zelle meines Körpers, ein Ziehen in meinem Unterleib, es baut sich allmählich auf und wächst zu ungeheurer Stärke an.

Ich kann nicht mehr denken, ich kann kaum noch atmen, seine Küsse rauben mir den Verstand und ich wünsche mir nichts mehr, als mich an Alexejs Körper zu schmiegen und mit ihm zu verschmelzen.

Ich ziehe ihn mit mir auf die Decke,

setze mich rittlings auf seinen Schoß und fühle seine muskulösen Arme, die mich an ihn drücken, während wir uns ununterbrochen küssen. Sein harter Schaft drückt gegen meinen Bauch, ich reibe mich sanft an ihm, es ist ein verlockendes Versprechen, dass ich Alexej gebe. Das prickelnde Gefühl schießt von meiner Klitoris durch meinen Körper, ich fühle, wie feucht ich werde, und erhebe mich über Alexej. Er küsst meine Brüste, meine Brustwarzen, nimmt sie sanft zwischen seine Zähne und spielt mit seiner Zunge daran. Meine Finger krallen sich in sein Haar, während ich die Augen schließe und seine Liebkosungen genieße. Seine Hände wandern an mein Becken, und er drückt mich behutsam aber unnachgiebig auf seine Härte nieder. Ich spüre, wie seine Eichel meine Schamlippen teilt, wie sein Schaft in mich eindringt und mich dehnt.

Alexej lässt mir unendlich viel Zeit. Er senkt mich ganz langsam auf sich nieder und meine Erregung vervielfacht sich mit jedem Millimeter, den sein Schwanz sich in mich schiebt. Meine inneren Muskeln pochen und ziehen sich zusammen, und als ich ihn endlich bis zum Anschlag in mich aufgenommen habe, glaube ich, vor Lust zu vergehen. Er ist so prall, dass ich begreife, dass auch Alexej mit seiner Selbstbeherrschung kämpft, dass diese Art von Zurückhaltung und langsamem Liebesspiel nicht seinen üblichen Vorlieben entspricht. Doch offenbar erregt es ihn unerwartet stark und verlangt ihm mehr Kontrolle ab, als er gedacht hätte – das ist es jedenfalls, was ich in seinen Augen lese, überdeckt von Lust und unbändigem Verlangen. Seine Hände an meinem Becken geben mir mit sanftem Druck zu verstehen, was er von mir verlangt, und ich erfülle seinen Wunsch begierig. Ich beginne, mein Becken zu kreisen und stöhne auf, als Alexejs Härte gegen meine inneren Muskeln drückt. Hingebungsvoll küsse ich ihn, stoße meine Zunge in seinen Mund und presse mich an ihn, während ich zu einem quälend langsamen Rhythmus übergehe. Ich reite ihn, während er tief in mir steckt, und schmiege mich dabei an seinen Schaft, so dass er genau gegen meine empfindlichen Punkte drückt. Wir sitzen ineinander verschlungen und Alexejs Hände an meinem Becken unterstützen meine Bewegungen.

Meine Erregung dreht sich in einer

unaufhaltsamen Spirale immer höher hinauf. Ich höre Alexejs Stöhnen, er ist ebenso kurz davor, zu kommen, wie ich – und dann dreht er sich unerwartet mit mir um, bettet mich auf den Rücken und drückt meinen rechten Schenkel zur Seite, spreizt mich weit, so dass er tief in mich eindringen kann. Ich fühle seinen erhitzen Körper über mir, die Berührungen auf meiner Haut, seine Nähe, die Zärtlichkeit, mit der er mich küsst, während er mich mit tiefen, weichen Stößen liebt.

Es ist zu viel – mein Orgasmus explodiert tief in mir, jagt wie ein Feuerwerk durch meine Nervenzellen und lässt mich aufstöhnen. Alexej kommt in mir, sein Schwanz steckt bis zum Anschlag in meiner Enge und ich fühle ihn zucken, er bleibt ganz dicht bei mir und schmiegt sich an mich, während der Orgasmus seinen Körper erbeben lässt.

Ich habe das Gefühl, als würde mein Herz die überwältigenden Emotionen nicht mehr fassen können, als würde es überströmen, ich klammere mich an Alexej und weiß, dass ich ihm niemals näher gewesen bin als in diesem Augenblick.

Ich starre in die Flammen, fühle die

Wärme des Feuers auf meiner nackten Haut. Es ist nichts verglichen mit der Hitze, die mir von Alexejs muskulösem Körper entgegenstrahlt - seine Finger streicheln zärtlich über meinen Rücken, während seine andere Hand sich in mein Haar schlingt und meinen Kopf an seine Brust drückt. Sein Herzschlag ist kraftvoll und regelmäßig, und ich wünsche mir nichts mehr, als für immer in diesem Augenblick zu verweilen ...

Doch viel zu schnell schleicht sich die Realität zurück in meine Gedanken, und mit ihr die harten Tatsachen, denen ich mich stellen muss.

Lucius.

Wie kannst du in Alexejs Armen liegen und über Lucius nachdenken, Valérie?

Ich zwinge mich, abzuwägen, für welchen der beiden ich mehr empfinde ... auch wenn die Gefühle, die ich für die beiden Männer habe, nicht miteinander zu vergleichen sind.

Und genau das ist das Problem.

Wie soll ich mich nur je entscheiden?

Vielleicht liegt es an deinem derzeitigen Gefühlschaos. Himmel, Alexej hat dir gerade den Verstand geraubt! Warte, bis du zur Ruhe gekommen bist, dann wird sich alles ...

Was? *Lösen?*
Wohl kaum.

Denn eine Sache ist mir selbst inmitten meines momentanen Zustands absolut klar: Ich bin nicht bereit, einen der beiden Männer aufzugeben.

„So weit entfernt, Eva? Was geht dir durch den Kopf?", fragt Alexej leise.

„Lucius", erwidere ich ohne zu zögern. „Und du."

Als Alexej die Stirn runzelt, blicke ich ihn an und stütze dabei mein Kinn auf seine Brust. „Du hast mein Vertrauen verlangt, Alexej. Ich werde dich nicht anlügen."

„Lucius", murmelt er, „ist im Augenblick nicht hier."

„Was erwartest du von mir?", flüstere ich. „Dass ich so tue, als wäre es nicht … was auch immer es ist?"

„Nein. Ich erwarte, dass du *bei mir* bist, wenn du bei mir bist."

Ich schließe die Augen, lege meinen Kopf wieder an seine Brust und schmiege mich in seine Arme. „Das bin ich", flüstere ich.

Er knurrt leise, aber seine Berührung ist voller Zärtlichkeit.

„Ich danke dir", flüstere ich nach einer Weile, als mir bewusst wird, dass Alexej sich meinetwegen vollkommen zurückgenommen hat.

„Wofür?", fragt er rau.

„Für … das hier. Ich weiß, dass das nicht die Art von Liebesspiel ist, die dir … dass du in Wahrheit auf brutale Sachen stehst." Als seine Brauen sich zusammenziehen, gerate ich ins Stottern. „Du hast es mir vorhin selbst gesagt, und … Jacques und Lucius haben etwas in diese Richtung erwähnt …"

Alexej richtet sich ein wenig auf, um mich direkt ansehen zu können. „Soll das heißen, du hast gedacht, ich würde dich tatsächlich mit der Dornenpeitsche schlagen?"

Seine Entrüstung beschämt mich. „Ich habe die Möglichkeit nicht ausgeschlossen", murmele ich mit gesenktem Blick.

„Hältst du mich für so ein Scheusal? Ich mag es etwas härter, ja, und ich lasse dich gern meine Überlegenheit spüren, wenn es dich anmacht -" - plötzlich liege ich unter ihm, keuche, als sein Gewicht mich auf die Decke drückt, und Alexej blickt auf mich herunter, gefährlich und unwiderstehlich - „aber ich will, dass du dabei Lust verspürst, Eva. Ich habe kein Vergnügen daran, eine wunderschöne, zarte Frau wie dich zu quälen."

Seine Hände umfassen mein Gesicht mit hartem Griff, aber der Kuss, den er auf meine Lippen drückt, ist sanft und sinnlich. Ich genieße das Gefühl von Alexejs muskelbepacktem Körper auf meinem, seine Kraft, seinen Schutz.

Hat Jacques mich belogen? Und warum ist Lucius um meine Sicherheit besorgt, wann immer ich allein mit Alexej bin? Ich verstehe das nicht … hält Alexej sich um meinetwillen zurück? Ich durchschaue weder Alexej, noch die unausgesprochenen Regeln, die zwischen den drei Männern herrschen.

„Darf ich dich etwas fragen?", flüstere ich.

„Nein", murmelt er und fordert erneut einen Kuss ein. Seine Zunge taucht tief und besitzergreifend in meinen Mund ein und lässt mich atemlos zurück. „*Jetzt* darfst du mich fragen", knurrt er mit einem Funkeln in den Augen.

Meine Hände gleiten über seinen Rücken, fühlen das Spiel seiner Muskeln, als er sich abstützt, um mich nicht mit seinem Gewicht zu erdrücken. „Warum führst du die Verhandlungen mit Michail Romanow, und nicht Lucius oder Jacques?"

„Ich bin Russe", erwidert er ruhig.

„Ich verstehe Michail Romanow auf einer Ebene, die Lucius und Jacques niemals mit ihm teilen werden. Es war die einzig logische Strategie, um mit der Romanow-Familie ins Geschäft zu kommen."

„Du hast meinetwegen riskiert, dass das Geschäft mit Michail platzt."

„Michail hätte niemals auf den Gewinn verzichtet, den das Geschäft mit uns ihm in Aussicht stellt. Er hätte dich deine vermeintliche Respektlosigkeit ihm gegenüber bezahlen lassen, und dann hätte er sich mit mir an einen Tisch gesetzt und erwartet, den Vertrag zu unterschreiben." Alexej lächelt kalt. „Ich hätte ihn allerdings erschossen, oder mit bloßen Händen erwürgt."

Mir läuft es kalt über den Rücken, denn ich spüre, dass Alexejs Worte keine leeren Drohungen sind. Plötzlich schleicht sich ein Verdacht in meinen Verstand … hat Alexej schon jemals getötet? Die Tatsache, dass ich diese Frage nicht instinktiv verneine, macht mich unruhig.

Alexej sieht den Ausdruck in meinen Augen. „Ich verzeihe Verrat nicht, Eva. Du standest an jenem Abend unter meinem Schutz und Michail hat das gewusst. Hätte er dich ernsthaft verletzt, hätte er es mit dem Leben bezahlt."

Das ist keine männliche Prahlerei, es ist sein voller Ernst.

Plötzlich drückt die Wahrheit meiner Identität, die ich vor Alexej geheim halte, tonnenschwer auf meine Brust. Ich bekomme kaum Luft, wenn ich mir vorstelle, dass Alexej eines Tages herausfinden wird, wer ich wirklich bin - dass mein Name Valérie Evangéline Rochefort lautet und dass ich seinen Vater und die Väter seiner Freunde für den Ruin meiner Familie büßen lassen will; dass das der einzige Grund ist, warum ich mich auf eine Liaison mit ihm, Lucius und Jacques eingelassen habe. Alexej wird mir niemals glauben, dass die Gefühle, die ich für ihn entwickelt habe, echt sind. Er weiß nicht, wie sehr ich gegen sie gekämpft habe, er wird denken, dass ich sie ihm vorgaukele, um mein Ziel zu erreichen. Er wird denken, dass ich ihn betrogen und verraten habe.

Was wird er mir antun, wenn er hinter mein Geheimnis kommt?

Ich habe das scheußliche Gefühl, auf einer tickenden Zeitbombe zu sitzen und ich kann nichts tun, um die Explosion aufzuhalten. Ich kann nur beten, nicht in der Schusslinie zu sein, wenn die Wahrheit wie eine Granate alles zerfetzt, was zwischen Alexej und mir entstanden ist.

Seine Hände streicheln sanft mein Gesicht. „Ich sehe Angst in deinen Augen. Wovor fürchtest du dich? Sag es mir."

Mein Herz schlägt jetzt heftig gegen meine Brust. „Es gibt Dinge, die du nicht über mich weißt, Alexej …", flüsterte ich leise, bevor ich mich stoppen kann. „Dinge, die dich wütend machen werden …"

„Was für Dinge?"

Ich spüre das Gewicht seines Körpers auf mir, ich bin wehrlos unter ihm. Bebend schüttele ich den Kopf. „Ich kann es dir nicht sagen … du wirst mich hassen, Alexej … du wirst mich … mich -"

Alexej legt seinen Finger an meine Lippen und ich verstumme.

„Für dich werde ich niemals gefährlich sein. Ich werde dir niemals etwas antun." Er sieht mir in die Augen und die Welt hört auf, sich zu drehen. „Du kannst mir vertrauen, Valérie Rochefort."

ENDE BAND 2.

Liebe Leser!

Vielen Dank, dass ihr meinen Roman gekauft habt! Wenn euch die Geschichte von Valérie und Alexej gefallen hat, dann freue ich mich über eine Rezension von euch.

Ich freue mich auch, wenn ihr auf meiner Webseite www.leatearl.wordpress.com oder meiner Facebookseite Lea T. Earl vorbeischaut!

Eure Lea

THREE PASSIONS - das gefährliche Spiel um Rache und Lust geht weiter:

Band 1: THREE PASSIONS - NIEMALS VERFÜHRT

Band 2: THREE PASSIONS - NIEMALS VERTRAUT

Band 3: THREE PASSIONS - NIEMALS VERLIEBT (erscheint im August 2015)

Über die Autorin

Lea T. Earl schreibt erotische Liebesromane mit starken männlichen Hauptfiguren und Heldinnen, die über sich hinauswachsen.

Bereits erschienen:

Urban Warriors, Band 1: Leon
Urban Warriors, Band 2: Draco
Urban Warriors, Band 3: Remus
Urban Warriors, Band 4: Hawke
Urban Warriors, Band 5: Shark
Urban Warriors Short Stories

Mercenary Warriors, Band 1: Phoenix
Mercenary Warriors, Band 2: Steele

THREE PASSIONS - NIEMALS VERFÜHRT (Band 1)
THREE PASSIONS - NIEMALS VERTRAUT (Band 2)

Weitere Romane sind in Vorbereitung.
Weitere Informationen unter:

www.leaearl.wordpress.com

Printed in Poland
by Amazon Fulfillment
Poland Sp. z o.o., Wrocław